张楚 著

多米诺男孩

北京出版集团
北京十月文艺出版社

目 录

U型公路

每当我们像两尊石像似的坐在饭桌前，或是晚上，当我们俩都不约而同地想到去关门而在门前相遇时，我就感觉到我们的哀伤像一张弓一样，它延伸到天穹的两端。

英格博格·巴赫曼：《一切》

1

从火葬场回来，李小萍才不哭了。我点着一支香烟，嚼两口，干脆吐掉了。后来我靠住墙壁，耷拉着眼皮盯着她开门。她的左臂一直紧紧箍着骨灰盒。我们机械地跨过门槛，谁也没开灯，盲人的黑不期袭来。男人缩蜷进沙发，随手抓了一个靠枕抱揽在怀里。用不了多久，他相信那颗散发着铁锈味道的心脏就要爆裂开去。厨房里的女人铿锵地切着卷心菜。于是男人厌烦地喊道，麦琪！把灯打开！

厨房立马传来李小萍上气不接下气的抽噎声。我恍惚着想，她又哭上了，一直哭到歇斯底里地自残：早晨她就被菜刀切掉块肉皮，我猜她是成心的。愣神的空当，我的眼角已经挂了咸湿液体。开始憋着，怕李小萍听到，可她的哭声已笼罩了黑魆魆的空间，我知道我的声音终会被她的抽噎声淹没，于是一个男人的号啕大哭终于肆无忌惮地发生了。那么痛快，又那么不由自主，就跟我当初决定娶李小萍时的心情差不多：没有思考的余地，缺乏生动活泼的热情。

那个火葬场我很熟。十二岁时我趴在孤儿院的窗口瞻望过它。在呆滞灰郁的天空下，它仿若一具硕大坚挺的阳具，刺痛了整个单调的冬天。我跟阿三就这么眺望着巨型烟囱。烟囱冒出青烟，被田野里的积雪衬托成某个死者郁郁寡欢的眼睑，同样回视着我们。阿三说，瞧吧，死人的头冒了出来……然后死人的脚踝、脖颈、肱二头肌统统打某个神秘洞口飞升，我们只好面对着一个已经被烧掉的人以另一种冷漠的姿态，高傲地跨出阳界，凭借风力进入天堂，或者地狱。

我还记着，那个长着两颗四环素门牙的炼尸工人把麦琪推进火炉时，李小萍拼命拽着白色床单，连哭都哭不出来。有那么片刻我确实试图抚摸她浑圆的肩膀，可由于她的肩膀神经质地抖动，我的手变得不切实际，甚至多余，只好又试探着缩回。等那个工人推开她，她就像条哺乳期的母狗一样扑过去。这相当棘手，那个脸皮粗糙的工人只好打量着我说，哥们儿，快些吧，很多死人等着排队呢！我掏出张钞票甩了甩捅入他手套。李小萍感激地乜我一眼，仿佛我是个富于同情心的局外人。

她或许忘了一点：我是她的丈夫，麦琪的爸爸。她披了件军大衣，大衣不随身，她的手没法细细抚摸我们的女儿，她就抖耸着双肩甩掉，试图将麦琪揽拢入怀，犹如当年麦琪吮吸她的乳房那样，可麦琪都八岁了，很明显她力不从心，她只好吻麦琪的手窝、头发、耳窝、鼻孔、单眼皮……当工人再次强行搡她时，她怯怯地后退两步，望着麦琪的身体被推入炼炉。那个工人面色铁青，已对她相当厌烦。她把手指塞入嘴中不停噬咬，涎水顺着下巴淌到粗壮红润的脖颈上。她的最后一个动作是拉开炼炉阀门试图干点什么。然而她只是一声不响地抓到团蓝色火焰，她尖叫着摔到地上，火惶惶地熄灭。

那是一只麦琪的鞋。一只朱红色的、丑陋的偏口皮鞋。她活着的日子，她骄傲地穿在左脚上。她时常忧心忡忡地问李小萍：

"妈，啥时候给我买双高跟鞋呢？"

2

朱朱问我，嗨，儿子，上次我们讲哪儿了？

她贴住我的手背无所事事地摩挲。她的动作完全是种老套的暗示。我恹恹地说，上次，那个出租车司机谢里夫的车上，来了一位特殊的女乘客。

朱朱妩媚地笑了。她是位自以为是的姑娘。她嘻嘘着问，你猜她是谁？然后她恍然大悟似的说，她是贝斯律师啊。

我说，啊。

朱朱白我一眼，两年前当谢里夫和托尼离开滨城那天，当地警察因公务搜查了路易斯的住处，意外发现了两包大麻。在马来西亚，贩毒是要被处以极刑的。路易斯无法证明这些大麻只是个人吸食，儿子，他被捕了。你不认为这很残酷？

我说，嗯。

糟透了！朱朱皱着眉毛讲，在两年刑期中，路易斯不断委托律师上诉，然而却屡遭驳回。只剩八天就满两年了，如果路易斯还空口无凭，就会被吊死。朱朱叹口气说，你当然无法感受自己的脖子套上绳索，双腿离地做直线运动时的感受。除非谢里夫和托尼愿意回滨城，共同承担罪责，路易斯才有可能重新上诉，以求获得缓刑。

我说，是吗？当然，朱朱挑了粒话梅塞进嘴里，边嚼边说，按当地法律，如果两个人一同回去认罪，将被各判三年有期徒刑，如果只回去一人，则判六年有期徒刑。贝斯恳请谢里夫为一条生命而蹲三年大狱。

贝斯肯定遭到了谢里夫的拒绝，我说。

朱朱失望地盯望我。然后她点着一支摩尔香烟问，你猜结局如何，儿子？

我摇摇头。朱朱问，你不喜欢这部电影？它有个响亮辉煌的名字：《重返天堂》。好了，如果你不感兴趣，我再讲另一部，它是名导詹姆斯·艾弗里的新作——《士兵的女儿从不哭泣》……

我后来躺在她怀里睡了。死去女孩的父亲搂着一位小姐睡了。我的睡相很丑，这我知道。我就躺在一个女人藻海沉浮的胭脂气息中睡熟了。我相当厌恶她管我叫"儿子"。她比我小十四岁。我可怜她。如果我是她爸爸，我就一刀剁了她，可惜我不是，这才是问题的症结所在，而毫无疑问，在我三十多年的生活中，我总是遇到诸如此类的障碍性问题。

3

我跟李小萍结婚那阵就在 U 型高速公路上班了。到今年不到十二年。这十二年里我的工作性质发生点质变。刚上班时，我穿着巡警制服，像只开屏的孔雀站在收费口，每驶来一辆车，不管是工厂大货、装满煤炭的双排、总书记的红旗轿车，还是农民喜气洋洋的四轮子，我都要站成军姿，双腿挺拔，腰板溜直，来个标准的陆军式敬礼。那阵儿我年轻，又不像如今这么肾虚。这样过了七八年，也就是麦琪三岁时，我站成了收费处的站长。这符合小逻辑的合法性。之后情形有点变化，冬天时我裹卷着制服猫岗楼里烤火，下雪的日子则闷在家里看黄带。通过这些白皮肤、长着夸张器官的欧洲人，我受益匪浅，学到些许货真价实的技术。那几年李小萍见了我，就像一位作奸犯科的牧师邂逅了高尚的红衣大主教。这情景令我伤心。我至今还模糊记得她强烈拒绝后体位。她当时惊诧地凝视着我，满眼是那种纯净的恐惧。她最后使用一个孩子的口吻商量着说，人不能单纯学动物，动物没魂灵的，人有。这样她就把问题轻而易举提升到了另外的高度，就是说，如果我们真的那样做了，我们就等同于猪、狗之类的畜生。我只有承认她是个高尚的好人。这一点我必须承认。

结婚时我们都是大龄青年。一位老处男和一位老处女结束了彼此的独身生活，本身就印证了选择的单一性。她娘家人口稀少，而我自幼长在孤儿院，参加婚礼的只有我们寥寥无几的同事。一九九〇年吧？大概是春天，我们关了房门，彼此对峙着，都不太清楚下面的程序如何进行。我不敢承认了解她，结婚只是象征性地凑热闹。到了岁数不结婚会被小镇上的居民耻笑。本来我邀请了孤儿院的院长，可她没来。我有点伤心，这伤心或多或少影响了我，熄灯后磨磨蹭蹭脱毛衣毛裤时，我留意到身上燃烧的电火花瓣里啪啦爆响着。李小萍就跪在墙角嗫嚅地说，我们身上都着火了呀！

说实在的，这是九年来我听到她所表述出的最富于诗意的话。我们并排躺上木板床，仿若两个初次相逢的羞报儿童。出于调节当时气氛的念头，我抠了抠她滚烫的乳头，她身上真的着了火。她也很不甘心地摸了我一把，赌气似的说，你的乳头真小……接着她就试探性地触摸了我的下体，惊讶地嘟囔，呀！怎么这么硬呢？

十五平方米的单身宿舍变成了肉搏鏖战之场。这完全超越了我的想象力。她对我又掐又拧，不仅心狠手辣而且颇富心机。她的牙齿尖锐、瓷实、密麻，仿佛精心打磨的秘密刑具。她的指甲跟涂了薄荷油差不多，弄得我后边老是凉丝丝地冒风，像夜晚叹息时呼出的忧伤氮气。

4

其实这两天我不止一次地想，如果前天早晨我不给麦琪两块钱，那么麦琪就买不成红薯，麦琪买不成红薯，她就不会死。我越是如此想，越是难受。

那天清晨上学之前，麦琪乖乖站到我跟前，说，爸爸，给我两块钱吧。

她的声音很小。她和别人说话时声音就大。我哼了一声说，找你妈要去！

她大人那样搓着手背，似乎寻找着最得当的借口。有一会儿她确信我拒绝了她。我转过身只是系着领带。我从镜子里窥视到她还站在墙角，而且睁着单眼皮的小眼睛。她的眼睛像李小萍。其实这个小女孩没有一丝地方像我。

我们再次面对面时她咧嘴笑了。她打去年掉乳牙。今年她的门牙已经松动，估计也该掉了。说话前她总要使用舌尖舔舔牙齿，很珍惜疼爱的模样。我听见她说，爸，你的领带打歪了。你怎么不系昨天那条？小红斑点那条？比这条顺眼。戴上比濮存昕还有男人味儿呢。

她其实不明白我讨厌她一副小大人的嘴脸。或许她活着时我从未真正喜欢过她。我问，要钱干吗？

她耐心地讲，昨天中午散学时许玻他们买烤红薯，我也想吃。我想吃块大点的。大的贵，一块钱一个。

我坐进沙发揣摩着这孩子。她套着件粉歪歪的羽绒服，箍着她妈手工编就的一顶绒线帽，由于技术粗糙，这帽子无论从何角度看，都那么丑。还有两三缕破线头挣扎着，让麦琪站在那里，老忍不住捻捻。我就问，那你要两块钱干吗？

她的瞳孔反射出感激的神情，知道我已经应允她。她舔着嘴唇说，你认识乔乔吗？她爸跟她妈离婚了。然后她顿了一下说，离婚家庭的孩子都是不幸的。

我吃了一惊，而她正渴望着这种意料中的效果。她安慰我说，你如果给我两块钱，我就能买两个烤红薯，送给她一个，你不会生气吧？

房门被麦琪搡开。关门时她小手按抚着青紫色的嘴唇，来了个飞吻。她的动作僵硬呆板，我想她的本意并非如此。她只是高兴得过了头。正因如此，她的小手瞬息间就蔫了，眼角滑出自责的窘态。其实她这辈子从未吻过我，或许这才是此刻我内疚的原因。她变化这么快，已经自己背着大书包上学。透过窗户，她的走路姿势很难看，我心里想，她没有半点像我的地方。而她似乎轻而易举地陶醉了，手里攥着两块钱，购买食物的喜悦刺激着她。她从这个家蹦乱鲜活地出去，便再也没回来。

5

我们结婚时，一种廉价的喜悦确乎打动了我。本来我想让她怀孕后再结婚，那样在极短的时间里，我便能拥有一个比较完整的家：老婆和孩子。这种想象以失败告终。李小萍还是个倔强的姑娘，她愤怒地抵御我，等我灰心地推开她，她就抱住我的腰，支支吾吾向我道歉。这位工厂女工向我道歉的方式比较独特：她强迫为我洗脚。她蹲屈着干瘪小腿，褪掉我的皮鞋，再扒掉我的袜子，目光中孕育着母亲般的温柔暴力。我的脚趾被她搓衣服那样揉过来揉过去，打两遍"双喜牌"香皂，用条白毛巾擦拭干净，再像个哺乳期的母亲抱着我的脚踝。我的脚板能触听到她"咚咚"敲鼓的心脏。其实我更乐意抵顶她膨胀的乳房。她总是闹不清我到底要些什么。这方面她相当迟钝。

我们小心翼翼地做爱。最后的时刻来临，她就咬住我的肌肉。她并非馋嘴的女人，但她还是这样做了。等她怀孕时我们俩逛超级市场，她疯狂地购买婴儿用品。由于从未做过妈妈，她采购的物品都非常滑稽可笑，具有某种普遍的象征意味。未来孩子的母亲最喜欢形形色色的尿不湿，从"小鹿牌""丑小鸭牌"到"路易十六超强纠错尿不湿"，她都表现了极大热忱。我们甚至购买一辆婴儿手推车，预计等孩子长到一岁半，可以由她用来在春天的野地里散步。由此可见，李小萍不是个目光短浅的女人。这个未出世的孩子改变了我们本来已经糟糕的生活。

孩子生下来时，被李小萍搂在乳房上。望着这个由我和另一个女人创造的小动物，我称不上失望，更谈不上甜蜜。她那么丑，一张小脸布满忧伤的皱纹。这只小耗子弄不懂发生了如何的变故，还不清楚她将拥有一个市侩庸俗的母亲和一个患自闭症的父亲。等麦琪八个月时，她赤裸着屁股在床上爬过来爬过去，不知疲倦，很多时日她吮吸住李小萍的乳头，表情饥渴、贪婪，她那么小，又柔弱着光滑、肥胖，肚脐眼儿像南瓜蒂，又丑又抽象。

还好她的生长是具体的，如很多孩子那样，她适应了床、尿布、房间的光线、一个女人丰腴的肉体、炒菜时植物油吱吱怪响的杂音、夜鸟咕咕哀鸣的冷酷气质、电视机里鲜艳刺目的颜色、一个男人趿拉着拖鞋焦躁走动的神态。李小萍从未产生过把这具肉团培养成天才的光荣梦想，麦琪的吃喝拉撒睡充满了庸俗的步骤：爬行、咿呀学语、蹒跚学步、识别具体事物、感知变化的场景、人物、季节、凝聚思维的力量、简单发表言论。她还学唱一段民间小调。她唱：

野芦苇呀/空又长/夏天盛开小绿帽/秋天飞出黄衣裳/冬天是

个乖小孩/光着屁股走四方呀寻爹娘呀哎呀哎嘿呀

我总是回忆不起李小萍教育孩子时，我在哪里呢？

我承认我不敢做个完美的父亲，我没有行使我逻辑上的教育权。我倒记得麦琪两岁那年老值夜班。由于年轻，我不停地向过路司机敬礼。其实那阵儿我早就不是朝气蓬勃有野心的男人了。机械地站岗，冬天下雪，我裹紧臃肿的棉大衣，专心想些不如意的灰暗生活。我从来搞不懂要做点事，使自己兴奋，让别人也达到高潮。我孤陋寡闻，从不看《新闻联播》（领导们不停地开会基层视察反腐败形势一片光明某某出国某某去世国外又发生战争恐怖组织杀害了非占领区巴勒斯坦移民），除此之外，不具有任何价值。一个男人单纯守候着一辆辆寒冷的汽车停驻、交钱，又狗皮撩慌地逃逸。我还认识许多走U型国道的年轻司机。如果是男人，他们通常打玻璃窗递根香烟。说实话香烟的味道在下雪天相当好闻。我笑笑，对他们喧嚷道："小心呀，别被车撞死！"然后这些机器和生命在黑暗中沉顿成一枚枚萤火虫亮斑，仿若栖燃在河面上的孔明灯，火星逐渐湮灭在水纹之上，不经意，又缩略出委顿的神色。通常凌晨四点下班，我躲进值班室睡觉。大多时候没有睡意，欲望就慌里慌张夺路奔来。我总是在墙上的镜子里窥视到那个年轻男人腐朽的脸庞、野鸽子似的迷惘瞳孔、道具性质的虚伪睫毛以及一管旗帜鲜明的阴茎。我睁着眼睛，床单就那样湿漉漉地脏掉，最后一秒钟没有女人咬我的肩膀，我也没有捅入某个女人潮湿的房间，可快感不言而喻。我并不想念还在睡梦中的李小萍。

那一年我倒是被寄自美国的一张卡片弄得失去了方向。也就是那一年，关于阿三的消息重又出现在我平淡无奇的生活中。卡片的正面是个瘦长匀称的裸体男人。当然他背对我，性感的屁股仿若两瓣命运多舛的得克萨斯州苹果。毫无疑问这是个亚洲男人，他的头发是黑色，皮肤是香蕉黄。我还闻到了他身上散发出的松子气味儿。卡片的反面蠕动着一行汉字：

我是衣阿华州
最红的舞男

这是阿三招摇过市的狗屁标识物，丝毫没有政治家的谋略和技巧。

阿三失踪已然多年。可他的失踪并未妨碍我怀念他身上松子般的油脂香味儿。他还是个喜欢照镜子的美少年。他的抽屉底层、床板之下、被褥与毛毯空隙、孤儿用品专柜，甚至他的屁兜里，总是藏着掖着一面面菱形镜，到他离开孤儿院那天，他的镜子已够我们所有男孩瓜分。这令他得意非凡。我们总是肩并肩走路，给院长打扫房间、倒尿壶、叠床被、打汩汩冒泡的热水（院长患肠胃疾病，从不喝生水）。院长就说，你们上辈子，一准是夫妻吧？我们咯咯咯咯着傻笑，处于变音期的喉咙有点牵强滑稽，跟春天打更的布谷鸟差不多。

他最引以为豪的是面三面镜。我总想把它据为己有，即便是使用偷盗的手段也无所谓。它已成了我的心病。关键是从未有下手的机会。什么是三面镜？我那时经常为这种无能为力伤心不已。

6

我是在单位接到了学校的电话。当时我正训斥一名吊儿郎当的小伙子。他隔三岔五上班，还跟我们站的一位丑姑娘发生了关系。他只争辩说，他没上班是因为陪诸多姑娘做人工流产。他本来不愿意提及隐私，很明显他被逼得失去了分寸。解释完后又马上陷入了慌乱，似乎意识到坦白的危险性。

我放下电话。他们说，你女儿麦琪，今天中午死了。

7

我的第一位情人是位电影院的售票员。她是个相当贪吃的姑娘。那年麦琪五岁，李小萍胖得离谱，越发恐怖难睹。她总是把家里的剩菜剩饭吞进小肠，还要技巧性地转动舌苔（似乎是个女杂技演员）将锅、碗、瓢、盆舔得流光溢彩——我怀疑她得了甲亢。她在一家国有纺织厂上班，操纵着一台庞大机床，生产出一匹匹农民酷爱的便宜布料。我想是她的工作锻炼出她与众不同的魄力：晚上睡觉时她喜欢爬上我的肚皮，积极主动地跟我做爱，以免陷入一种形式上的不公正。她甚至学会许多粗糙的做爱方式。我简直变成了她泄欲的机器。得到她应得的乐趣后，还要伸手拉住我的命根，呼噜呼噜就睡死了。有回我艰难直起身撒尿，麦琪就睁着黑暗的小眼睛侦察我们。这件事使李小萍相当羞愧，以后的夜晚我们就侧着身体性交，仿若忧郁的蜜蜂轻微着吮吸对方充满腥臊的器官。这样的黑夜，我们陷入了迷惑之中。

打四岁起，麦琪已经富于攻击性。她显然是个天生刚烈的人。幼儿园的老师总要托人捎信儿，叫我上幼儿园面谈。我奇怪幼儿园的老师那么固执，坚决避免与李小萍谈谈一个小女孩糟糕的生活。后来我们见了面。她说，你作为一名父亲，干吗要跟个局外人似的冷漠？她使用"局外人"一词叫我难过。她开始讲述着麦琪的劣迹，比如专门掠夺男孩子携带的"旺旺雪饼"，还偷一个五岁男生的十块钱。她的叙述充满了责任，同时逼迫我无地自容。最后她握握我的手说，这孩子有个贤良的母亲，单只缺少一个热心肠的父亲，缺少一个实实在在的守护神。

她大概刚从幼师毕业，学过点心理学名词和概念，看过加缪的小说，而且对工作抱有种很深刻的情结。我一声不吭地驮麦琪回家。到了家我对麦琪吵嚷道：爸爸讨厌你！你再抢男生的零食，我就宰了你！

麦琪只是傻乎乎地恳求着说，爸，爸，亲亲我。亲亲我吧。

第二天她打了一个六岁男孩两个嘴巴。大概出于好奇，又将那个男孩自二楼推下楼梯。这完全是场可怖的阴谋，她不仅抢了他的积木跟变形金刚、圣斗士，还要跑到三楼，稀里哗啦纷扬至干燥的水泥地面。结局出乎她的意料，她被幼儿园的老师监禁了近三个小时。

我就是那个秋天结识了售票员。她是位相当贪吃的姑娘。值夜班时，白天我就跑到她的单身宿舍。我还送给她话梅、无花果、核桃仁、廉价的火腿肠。有半年多的工夫，我经常出入她的房间。我们并排躺床上，在那里，我喝啤酒时她就读些《上海服饰》或者台湾的《芙蓉坊》。她喜欢傣族姑娘的那种传统型的筒裙。这样的日子维系成一种习惯，我们从未真真正正干点实际的活儿。她还没结婚，把一切看得很重要。唯有一回我亲了亲她的私处。犹如一条大马哈鱼，她漠不关心地叉开双腿，像是游离了床、屋顶，想念另一些遥远的人。我很失望。她后来惊醒似的跳起来，慌乱地系好裤带，迷惘地问，你刚才干了什么？由此可见，她只是一个沉湎于幻想、对生活抱了无所谓态度的好人。当然她对我的企求也不深，她只是随机触摸我的阴毛，又好奇地抠抠我的龟头，说，哦，原来是这个样子的。

认识我的第二个情人朱朱时，我已当了三年的收费站站长。如今我很想念站岗时的纯真年代。U 型国道的夜晚布满了爬行的昆虫，冬雪弥漫的深夜，我穿着制服朝任一辆夜行货车行礼。我绷直腰板，呼着白蠕虫一样尖锐的气息，对他们嚷，小心哟！那些年轻司机只是窥到年轻巡警张启单薄的嘴唇，于是他们疲惫地递给他一颗香烟。到了后来，机器载着动物就迷失进黯黑雪色。很奇怪，这条高速公路从未出过肇事。他们的车从未在大雪封路的日子追尾，或者在浓雾弥漫的夜晚翻进路沟。

只有他体味出，U 型国道分布了点点滴滴的忧伤。它先知先觉地伤害了一个怀疑主义者无处不在的自尊。

8

李小萍放来放去，最终将麦琪的骨灰盒摆上我们的床头柜。我本来期待着她解释几句，最终她只是坐把椅子，面无表情地搓搓手。她舒口气，接着艰难地扫我两眼，说，你满意吗？

她其实心底已承认了这样的事实：麦琪真的没了，她的肉体被我们焚烧，然后将她幼小的灵魂抱回家。她系上围裙，开始翻箱倒柜，把麦琪的衣物统统翻将出来。我只有盯着她接二连三抛出一件件小女孩的衣裤。这些东西看起来都那么难看：有条绛红色毛衣，缩了水，估计是麦琪三岁时穿的；还有棒针毛背心、黑棉袄黑棉裤、海军服、厚棉线童袜……

李小萍叠好这些东西，既耐心又平静。她甚至抻着一片兜兜笑了笑，就像位没心没肺的母亲，正折腾着翻寻件干净衣裳，单待孩子中午散学后叽叽喳喳穿好。不久李小萍蹬进洗衣房，双缸洗衣机滚迫着水流呻吟出隆隆叹息。两分钟后她从洗衣房跑出来，怀里搂钳着湿衣服蜷进沙发，轻声抽泣。她嘟嘟囔囔讲，天哪，我怎么这么傻，还要把麦琪身上的味道洗刷掉？天哪，我真傻啊！她的懊丧折磨着本已麻木的她。可她并没哭。她也对自己没掉眼泪颇感意外，伸手抠抠眼角，水珠不断从她的手掌坠滑。

好歹她清醒些。她把湿衣服叠好，晾到暖气片上。又嘎吱嘎吱嚼完一只庞大干瘪的苹果。这时才发现我就游荡在她附近。她拧把鼻涕沙哑着嗓子问，我们离婚……吗？

9

我教育过麦琪吗？

麦琪三岁时，对房间的事物，抽象地讲，是对这个已知世界发生兴趣。另一方面，她竭力感知她从不了解的东西。她总是盯住床单上庸俗的花纹，犹如纯正的观察者使用目光，试图开解有关的图案、设计原理、布局与主题、方格暗影、重叠回现的花朵、迷宫似的缠绕直线。后来她自发性地将目光转移窗外：也许冥冥中她觉察出窗外的风景更具有色调和诱惑的力量。冬天飘着雪，她会问，爸爸，下糖了。太阳出来，雪化了，阳光一簇簇射进，像实物那么具体，笼罩住飘浮的冷静灰尘。麦琪坐在劣质地毯上，伸手抓阳光，后来她发现，阳光还可以被亲吻、被她随心所欲地撕扯。不仅如此，阳光还能柔软地抚摸她冰凉的脚趾。她试探性地伸张双臂，妄图将阳光永久性地据为己有：她是个不折不扣的长着透明双翼的天使（只有这时回想，我才挖掘出事情的本质）。

可当时我对她的好奇心无所谓。再到后来就掺杂了愤怒。她五岁时爱搂紧我的大腿根，闻裆部的气味儿。这令我不知所措。她甚至伸跷着小拇指，对我独特的生理构造兴趣大增，小眼珠冒出热情的探询，问，爸爸，这是小鸡鸡吗？

　　我从未教育过麦琪吗？我不敢做个完美的父亲。我不得不放弃对孩子的教育，因为我找不到教育的确凿方法。我只好盯着她笨拙地走路、吃米粒、拉稀屎，一点兴趣都没有。等她六岁时，她讨厌李小萍的关怀了。她总是不耐烦地嚷嚷，我自个系鞋带！我不让你给我洗脚指头（她深深爱上了大声讲话的形式）！而且她的兴趣明显发生质变，迷恋上了言情电视剧。当男1号吻女1号、女2号、女3号，或者跟她们其间一个搂抱着滚上床板（要么是办公桌、草地、洗手间明亮重叠的镜子），麦琪扭动着脖子，自言自语叨叨，他跟她结婚吗？等言情电视剧结尾时，麦琪高兴地说，哎，他跟她终于离婚了。她让我恐怖。我不敢再承认这个孩子是我的精子和一个女人的卵子中和产生。她那么聪颖，比李小萍还要像个世俗女人。

　　我无师自通地学会了到酒吧觅食。我体会到了我虚假的热情。这热情激起了我某些真实的念头。麦琪六岁时我迷上了摩根族女人朱朱。朱朱总是使用撰史者毋庸置疑的语气，从容地描述族人的迁徙史。她的证词毫无历史书惯用的那种沉淀着破铜烂铁的金属质感，因而并不讨厌。

　　两个世纪之前，摩根族领袖率领族人，赶着牲畜、拉着帐篷越过丰色山，逃亡至大兴安岭一带，开始了他们颠沛流离的旅行。关于这次秘密迁徙，丛未见诸史书。而且逃亡的缘由颇为费解，据说是源于一场瘟疫，或是摩耳族的大规模入侵（屠杀是谣言）。总之这群以狩猎为生的神秘旅人，便是朱朱的祖先。朱朱见我不信，从内衣掏拽出一枚铃铛，机智巧妙地玩于掌心。"我是女巫，"她沉思着说，"我是摩根族的最后一位女人，我的使命就是马不停蹄地旅行。"她那么矫情，又那么真诚，说话时从来都是认真打量着你，仿佛你是她在这个世界上唯一的亲人。

她十九岁。跟朋友蹭饭，主人叫了两位小姐。本来是另一位陪我唱了首粤语歌，又磨磨叽叽喝啤酒。这时朱朱围上来咬紧我的耳朵，问，先生贵姓？我说，我叫阿三。她就笑了，接着问，哪里揩油水？我说我是个卖猪头肉、猪下水的个体户。她拧把我的手说，你长得真帅，后来她索性捏捏我的腮帮子说，听明白了吗？我想和你做。

慌乱中我忘记了戴避孕套。我们实验了十三种做爱方式，其中一种颇具创新意识，我被弄得生疼，呻吟不止。朱朱只是不停哆嗦，像是心脏病复发了。我趁势打住问，你真是摩根族人？她接着颤抖，舌苔的每块肌肉都被卸掉似的。后来我摸索着拉开灯，她已经裹着毛毯睃巡着我。

我们跳支狗屁华尔兹吧，她突然问，好吗，儿子？

她第一次唤我"儿子"。我没有反驳。她嘴里念叨着一支老派英文歌，歌的节奏像雨滴流过房檐那样舒缓干净。我就搂着一位妓女的乳房，沉闷地跳起了臆想中的英式华尔兹。我知道我还活着。

她的身体仿佛失却了重量，或者说像缕丝绸柔软抽象着旋转。我咬着她的耳垂。我确信我当时拽着具女性木偶，疯狂地摇摆在U型国道。一辆辆机器绕过我们夜奔。我尚未来得及敬礼，一簇簇午夜的萤火虫就慌张着飞远了。

10

等我奔到医院，麦琪平躺在一张儿童病床。她死了。她的老师们围成半圈，修女模样平静地祷告。她们只是一群愚蠢的苍蝇。校长按住我的肩膀欲言又止。另外有个卷头发的小女孩蹭在麦琪身边，嘤嘤哭泣。我认识她，她叫乔乔，平日跟屁虫似的尾随着麦琪。老师们开始着手制造气氛。她们大概要安慰我，吞吐着本地方言，由于激动紧迫，她们的声音惶惑着诞生出不真实的变调。我就那么一下子，接受了眼前所发生的一切，而且相当客观地身陷其中。男人俯过身去，发现他女儿的胸口绷着棉纱，浸着混沌血色。她扁平的乳头露着，凉凉的。他女儿麦琪仿佛一只冬眠的蜜蜂，单眼皮漠然地紧了，嘴唇还挥发着花囊香甜刺激的芬芳。我终于看清，她的嘴角沾着烤红薯的干进颗粒。

我将她抱到怀里，紧，怕勒着她，怕她疼，就松动胳膊。有那么几分钟，我揽着她的身躯，很怕不当心把她摔到地板上，瓷器那样粉碎掉。冬天的阳光射击着房间里酒精药片福尔马林的清洁气息。我听见麦琪对我说：

"爸，你的领带打歪了。"

11

当麦琪刚生下来，我当然还没有施展教育的机会。她躺在那里，满脸的皱纹，我从没有料到刚出生的婴儿会那么丑。而且，有一点我没有想到，我得给她取个名字。于是我和李小萍无休止地发明、搭配着各种歧义的汉字。后来我们管她叫"张麦琪"，已经忘记了是谁的主意。

心情好时我带麦琪到市里逛逛。我叫她认知城市中的河流、巴士、高楼大厦、名牌服装、名车、广告宣传牌、股票涨停板。没人意会出我急切向她传授一种焦躁的情绪，妄图命令她操纵环境本身纷芜杂乱的恐怖本质，以及这个社会冷漠不乏温情脉脉的眼神。但我彻底失败。她只是需要玩耍。我讲孤儿院的故事给她听。她会问："那么多哥哥姐姐住一栋大房子，多好啊。我也想当孤儿！"我说我五岁时，你奶奶爷爷在大地震中被压得肠子流了一手，所以说活着就是苟且偷生，她就抓住我头发喊："爸爸，我要拉屎。"我对她无能为力，她这么空白，没有谁能阻止她致命的劣根性。

或许孩子都是空白的？我斟酌着告诫她，等过了青春期麦琪就要结婚。结婚是什么？结婚就是跟另一个人搭帮过日子。她只是拼命地叫要"娃哈哈钙奶""喜之郎果冻布丁"，似乎没长耳朵。由此可见，麦琪只是个单纯的享乐主义者。

12

"我们——离婚吗？"

李小萍独自搬回娘家居住。这是伤心女人惯用的伎俩。她打点行装，披件肮脏的羽绒服，像所有离家出走的女人一样，跨出门槛时重重地摔了摔房门。我听见空气仿佛麦克风滑晒出失真的空鸣，唇齿耸动间，阿三的三面镜终究摔碎了。

阿三的神秘三面镜。

阿三十七岁辞别孤儿院。他套着一身蠢笨的运动服，举手投足流露着电影明星花里胡哨的傲慢。他那天对我特别好，正因为他处于出发状态的临界点，所以他的肢体语言像条产卵的大草根鱼，无时无刻不处心积虑地留恋熟悉的立体空间、经纬时点、水、流动或凝固的清澈记忆。他把积攒的镜子分批发放给孤儿院的男孩，对他们说（纯粹是名工人领袖的德行——这在他辉煌的大学生涯中被见证）："男人也需要明辨是非的镜子，孩子们，等待着出发吧！好日子只在别的地方！"他从一号房跨到二号房，从水房跨到厕所，将所有洛可可风格的旧物重新过滤一遍。最后他蹲到毛坑拉了一泡稀屎，他得意非凡地嘟囔，我不想带走孤儿院的任何施舍。

我们拥挤到孤儿院的房顶，像群春天的野猫，目送着阿三挤上一辆破旧的公共汽车。由于那天刚好周末，郊区的煤矿工人一窝蜂地赶车，我注意到阿三被挤得龇牙咧嘴，不失时机地扭动头颅回望灰屋顶的孤儿院。他动身前本来要把那面三面镜赠我，他甚至亲亲我的脸蛋，但一会儿他就忘了。我能原谅他，他正被热情折腾得心猿意马，况且他还未跟老院长辞别。他是个有恩图报的人。他说要给老院长打壶开水。

我们隐约看着一颗少年的头颅探出公共汽车的玻璃，摇着手臂。他的身体随着沉默运动的公共汽车逃离着他曾经的避难所。我知道只有我能体味到一个孤儿最隐秘的伤痛与动机。阿三像多年前上山下乡的红卫兵小将，迫使离别诞繁出生与死的夸张意味。他好像就着清晨的缝隙抛出一件明晃晃的东西。那东西被光秃秃的阳光反射，发出粉碎的哀号。我在刹那间伸出手指，似乎一下子抓到了阿三珍贵的礼物。然后我像块松动的瓦片，自房顶划出一道弧线，摔到地面。我的脑震荡持续了半年。

我记得那天中午孤儿院发生了建院以来的头次暴乱。一群男孩子愤怒地凿碎了食堂、宿舍、厕所的挡风玻璃。他们个个神情离索，内心激荡着恶毒的诽谤。他们都说阿三虽然做了教授的儿子，还是要不得好死。他的鸡巴又粗又硬，难道有条又粗又硬的鸡巴，就能当教授儿子，一辈子走红运吗？

我一点不奇怪院长为什么那天躲在她的城堡里不吃不喝，对男孩子们疯狂的暴乱不闻不问听之任之。肯定是因为她的眼睛哭肿了。她是个多愁善感的老处女，非常注重自己的形象和地位。这情有可原。

倒是男孩子们恶毒的预言在阿三未来颠沛流离的逃亡生涯中被见证。也许他们只是不会料到，阿三将是衣阿华州生意最红的舞男，他还将在法国小成本制作的艺术电影中扮演信仰道教的变性人，穿着红色高跟鞋摇摆在香榭丽舍大道。

13

我搞不懂，这到底意味着什么呢？李小萍离家出走后，我迫不及待地呼朱朱。后来我跟她安然仰卧在我和李小萍的席梦思上，喝了两瓶红酒。红酒喝下后我们才察觉出它的威力，为了抵御它热力四射的侵袭，我们只好又拆开一瓶。这样我跟朱朱变得不切实际，或者说这个男人和这个女人由于做贼心虚，不得不强迫性地创造出某种甜美气味。后来酒还剩下半瓶，朱朱建议我们玩游戏。

游戏单纯得可笑，它符合朱朱幼稚的理念和风格。我认为它根本就谈不上是游戏，朱朱说，她会把《重返天堂》后半部接着讲完，但张小乐必须讲一个离奇古怪的故事让她开心，她的故事才有结局，她才会把剩下的半瓶"野牛"红酒一口气灌完。无疑她是个出色的酒鬼。

她讲这些话时老盯着床头，她并不知道一个小时前那里还摆放着神秘的盒子。她蹦跶着手指抠了抠床头柜，她的纯粹偶发性的动作再次让我……揪心地……疼……

"贝斯去找托尼。托尼是位出色的计算机工程师。他是典型的美国白领，家境富有，过着上等人体面的生活。而且他下个月就要结婚了。他开始时，毫不犹豫地拒绝了贝斯的建议，因为他认为如果那么做，是对自己人格最残酷的污辱。哦，轻点。"

"听着，有个男孩十四岁，他开始梦遗。那天醒来后，体液浸湿了他的大腿根。他很害怕：他想，这是疾病的象征吗？就像一个濒临死亡的人极力证明自己活着，他跟阿三悄悄说了。阿三皱皱鼻子说，这很正常嘛，每个男人都这样……你的手放老实些。阿三什么都懂，尽管他们同是孤儿院的孤儿。他就像是位活过一次重新出生的男人，记得诞生前本应忘记的事。也许他没喝'孟婆汤'，孟婆见他太漂亮，于心不忍，便对他说，记住这辈子的事吧，保证你下辈子受益无穷。"

"托尼的生活受到干扰。托尼承认正处于前所未有的矛盾之中。第二天他给贝斯回了电话，他愿意为路易斯蹲三年监狱，不管路易斯的上诉是否有效。但是必须有一个前提，那就是谢里夫必须一同前往，共担罪责。这是唯一的机会了。"

"阿三半夜时常外出。男孩担心他患了梦游症。你不知道十四岁男孩的想象力多可怕——他只好跟踪阿三。阿三穿着三角裤推开房门，像迷了路，他竟朝一个最神秘的地方走去。"

"托尼跟谢里夫昼夜畅谈。他们回忆了三年前滨城的美好时光。那时三个偶然相逢的美国男人在海边度过了一段最美妙的时光。他们同饮同醉，并且吸食大麻。他们的精神漫游在不可言喻的自由之中，就像随随便便一脚跨入了迷人的天堂。他们决计不曾料到，地狱的门于天堂之外，早已为路易斯冷漠地打开了。"

"那是院长居住的单身宿舍。院长是位可敬的老处女，这里的孤儿全是一九七六年唐山大地震的幸存者。为了这个孤儿院，她终身未嫁。男孩一直当她是母亲。他腼腆地爱着她。他疯了似的收集她的照片、有关她事迹的报道（报纸将她宣传成一位为了孤儿而奉献一生的崇高的非党人士，她还是该市的人大代表）、她随手丢弃的废纸、餐桌上的一根她的头发，他甚至爱上了院长的皱纹，以为院长是天下最美的女人。除了阿三和男孩，她的宿舍从不允许旁人进入。在众多孤儿眼中，院长的宿舍便是一座诱惑重重的城堡，神秘无处不在。夜晚的阿三，幽灵阿三，打开了院长的房门。男孩铁青着脸，猜度不出这是阿三梦游呢，还是自己梦游呢？有那么片刻，他确信了自己的眼睛，有只夜行飞鸟掠过他的头顶，一泡稀屎不偏不倚击中了男孩无辜的单眼皮。他感觉自己倒像是窃贼，心虚得要死。扒住玻璃窗的男孩听到了两个人隐秘的欢叫。春天时总是有野猫躲在墙角，叫出这种可怕的响动。他想，或许院长病了，阿三替她打针，阿三平常喜欢手里拿根针管吓唬人。夜亮得很，房间里的木床吱吱呀呀地颤悠，男孩哭了。"

"讨厌！你非要当'快枪手'吗？……飞机起飞了。飞机上只坐着托尼跟贝斯。"

"很多年后，男孩明白了夜游事件的核心内容。那时他已身穿制服，奔波在U型国道。他幻想这样或那样的奇迹出现。比如某天，他拦截了一辆灵车。司机出其不意掏出把手枪，瞄准他的额头，吆喝他滚蛋。车里藏着通缉犯，还有十麻袋刚从银行打劫的人民币。干吗他老是失望？就是因为从不会发生诸如此类的事件。"

"在监狱里，托尼见到了路易斯。路易斯已经变得麻木。多年的监狱生活已改变了他。他的脸像那种白痴毫无内容，眼神呆滞。当一只胖老鼠从路易斯腿上爬过去时，托尼呕吐起来。"

"阿三十六岁时被院长推荐给北京的一对老教授。他们领养了这个与众不同的男孩。他的前途多么光明。可他没有好好把握。他上大四时，是个无知的性亢奋者，一位所谓的'学生领袖'。如你所料，美妙的结局守候着他：他被通缉、他被追捕——他只有不停逃亡。后来他就失踪了。

"从一九九三年开始，每逢元旦我都会接到寄自国外的贺年卡。这些贺年卡来自不同的国家。一九九三年来自衣阿华州，寄卡者告诉我，他是该州最红的舞男。他活得很体面，在郊区购了一套豪宅。他打算明年买辆红色宝马，这样参加宴会时不至于租那些黑人的出租车了。

"我知道他是谁。一九九四年我又收到一张贺卡。这次是从伦敦来的。寄卡人说白天他在伦敦的皇家花园里当清道夫，晚上则在白金汉宫附近进行行为艺术表演。多么可笑：他穿着粉红色三角内裤，外面单套黑色透明风衣，和一尊人理石雕像面对面站立。他要表达什么呢？

"一九九五年的卡片来自洛杉矶。他的卡片上写着：请注意《肉体证据》里的中国医生。我千方百计借到这片子，是麦当娜主演的。里面确实有个给人针灸的中国人，可他只是一闪即逝。他卖药给麦当娜只用了五秒钟，而和麦当娜在床上的时间却超过了两分钟。他只露出黄色的脊背和一双骨节很大的手。

"他活得开心吗？不知道。我现在都不知道他是死了，还是活着。"

"我很喜欢你的故事。剩下的红酒我喝。儿子，改天你那个阿三要是回国，千万记得通知我一声。我琢磨他给的小费肯定比你多。明白吗？明白？你明白什么？我可是摩根族的最后一位女人。别碰我的铃铛！讨厌！我还不明白你干吗老像条狗似的亲我的乳房。我只是不明白，阿三离开后，谁接着陪老院长睡觉呢？天哪！你疯了吗？！不老实我报110！"

14

那天的经历是这样的：麦琪中午放学时，买了两块烤红薯，她对乔乔说，你一点不用灰心，瞧，你爸你妈打离婚了，可你照样能吃到香喷喷的红薯。

她们一前一后挤上车。车里人多。2路车一向人多。她们艰难地背着大书包，又要照料手中的食物，显得力不从心。麦琪不失时机咬上一口，再细细咀嚼，红薯温热的气息扩散着。

过了一会儿，麦琪对乔乔说，我的红薯掉地上了，真倒霉，今天像颗臭花生米。（麦琪酷爱比喻句。她打电视上学到些颇富时尚的语言。比如她赞美别人时常说："你像莫文蔚那么酷，简直比陈小春还讨人疼爱！"）

她蹲下身去，发觉有点费劲，她只好弯下腰。她担心红薯被乘客踩扁了。她是个贪嘴的女儿。

然后她怒视着一个十七八岁的少年断喝道，小偷！你这个不要脸的小偷！

人群一阵骚乱，这正是麦琪想象中的效果，她手里攥着烤红薯，对那个彩发少年问，你干吗偷别人的钱包呢？

少年甩了麦琪一耳光，骂道，你他妈发贱哪！谁他妈偷钱！

麦琪一把揪住少年的衣角，说，你这个可耻的小偷！

我听校长有板有眼演绎着我女儿的经历。我绷着脸，我一直警告自己，我是个冷酷的人，这样也许我会好受些。我女儿麦琪被小偷捅了三刀。一个八岁女孩揭发了他，甚至像女人那样踹了他的阴部。麦琪流着血，嘴里仍嚼着烤红薯，对乘客歇斯底里地喊，叔叔阿姨捉小偷啊！她的声音尖锐，像把锥子。

他们（一位七十六岁的老教授和三位下岗职工）只是抱她到医院。乔乔捧住第二次从麦琪手中滑落的烤红薯。

校长说，凶手跑失，公安局已经备案。我为我们学校拥有这样一位勇敢正直的徐宏刚式的少先队员而骄傲。我们正向省教委申请她为全省十佳少先队员……这都是家庭良好教育的佐证。

我点着烟，对校长说，操你妈！申请个×！我从来没叫她见义勇为！我一直告诫她，见了小偷遇见杀人犯，先给我躲得远远的！千万别冒充英雄！

校长只是笑笑。我游荡出校长办公室，站到冬日枯萎的阳光下，哭了。我女儿麦琪，没了。早晨离家前，她还朝我来了个飞吻。

15

麦琪五岁，李小萍牵着她看电影。当然，李小萍对她的男人坐在女售票员身边（颇为亲昵，我很可能正抚摸姑娘的手背）甚是惊讶。透过方形售票口她甚至对我笑了笑，笑得不伦不类。然后她不住俯身对麦琪讲，别哭，别哭，妈买乐百氏健康快车。吃，噢乖，噢乖乖，乖乖。她抢过票，转身欲走。售票姑娘酸溜溜骂道，你有毛病啊！还没付钱呢！看不起电影就别看！一瞅就知道是个下岗的。

那天晚上李小萍趴在我的身体之上，像麦琪扑到她怀里那样依恋。她扒掉我的内裤，触摸我的肌肉，然后像振荡器抽泣起来。起先只是小声哽噎，声音仿佛失去控制的音响杂音，漫无目的而且嚣张得过火，最末连声音都没了，我搂紧她滚圆的臀部，柔曼地拍打着她，就跟她哄麦琪那样，唯一的目的便是让她保持必要的安静，同时传递出必不可少的安全感。有些可笑，她就那样忧心忡忡地睡熟了，她眼眶里挤掉的泪水在我脖梗处冰凉地化开。我终于为她的倔强折服。她的要求不高，只是想得到这男人恒热的体温。她当然不清楚电影放映期间，我的情人抚摸着我的私处，而我却用了全部的时间来准备我的腹稿，接受斥责与进行申辩的激情统御了我。散场时，虽然已经深夜十点钟，我还是打算找个朋友商量对策，后来我发现，我竟然一个朋友都没有，这时我才真正焦虑不安起来。

李小萍见到我并不说一句话，我开始背诵我的台词，她缄口不语，仿佛我说的是些跟她毫无关系的别人的新闻。后来她总算开口，她说，等麦琪结婚后我们再离婚，好吗？她竟怯怯地说出了这样的话！她与众不同的处世哲学完全折服了我。或者说，我被完全击败了。我坦白了一切，并发誓以后永远不再见女售票员。以后我确实再也没见过那条修长的大马哈鱼。

麦琪七岁时学会冷眼观瞧我跟李小萍的战争。我象征性地摔破玻璃杯、砸碎饭碗，我的脾气像厄尔尼诺气候不可抑制。我渴望一个女人拼命地哭叫、吵闹、撕扯我的制服。如我所料，李小萍会弯下腰，喘息着拾掇起器皿，再满怀信心地放归原处。她的沉默、不会谴责令我更加愤怒。麦琪会安慰她的母亲。她像个邻家妇女抚摸着李小萍的手心手背，对她耐心讲，别生气，男人的脾气通常像火山，爆发后就安静了。然后她们母女走入房间，不久，屋里就传出夜莺那么美妙的笑声。如今听不到夜莺唱歌了。夜莺死了。

只有一回，麦琪郑重地对我讲，爸，你不会跟妈离婚吧？她搂圈住我的大腿，扬着头颅，一双小眼睛闪亮着伤心的热切。我就告诉她，她是乖女孩，乖女孩不要管大人们的闲事。

16

李小萍裹着麦琪的骨灰盒离家出走已经五天。我打开书架，盲目地取出本书，看了两眼又随手扔掉，然后机械地按了呼机号。我有一天半没看到朱朱了。她有权利选择自己的客人。

电话里传来朱朱的声音。

她是租车来的。

她穿得颇为厚实。脱下皮大衣，解开围巾，又琢磨着褪掉毛衣。原来里面还套着坎肩。

我们抽了烟，喝了方糖奶茶，接着上了床。手续简单实惠。空气有点凉，我打壁镜窥到我的屁股有韵律地起伏，做着做着就茫然了。她说你冷吗？按紧了我的腰身，抚慰婴儿似的拍打着我的臀部。两台老机器灰暗地转动。我甚至怀念了孤儿院的一台老风箱。烧饭时霍师傅吧嗒吧嗒地拉着风箱，灶里的火金子似的闪耀。他偷着烧土豆。他是个老鳏夫。他把香喷的焦皮土豆塞给我。他说，快长吧兔崽子，好日子还在后头呢！土豆亲亲我的土豆。我吸吮住朱朱的喉管，哽噎着吮吸。我告诉她，麦琪死了。

朱朱尖叫一声，像个没有眉眼的女鬼迅速穿好衣裤。接下来的情节简约而富于戏剧性。她不安地环顾四周，问，我们刚才躺的，不是麦琪的床吧？她其实早已猜到答案，只是要亲自证实一下恐惧。她虽标榜是摩根族最后的一位女人，但并未秉承勇士家风。后来她倚住墙角，颇有涵养地提醒，钱。

我递过一百块。这是我们的老习惯，下床后立付现金，拒绝拖欠。她上南京某大学时是会计系的高才生，老获一等奖学金，当然懂得千万别出现呆账的原理。朱朱将钱随手塞进厚棉袜，像个女主人蜷沙发里，说，我该走了。

她郑重其事地说，她要离开这座寒冷的城市，继续旅行。如果继续留下，过不多久，恐怕连月经带都得送到当铺。

我漫不经心地问，你真的——走吗？这么冷的冬天，哪里的买卖都不会好做。

我要去哈尔滨。她说，我喜欢四处乱飞。我没和你说过吗？我讨厌蜗牛那样在猪圈上待一辈子。我喜欢我的职业，等我老了，也要写本《情人》。她只有一个情人，而我的情人却遍布长江南北长城内外。你也要变成我书中的符号，大概黄河以北再翻寻不出比你还无聊透顶的男人了。嗯，我打算把你……塑造成一个高魁英俊的傻瓜，甩个眼风就能把女人迷得神经质。当然我还可以把阿三写进来，我可以想象我们三个人一起做爱的细节——喜欢吗？

我盯着她的眼睛，半晌才嗫嚅着说，你干吗喜欢这一行？以你的学历，找份安定的工作不是件难事。

朱朱喝了杯茶，摸索着套上毛衣、皮大衣、围巾，伸展腰肢，做了个标准的邀请动作，问，来支华尔兹？当然，她斟酌着说，如果你……喜欢……我可以考虑留下来……我说的是实话。

我发现她眼里噙着泪。

我没有反应。我闷着头抽烟。烟灰"噗噗"燃烧。

她笑着掸掸我的裤裆，说，你是个没意思的男人，真的，真没意思。我很奇怪，你这样的男人活着干吗呢？你从未爱过别人，至少目前如此。你给的小费总是比别的客人少。不过，我挺乐意陪你。这是实话。《重返天堂》的结局想知道吗？我不妨告诉你：路易斯最后还是被吊死了。

她在防盗门口站了良久。她的嘴巴一直在咀嚼什么东西。也许她还想说些告别的话，可最后她只是把口香糖吐出来，一声不吭地粘在门框上。

我扒住窗帘缝隙目送着她。很多年后我还能想起她的背影：尽管她穿了很多衣服，可还是很瘦。

麦琪、李小萍跟我的全家福挂在墙壁。这帧纪念物，似乎标志着这个冬天全部的主题：我当初结婚时渴望娶到老婆，结果只娶进一位倔强的老处女；我还没离婚时，我的老婆孩子就迫不及待地抛弃我了。

17

下午四点钟，一个男人锁上房门，穿着大衣站到屋檐下。似乎要下雪了，空气温湿，谨慎，仿佛已事先准备好随时调遣的氛围。我心情很好，没有管弦乐刺痛我的左肾和右肾。我还记得阿三告别孤儿院时的慌乱心境。他打一号房跑到二号房，又打水房钻进厕所。我们私下都清楚阿三要离开了。院长通知我们，阿三被一对夫妇领养，要带他去北京。北京，多么辉煌的地方！他的领养人是对大学教授，无疑他们喜欢这个与众不同的少年。他们甚至给他买了一身adidas牌的运动服。他穿着新装像马戏团的猴子四处蹿蹦。他神秘地暗示，他将把那面精美绝伦的三面镜馈赠给我。知道三面镜吗？让我告诉你，三面镜即是一面并不存在的镜子，从来就没有什么狗屁三面镜。哪怕他若干年后逃亡世界上任何一个地方，哪怕他是在衣阿华州做舞男还是到拉斯维加斯的赌场当发牌员，他都从来没有过一面真正的三面镜。而我依然穿行于我的U型国道，无时无刻不幻想着高潮的来临：痛苦与欢乐同速抵达，一名通缉犯掏出塑料手枪，并且像周润发那样技巧性地转动着枪柄，他会对我说，哥们儿，放行吧。挥霍而就的传说、杜撰，还有，忧伤，一并踏入那面理智的镜面：大家都开心地打碎了自己的世界，包括鸡巴。

我拎着麦琪的一只红皮鞋，顺手抛进垃圾箱。当麦琪躺在医院的病床上时，她已经说不出一句话了。她只是对乔乔嘟囔了一个字："爸。"她想抬起手来向乔乔示意什么或是抓住她，但那只手再也举不起来了。片刻过后，老师赶来向她俯下身去，她才终于低声说出这句话："爸爸抱我。"

我还鸟瞰到一个男人，仿佛一面冷色调旗帜，稳妥地插在 U 型国道。他机械地抬动着手臂，欢送着一辆复一辆的机器喷吐着香烟迷失到漫天雪色的忧患旅程中，而隐约分布的危机，早已如萤之尾，闪着萌芽的光亮了。

知道此刻一位父亲最深切的愿望吗？他打算想方设法弄死那个小偷。然而我只是紧了紧路警漂亮的翻毛衣领，搓搓手，拽出一支香烟，沉着眼睑吸起来。

写于1999年

疼

1

那天的清晨是从一只蟋蟀开始的：杨玉英盘腿坐床头剪指甲时，蟋蟀就叫了，开始还若隐若现，慢慢就刺耳起来，每叫一声，杨玉英左眼就跳一下。它叫得越来越欢，杨玉英的眼皮也跳得越来越快。杨玉英嘟囔着骂两句，光脚翘屁股倒腾床下的易拉罐，蟋蟀便哑了，杨玉英上了床继续剪指甲。然而让她担心的事再次发生，那就是蟋蟀又叫上了，她的眼皮又跳上了。她扭头对马可说，几点了你还傻睡？冬眠哪？说完她扔了指甲刀望着窗外。窗外有棵树，树上栖着只乌鸦。杨玉英就望着那只油光水滑的乌鸦。

我困，最近老睡不踏实。马可边说边从被窝探出手，一把攥住了杨玉英的脚踝……

这是半年来他们唯一的一次清晨做爱。以前不这样的，以前的清晨和以前的夜晚没什么本质区别，其实对马可而言，他更喜欢

清晨做点什么。那时街上闹起来了，卖鲜奶的郊农扯着破锣嗓子吆
喝，拉丁舞爱好者在时代广场上放音乐……听着机器和人制造出的
杂音，他总是膨胀得近乎爆炸。那次邻家的斑点狗吼了一早晨，马
可在床上随着那条狗发情的叫声，一次一次又一次地要着杨玉英。
狗叫了大约三十分钟，在这三十分钟里，马可的身体变成了一台不
折不扣的打夯机。杨玉英只是双手死掐着他肩膀，撒盐的泥鳅那样
胡乱扭动。杨玉英跟其他女人不同，身处高潮不是呻吟，而是用她
尖利的指甲在马可身体上划开道道血迹……事后她会搂着他抽噎。
她的抽噎只是象征性的道歉罢了。像她常叹息的那样，她是个"不
会哭的女人"。倘若她没撒谎，倘若她三十岁之前确实没哭过，那
么，至少在他们同居的两年中，她真的从未掉过一滴眼泪。杨玉英
解释，她泪腺有问题。作为一个女人小小的缺憾，杨玉英有时戏谑
着说，也许到我死的那天，我还是能哭出来的。人也只有见了棺材
才落泪。

　　这天早晨，马可煎的鸡蛋熬的绿豆粥。打鸡蛋时马可发觉其中
两枚很脏，就用碱水泡了泡，泡了半天鸡粪也没掉，便从厨房寻了
把菜刀。杨玉英正洗脸，对他的举动甚是诧异，她小声地询问，你
干吗啊？马可没搭理她，菜刀在缸沿上磨了几磨，便顾自用刀削蛋
皮。杨玉英脸也不洗了，拽了把椅子坐下看他削蛋皮。马可反而就
不削，将蛋打了，筷子搅得叮当生响，过油时他忘了放葱花，杨玉

英顺手切了两段葱白扔锅里。等把蛋煎好，他们才发觉绿豆粥已经煳锅，滚烫的气流弄得屋子里烟熏火燎，杨玉英咳嗽着问："你有什么心事吗？"

"我能有什么心事？"马可说，"我不就是一具行尸走肉吗？"

杨玉英说："你还生气哪？"

马可没说什么，闷头吃饭。杨玉英就说："你生气也好，不生气也好，总之你死了这条心。"马可抬头扫她两眼，杨玉英就说："看什么看？你别觉着我心虚。是你自己心虚。"

马可没和她吵。他不喜欢吵架。在马可印象中，小时候，每当全家人正襟危坐吃饭的时候，也就是战争开始的时候。他母亲是个胖子，他父亲是个胖子，他哥跟他姐也都是胖子，或许应该这么说，他们家除了马可是个瘦子，全都是面色红润唇须蓬勃体积庞大的庄稼人。和这些喝凉水都长膘的人吃饭，他最好的选择就是让自己变成哑巴。他们为谁先盛饭吵，为谁多夹片瘦肉吵，为谁不小心放屁吵，为谁饭后拌猪食吵……对食物的热爱并未阻止他们对吵架的热爱。一九九一年冬天，母亲在饭桌上被父亲掌了嘴巴喝敌敌畏死了。半年后父亲娶了个长他四岁的寡妇。老寡妇蔫萝卜辣心，餐桌上的战争仍如火如荼。从那时起马可便认为，饭桌就是吵架的场所，为了填饱肚子，生些不必要的气，死些很重要的人，是合乎情理的、有人情味的，也就是说，为了享受，在享受的同时遭罪，该多么天经地义。

"你不说话我也不会把你当哑巴卖了，"杨玉英说，"你有几根花花肠子我还不知道？你以为钱那么好赚？你以为我攒的钱专门供你打水漂玩？去年你倒腾棉花赔了三万，我说过什么吗？没有。我心疼了吗？没有。你是聪明人，聪明人就该吃一堑长一智，黄老板那茬你就省省心吧。人家是多少年的咸菜疙瘩啊？你这才在酱缸里腌了几天？"

杨玉英平时吃饭慢，她牙齿不好，咀嚼食物时总是忧心忡忡，这种忧心忡忡影响了她正常的进食速度。但这天杨玉英很快就吃完了。吃完后她开始化妆。

马可问："你今天不是休班吗？"

杨玉英涂着眼影说："谁说的？"

"你前天说的啊。你说今天休息。你说今天在家洗衣服。"

"哦？"杨玉英转过身，有些狐疑地看他两眼，"也许前天我说过，可我改主意了。你知道我忙得跟屎壳郎似的，粪球再臭我也得推吧？"

马可知道杨玉英忙。自他失业后她就更忙。以前她跑过保险，直销过安利，还卖过一种治疗腰间盘突出的"紫薇星治疗仪"……好像能推销的东西她都做过，而且业绩比一般人还好。最近她又开始推销一种鱼肝油，据说这种鱼肝油包含了人体所需要的所有维生素。为了让马可变得魁梧健壮，让他更像个男人，杨玉英曾逼他吃过那种鱼肝油。当然，这些鱼肝油尽管昂贵，效果还不错，一个夏天下来，马可腰上的赘肉果真肥了一圈。

"好好休息休息吧。你这么累……你累了我心疼。"马可搂住杨玉英的脖子。杨玉英的脖子比啤酒瓶瓶口粗不了多少。

杨玉英挣开马可的胳膊，迅速地从坤包里拽出十元钱，甩甩压碗底下。马可又去搂她脖子，她再次挣脱开，站起来亲亲他。她舌头沾着鸡蛋黄的腥味，熟练地在他口腔里兜了两圈，在舔到马可那颗臼齿时停下来，摸摸他耳垂说："没事别出去瞎跑。听话。"推开门时，她对愣愣地站在那里的马可说："穿上衣服，别着凉。小心痔疮又犯了。"

马可"嗯"了声，确认杨玉英离开后，他开始给索亚男、老麦他们挨个打手机。还是没人接。也许这些无业游民和他一样，正在做美梦或刚从美梦中苏醒。他们没来，他们没来也没什么。马可没生气，不但没生气，反倒有些隐约的轻松。锁门时他拾起块煤核朝树上的那只乌鸦冲过去，乌鸦优雅地抖动黑羽，嘎嘎着自他头顶上飞了。马可只觉眼皮一凉，用手抹了抹，却是一泡鸟粪。

2

索亚男住红旗大街鹌鹑巷105栋2单元204。马可气喘吁吁地按
门铃，按了半天也没人开，索性"咚咚"着狠踹起来。马可猜得没
错，这个腰里终日揣着把弹簧刀的男人还在睡觉。索亚男是那种白
天睡觉晚上做事的人。在很长一段时间里，索亚男给马可的印象
是，他就是一只昼伏夜出的黄鼠狼：白天用来做梦，晚上用来偷鸡
摸狗。其实晚上他也做不了什么正事，除了喝酒和蹦迪，他好像没
什么擅长的。当然，他喝酒很牛，他梭鱼苗那么瘦，喝起啤酒来却
像条哺乳期的鲸鱼。有回蝎子请他喝百威，他一气喝了十五瓶。喝
完十五瓶啤酒后他做了俩姑娘，做完了俩姑娘后他又喝了十五瓶。
其实这也算不得牛×，索亚男最牛×的地方在于，他即便喝了三十
瓶啤酒也不挪窝。这就很恐怖了。马可觉得索亚男简直不是人，或
者说索亚男是人，他只是长了一只巨大无比、随时盛满了自来水、
麦芽糖和酒精的尿脬。

很显然，这个大尿脬男人忘了答应过马可的事。马可有些不满
地说，他从早上八点四十就等他们，傻老婆等汉子似的一直候到九
点半。为了延续时间，他不得不跟杨玉英做了一次，可即便如此，
他们还是没能如期到达，结果杨玉英就去上班了，他说他没料到他

们会放他的鸽子。索亚男没搭理他，起身如厕，回后蹲那把破椅子上，边撕扯着椅垫里的碎棉花，边盯着电视里正从鞍马上腾空而起的霍尔金娜，有一搭没一搭地说："我哥该出来了。你知道吗？"

马可没说啥。他知道索亚男下一句想说什么。这句话索亚男已经说过多次，和马可说过，和蓬蓬说过，和老麦说过，和刘敬明说过，除了没告诉他躺在骨灰盒里的母亲，他已经把这个消息告诉了他身边所有的男人和女人。索亚男他哥蹲了五年了。进宫之前他是索城东西南北十八条大街里最狠的大哥，他之所以狠是有来历的。他自小跟一位"力功派"的掌门人学武术，一九九七年还获得过索城轻量级散打冠军，他曾一拳就把太原街老大"金马蜂"的脾给砸破了。五年前，这位轻量级散打冠军从云南贩了点海洛因，后来犯了事进了宫，据说快出来了，所以索亚男的下半句话应该就是："操他妈的，我的好日子就快来了。"

没好日子可过的索亚男在索城一所民办大学读书，也不知道读到大几了，仿佛读了几年还没毕业，也许已经毕业了还在那里读，反正他也没什么事。马可已经忘了何时认识的索亚男，也许认识几年了，也许刚认识几个月。索亚男这人最大的特点就是面孔模糊，每个人看到他，都能从他身上拼凑出熟人的影子，仿佛都跟他打过交道，都是他铁哥们儿。马可这次找索亚男，无非是杨玉英没见过他。马可多数朋友杨玉英都会过，那些人都知道他和杨玉英的那档子烂事儿，他找他们来帮忙非但没可能，反而极有可能被他们劝阻，他们肯定会劝他放弃这件事，然后谴责他是条黑心狼。找索亚男就不同，索亚男是畜生。畜生什么事都能干出来，而且会干得非常无耻非常漂亮。

"你借我二百块钱吧，"索亚男褪掉内裤懒懒地说，"我得性病了。"

马可愣了下。他象征性地拍拍衣兜说："我现在身上就十二块钱。杨玉英每天就给我十块。才十块……还不够买包香烟，"他揉揉鼻子打了个喷嚏，"她真老了，男人越穷越喜欢吃，女人是越老越喜欢钱。"他说这话时面无表情。索亚男知道他说的是实话，但他觉得很有必要让马可明白得性病是件多危险的事，"我操你妈的，我真得性病了！你给我二百块钱吧。你不给我钱，我他妈怎么治病呢！我的病要是治不好，"他有些忧伤地盯着马可，"我还怎么弄姑娘啊？啊？你说呢？"

为了安慰索亚男，马可只好郑重地观察了他的裆部。马可并不清楚索亚男是否真的染上了性病。不过像索亚男这种人，得什么病都正常。马可探着脖子问："疼吗？"索亚男"嗯"了声说，"不疼，就是有点痒，不过慢慢就疼了，疼到劲儿上慢慢就烂了。这个地方要是烂了，"索亚男声音有点颤，"我就不是个男人了。"马可只好再次点头，承认他说的话很实在，并没有离谱之处。一个男人要是没有一杆好枪是不可能幸福的。马可拍拍索亚男肩膀，点支烟递他，话锋一转，再次质问他为何失约。

索亚男问去你们家干吗？马可这才相信，这家伙确实把正事忘了，不但忘了，还忘得这么彻底。于是马可提示他前天喝酒时提到的"那件事"，为了将提示变得直截了当，他提到那天喝酒的"天上人间"酒吧，提到一起喝酒的人，他还提到，为了避免他们麻烦，他事先给了他六双丝袜、两条亚麻绳子和一条新毛巾。提到袜子时马可还有点心疼。为了保证丝袜质量，他买的是"浪莎"牌，这牌子贼贵，花了他一百二十块钱。贵是贵了点，想想做什么事情都有代价，马可觉得心理上还是可以接受的。

提到丝袜时索亚男"哦"了声说，原来那些丝袜是你给我的？马可说是啊。索亚男说你他妈有病啊，送我丝袜做什么，我又不是女人！马可说我是有病，我就是送你丝袜了，你不会把丝袜弄丢了吧？

索亚男说："丝袜没丢，不过也不在我这里了，我把它送人了。"

"你送给谁了？"马可道，"不会送给张美丽了吧？"

索亚男笑了。他说昨天在床上发现了那堆袜子，商标上的美女大腿让他硬了，他就把张美丽招呼过来了。张美丽是他女朋友。他们在床上折腾完，他就把那些袜子顺手送给了张美丽。张美丽当时就穿了一双，穿了新袜子的张美丽很开心，他们就在床上又折腾了一回。

提到张美丽时，索亚男似乎想起马可说的那件事，"脉搭准没？别等着白忙活一回。你知道我很忙的。要不是你的事我才懒得管。"电视里霍尔金娜又从高低杠上掉了下来，她哀怨地凝视着镜头，索亚男就说，"连霍尔金娜都能从高低杠上掉下来，你这档子事也不包准就成。"

马可斩钉截铁地说："杨玉英有钱。你也知道她以前做什么的，何况做了那么些年。瘦死的骆驼比马大，她说过，等明年开春了，在北京街租套房子，开个美容院。你说，手里没个十来万她敢说这话吗？"

索亚男说："有这么个好老婆，还瞎折腾什么？"

马可说："她不是我老婆，就算是我老婆，那钱也是她的，不是我的。昨天晚上我又跟她借。她说……"

"说什么？"

"她说，男人要是靠得住，老母猪都能爬上树。"

索亚男把烟掐了，套上夹克对马可说："走吧。我们去找蓬蓬。"

3

蓬蓬从写字楼出来后，径自跟马可他们去了家酒吧。蓬蓬一直没吭声，只优雅地啜啤酒。他没说话表明他尚记得应过马可的事。说白了，马可和蓬蓬关系不深。蓬蓬是马可通过索亚男认识的。他和索亚男是发小。马可记得他和蓬蓬喝过几次酒，合伙找过几次小姐。有一次他们几个人只弄到一个包房，里面只有一张床，索亚男和姑娘在床上弄，马可和另外一个姑娘在地毯上弄，蓬蓬什么都没弄，他连姑娘都没找，他只坐在角落的沙发上看马可他们弄。出于礼貌或者同情，马可邀请他一起过来玩，或者等马可玩后他接着玩，但蓬蓬拒绝了。这样做挺无聊的，至少马可是这样认为的：蓬蓬和他们不是一路人，他甚至连个姑娘都不敢找，他为什么跟他们混？他跟他们混能混出个鸟？不过那天马可也没让蓬蓬闲着，他从背包里找出随身听，让蓬蓬帮忙录一下他们做爱的声音。对于这个看起来明显是侮辱的行为蓬蓬没有拒绝——这才是最让马可吃惊的地方：看来蓬蓬不喜欢碰脏的东西，但是并不反对观察那些脏的东西。是的，脏的东西，马可必须承认，有些事情本质上就是脏的，无论用怎样的丝绸或甜言蜜语包裹住它，它还是脏的。

就像这次邀请蓬蓬一起做的事情，马可认为，本质上也是脏的。不过马可记得那天晚上听了马可的计划后，蓬蓬一点没吃惊。马可知道蓬蓬没喝多，蓬蓬这样的白领一辈子都不会喝多：他们的牙齿和他们的胃总是处于一种轻微的、麻痹的饥饿状态，以保证他们良好的体态和优雅的举止。在叙述计划的过程中，马可一直留意每个人表情的变化。说实话，当着那么多人说出所谓的"计划"，马可并不放心，他觉得这件事情知道的人越少越好，而不是越多越好。对于刘敬明马可还是挺放心的，刘敬明有些智障，你让他做什么事，他从来不拒绝，不是他实惠，而是他不会拒绝。你只要给他买一个廉价的、毛茸茸的、米黄色动物玩具，你就是让他在大街上裸奔他都乐意。在他的世界里，最珍贵的就是玩具。他的玩具已经把他们家变成了一个玩具超市，也许在不久的将来，他们家的厕所、厨房、车库、游泳池、网球场，包括他老爸的公司里，会堆砌得全是玩具。那些米黄色的玩具会把他们家变成一粒硕大的鸡屎：就像马可小时候养的小鸡拉出的一泡没有消化好、仍掺杂着谷物和石子的鸡屎。

"你真想好了？"蓬蓬终于开口，"你要是悔了怎么办？这事可不是小孩子过家家，闹着玩的。"

马可说："我要是想不好，能来找你们吗？"其实马可想说的是，他不单想好了，而且每个细节他都想好了。马可是个心细如发的人，这样的人无论做什么事都会心里有谱。他在一个破笔记本上记录了诸多方案，每个方案及相关道具都被他推敲得完美无瑕。单说道具，譬如绳子，必须使用那种韧性和弹性良好的麻绳，纤维绳是万万不能用的，纤维绳绑起来会勒得又紧又疼，索亚男他妈上吊的时候不就用的纤维绳吗？另外索亚男他们还必须能够熟练使用绳子，以保证真正捆绑的时候轻车熟路，为此，马可还专门请了位擅长表演"逃脱魔术"的业余魔术师教了他们一些捆绑技巧；譬如毛巾，必须准备一条干净的、柔软的、没有任何异味的纯棉毛巾，不是两条，是一条，到时候必须留着一张自由的嘴巴用来讲条件；还有就是丝袜，想到丝袜时马可有些焦灼。他没想到索亚男把丝袜送给了张美丽。还好，这些都是容易解决的问题，现在唯一拿不准的，就是蓬蓬、老麦他们的态度，他们曾经口头上答应过他，可今天早晨一个都没露面，电话也没打，这说明板上的钉子还没真正钉好。人不就是一种变来变去的动物吗？食草动物可以相亲相爱，食肉动物就难说了，何况人这种动物有时候吃荤，有时候吃素。

"宁动千湖水，不动道士心。"蓬蓬眯着他细长的眼睛说。他的眼睛大而漏神，眯起来时瞳孔和白眼仁就消失了，只是一条镶嵌着黑粗睫毛的肉缝。

"我不是道士，"马可想想说，"我是个穷光蛋。"

看来蓬蓬的态度尚在游移之中。马可不明白索亚男干吗要找蓬蓬。他这样的有钱人会为了哥们儿做这种事吗？索亚男完全可以叫上蝎子或者米老鼠。蝎子做事干净利索，米老鼠做事心黑手辣。如果叫上他们干这件事，无疑是上了双保险。

"你什么星座的？"蓬蓬伸了个懒腰后，从背包里掏出本装帧精美的《星象指南》。

"我不信这个。"

"你什么星座的？"

马可只好说："金牛座。"

"这很重要，我想占卜一下你今天的运气。这东西很准，上个月我到白云飞机场接我姐，书上说那天不宜迎客，结果那天机场一带果真堵车，等了一个多小时呢。"

"我不信这个，一点都不信。"马可说。马可可没心思听他分析这些乌七八糟的星象。是的，乌七八糟的星象。他现在就想蓬蓬能一锤子定音：去还是不去、帮忙还是不帮忙。他突然想起某部黑白电影里的一句台词，那个好像患了精神分裂症的王子在黑夜里哀伤地自我质问：生存还是灭亡？生存还是灭亡？为何突然想到如此深奥的问题？马可不是个擅长思考的人，他擅长行动，而且通常情况下，他运气会一直不错。

"你听好了。你今天的爱情指数是百分之六十二，工作指数是百分之五十七……财运指数是百分之五十二，嗯，不是很高，幸运色是白色。哦，你今天恰巧穿了件白毛衣。"蓬蓬瞥了马可一眼，

"如果你目前没有恋人，这几天可能会寻求与他人发生肉体上的关系；若你已经有伴侣，那么双方将能够在性关系中互相给予并最终获得满足。娱乐和玩笑是这几天的两大主题，和众人在一起会让你玩得更尽兴，因此一切聚会都能顺利进行。"

"念完了吗？"马可斟酌着问，"你是不是怕了？"

蓬蓬笑了。蓬蓬说："你知道我最喜欢什么游戏吗？"

马可老老实实答道："不知道。"

"我最喜欢六合彩。"蓬蓬问，"你知道我为什么喜欢六合彩吗？"

马可只好说："不知道。"

"那我告诉你，马可，"蓬蓬说，"我喜欢六合彩是因为它最刺激、最没规矩，最让人意想不到。"蓬蓬将手上的戒指摘下来，放唇下吹了吹。他的动作非常柔和。"你知道除了赌博我还喜欢什么吗？"

马可只好承认："我不怎么了解你。"

"我不光喜欢赌，我还喜欢做点没做过的事。做过的事还有什么好重复的？"蓬蓬说，"小时候我住我姥姥家。她家在农村，家里有头毛驴。秋收后，我姥姥都会给毛驴戴上个黑眼罩，吆喝着它绕着碾盘碾玉米、高粱、大豆，一圈又一圈……一天又一天……长大了我就想，戴着眼罩的懒驴哪怕绕着碾盘转上一辈子，蹄子底下不还是那点土吗？"马可点点头，蓬蓬将戒指戴上，说："本来这个礼拜，我和女朋友约好去海南玩，往返飞机票都订好了。我最喜欢在海底下潜水捞龙虾和扇贝，"蓬蓬做个深呼吸，"大海多美啊！我们本来还打算去云南玉龙山玩玩。玉龙山知道吧？去年北大山鹰登山小组登的就是玉龙山，结果在那里遇难了，"蓬蓬啜了口啤酒，"我把我的假期都推了，把飞机票都退掉了，把我女友都得罪了。你说，我是害怕呢，还是不害怕？"马可装出一副尴尬的笑容望着蓬蓬，蓬蓬把书扔一边："说点正事吧。我一直觉得你说的那个黄先生非常可疑。你辛辛苦苦从你老婆那揩点油水，万一再掉别人油瓶里，是不是会特委屈？"

马可言简意赅地对蓬蓬的牺牲表示了感谢，然后说："黄先生是不是好人不重要，我也不是什么好鸟，你看我像只好鸟吗？"马可朝蓬蓬做出一个迷人的微笑，"我不会上当受骗，黄先生是我一位远房表哥，他有的是钱，他不会吞掉我这笔小钱。"为了证明黄先生的品格，马可继续说，"黄先生是真有钱。现在社会上一些人是假有钱，是假处女，不是真处女，黄先生不是假处女，是真处女，是真有钱，我忘了跟你说，"马可希望能用事实证明他所言非虚，"你信吗？他上班开着敞篷的奔驰600SL跑车，600SL跑车啊！遇到重要的商务活动，他坐房车，参加Party呢，他就开辆宝马Z8，外出休闲了，他就换一辆宝马X5……"

蓬蓬说他对这些并不感兴趣。蓬蓬说他不明白，马可想投资的那点小钱，在黄先生眼里不就是九牛一毛吗？烂泥塘里的一尾小虾怎么能入了龙王的法眼呢？

"我们是亲戚，"马可说，"我们是五服内的亲戚。一人得道，鸡犬升天。他现在已经在天上了，他现在也想让我升天。我升天了，你们能不升天吗？难道你们不想升天吗？"

蓬蓬的白衬衣在暗影流动的酒吧显得特别亮，这和他幽暗的眼神一点都不匹配。在应允马可之前蓬蓬付了账，然后他说还有点正经事要办，"我得先去医院看我儿子，他想吃烤乳鸽，我在饭店预订了两只，"他跟马可握握手，"要是有什么风吹草动，打我手机好了。我24小时开机。"

马可说："就今天晚上吧，"他握握蓬蓬的手，"不见不散。"

4

"杨玉英对你好吗？"索亚男问。

"好。"

"杨玉英给你洗袜子吗？"索亚男问。

"洗。什么都洗。"

"杨玉英床上功夫怎么样？"索亚男问。

"肯定比张美丽强多了。"

"杨玉英要是知道你这么着搞，会不会把你踹了？"索亚男问。

马可半天才说："她怪不上我。她逼的。"她——逼——的。他终于把这三个字说出来了。人不能昧着良心说话，可他现在必须昧着良心说话。只有昧着良心说话才能让他心里舒坦一些。实际情况是，杨玉英从没逼过他，从来都只是他逼杨玉英。当年马可提出同居，杨玉英起初不答应。那时马可在一家饭店打下手，天天切青菜刮鱼鳞剁肉馅，住在潮湿的地下室里，正经手艺学不到，又弄了一身关节炎。马可便对杨玉英说，他如果再住地下室，他可能就腐烂了。杨玉英这才松口，说你别在那儿干了，我们一起住。马可就辞了那差事，跟杨玉英同居了。杨玉英也金盆洗手。去年马可的一位远房舅舅从银川联系马可，让他往那边拉几车棉花，几趟下来能赚个万八千，马可就跟杨玉英要钱，杨玉英说成本太高，还是做点小本买卖。马可就说你要是不给我钱，我们就分手吧！结果杨玉英给了他三万。跑了几趟银川，人是见了，酒是喝了，货是卸了，钱却没到手，赶再跑银川催款，连远房舅舅都没了踪迹……马可想，他只要逼杨玉英，杨玉英就听他的，杨玉英是真疼他。可这一次却不同。无论他如何逼她，她就是不妥协。她是较上劲儿了。

"我们先去买袜子吧，"马可说，"别到时手忙脚乱忘了。"索亚男觉得马可说得很有道理。两人就凑钱。马可身上有十二块钱，索亚男身上有二十五块钱。马可说服了索亚男，暂时先不要考虑治性病的事，应该以大局为重，将二十五块钱借给他，有了这二十五块钱，就能买四双丝袜，如果买质量差点的，能买六双，不过最好买贵的，便宜没好货，好点的丝袜罩头上，隐蔽性就提高了，也不会让自己的眼睛难受。而丝袜质量稍差，对方就可能会透过稀疏的袜眼看到他们的鼻子眼睛，这样会让形势变得具有危险性，非安全系数大大提高。"你借给我二十五，事情办成了，我还你一百，"马可安慰索亚男说，"你的性病早治一天晚治一天没什么关系，不就是有点痒吗？用手抓抓就行了。不就是有点疼吗？抹点碘酒就行了。我在饭店打工那会儿，有个姓刘的面点师，老婆在太原，耐不住了就找小姐，就得了你这号病，有时候痒得受不了，就拿和面的大手往裤裆里抓，抓着抓着就抓好了。"

索亚男没笑。马可倒希望他笑一笑。此时保持良好的心态相当重要。可索亚男不但没笑，连声都没吭。公共汽车上这么多人，马可唠叨的声音听上去也不清楚。马可想现在通知刘敬明呢还是待会儿再通知？刘敬明如果不出来，一般都在家里搂着玩具看电视。他们家电视非常大，像电影屏幕那么大，刘敬明最喜欢看日本动画片，日本动画片里最喜欢的就是《蜡笔小新》，那个日本小色鬼可能比刘敬明还聪明。事成后，他可以给刘敬明买个蜡笔小新木偶。刘敬明一定喜欢。可干吗非拽上刘敬明？马可对自己的打算不是很明白。按照索亚男的意思，拉上蓬蓬和老麦就十拿九稳了。那么原因应在马可这边，那就是，这件事让刘敬明掺和一下，就会由一出恐怖片变成一部喜剧片。应该是这样的。肯定是这样的。

那么老麦呢？老麦今天早晨没来只有两种原因，一是忘了，二是没忘。要是没忘的话，那么极有可能挂在网上。这个世界上大概再也找不到比老麦更迷恋网络的男人了。这个三十岁的单身男人下岗前是家水泥厂工人，下岗后靠他母亲那点退休金活着，成了一只骨灰级网虫。马可答应过老麦事成后给他五百块钱。这五百块钱对老麦来说是笔不小的收入，马可记得老麦当场就答应了。在老麦看来，教育一个愚蠢的女人，跟在网络游戏上教那些菜鸟一样轻而易举。在马可眼中，这个游戏高手沉稳且富于心计，他有能力解决任何棘手问题，包括在这次行动中遇到的意外情况，也就是说，邀请老麦参与这件事，会让整个事件变得更为保险，老麦能控制住整个局面。他打老麦的手机。又他妈关机。

马可和索亚男坐着公共汽车去新区的批发市场买丝袜。这个批发市场规模一般。批发商一般都是城乡接合部的农民和市里的下岗职工，商品也杂，除了小百货、粮油、花卉、观赏鱼，还有劣质香水、洗发水、纽扣、避孕药具、假发、皮革制品。总之从这里你可以用批发价买到你需要的任何零散物品。马可就从这里给杨玉英买过几瓶香水。

马可没挑到合适的丝袜。不是袜子的问题，而是钱的问题。

"你们的钱是假的。"那个卖丝袜的女人把钱扔给他们，端起一个粗糙的大海碗吃米线，又细又长的米线被她皲裂的嘴唇吸溜着滑进喉咙，可能米粉里的辣椒面放多了，她咳嗽起来，比面粉还白的脸庞变得红润瓷实。或许是为了怕马可他们听不清，在咳嗽过后她捶着胸脯再次重复道："你们的钱是假的，换一张吧。"

"不可能，"马可把钱放到太阳底下来回照着，又看了索亚男两眼。索亚男还在听他那个狗屁MP3。索亚男总共借给了他二十五元，马可想起来，一张是二十元的，一张五元的，刚才坐车花了两元钱，总共还剩三十五。毫无疑问，这张十元的应该就是早晨杨玉英给他的那张。杨玉英给了他一张假钱？马可狐疑着把纸币甩了甩，又用手指细心地在币面上来回蹭了两下。

"怎么会是假的？"马可对女人说，"这钱是我老婆给我的。"

"就算是你老婆给的，它也是张假钱，"女人吞食着米线，仿佛她快饿死了。马可发觉这女人长得蛮有特点，她的额头非常饱满宽阔，眼睛又深又大，但两只眼睛之间的距离又那么局促，而她的蒜头鼻子和她肉透红润的大嘴让她的面孔增加了一种滑稽喜兴的气息，她不用化妆就可以去演东北二人转了。

"你妈×的，你说假的就假的？你以为你银行的？"索亚男摘下耳机。他发飙了。他发飙时喜欢教育女人，他除了经常揍张美丽，还擅长给张美丽上政治课。现在，他对骂这个乡下女人同样保持了旺盛兴趣。在女人尚未反应过来之前，他饶有兴致地用那些粗鄙的、富于生活气息的脏话对她进行了性教育。那些关于器官和结扎的生理名词从他嘴里吧嗒吧嗒着冒出来，就像一个rap歌手在陶醉着演唱。女人脸涨得通红，"你这不明摆着是欺负人吗？"她说，"你怎么跟我们村的书记一样不讲道理呢？都喜欢蹲别人脖子上拉屎啊？"

索亚男说："我就是要蹲你脖子上拉屎，我就是你们村的村长。"

女人嚷道："你咋这么没教养呢！你妈没教过你好好说话吗？"

索亚男愣了愣。他妈半年前上吊死了。他妈把脖子伸到暖气管上的一条绳子里。索亚男就是听了女人的这句话跳上柜台的。他的意思是从柜台上跳过去，狠狠扇这女人两个耳光。他身手如此矫健，当马可伸手去拽他时，他瘦弱的身体已飘过柜台冲向女人，马可的头"嗡嗡"响着时他真就听到了一记响亮的耳光声。

不过让他惊奇的是，挨打的不是那个女人，而是索亚男。那个女人扒住柜台吞米线时马可决计没料到这是个超重量级的拳击手。她的头已经很大了，但是和她臃肿肥硕的身体比较起来，就像是一粒芝麻粘在了一个南瓜上面。她打完索亚男后并没继续动手，而是身子贴住身后的三轮货车，稍显胆怯地盯着索亚男。索亚男有些不相信似的回视着她，高抬腿一脚就朝她踹过去。令马可更惊讶的还在后头，女人一把就攥住了索亚男的脚踝，然后，把索亚男头朝下拎了起来，她动作如此轻巧，那样子就像是一个屠户顺手从冷库里拎起了一只刚刚煺毛的白条鸡。她把索亚男搁柜台上，再次后退两步，用手指堵住了嘴唇，可能为了帮助索亚男从柜台上爬下去时更顺利些，她又轻轻搡了下索亚男。这样索亚男就从柜台跌到地上，一顶鸭舌帽和一双女士长筒丝袜被他从柜台上蹭下来，一起落到了他窄小的额头上。

马可就是这时烦躁起来的。他只想安安静静地买几双丝袜，那种做大事情前必须保持的静穆心态非常重要。而现在，他们却正在上演一出滑稽小品。他后悔为何挑索亚男来办这件事。看样子他只是个成事不足败事有余的家伙，他甚至连这么个愚钝的村妇都对付不来，还能指望他做些什么大事？更令他担心的事出现了。索亚男掏出了他那把弹簧刀。那个女人应该是没料到索亚男这么好对付，她对她刚才利索的身手有些怀疑。但是无可怀疑的是，这个小个子手里多了把刀。那把刀不可能不锋利，刀刃被上午的阳光打造得寒气逼人。女人很麻利地抓起三轮车上的一把铁锹，边挪动着臃肿的身体边高声喊叫："杀人啦！杀人啦！"

马可就是这个时候冲上去的，柜台被女人撞倒了，在索亚男劈刀朝女人砍过去时，马可已经挡在了女人和索亚男中间，然后，在抬手挡索亚男胳膊时，他的手指被弹簧刀砍掉了一块肉皮。马可没觉得有多疼，惊慌失措奔跑的小商贩让他冷静地观察了一下四周。市场派出所的两个警察已经在别人的带领下赶过来，他甚至看到了他们正从腰里掏着什么。他拉着索亚男奔跑起来，红了眼的索亚男气力不小，这浪费了马可更多的精力来处理这件节外生枝的事情。还好，四周来看热闹的人已经渐渐地将他们和打架现场隔离开来。

5

索亚男在公共汽车上骂了一道，他骂的人不是卖丝袜的女人，而是马可。他埋怨马可为何阻挡他拿刀捅那女人，埋怨马可没有及时上手帮忙，将那个傻×女人捅死。他发誓说他要和马可断交，交上马可这么个没脓水的朋友是他二十三年来最大的失误。他警告马可以后不要再找他喝酒，也不要再找他办任何事情，为马可这样的人两肋插刀对于他来说，是比被人操了还耻辱的事情。马可对索亚男的愤怒并没感到意外，他不时小声提醒索亚男，这是在公交车上，不是在酒吧的包房，也没在他们家，马可劝慰索亚男保持必要的冷静。他们纠缠不休的争吵声让乘客不时观看他们。马可想到的是在这路车上继续吵下去他的血可能流得越来越多，他必须找家小门诊，买瓶云南白药或者一盒创可贴。

索亚男是在注意到马可的手指受伤时才停止咒骂的，"手指没断吧？"他把马可的手掌摊在日头底下，正反看了看，"没事的，只是破了点皮，你个贱货，"他安慰马可说，"没砍死你个×养的已经算你幸运了。"

马可笑了笑。这个时候保持清醒的头脑和适合的微笑应该是让索亚男安静下来的最好办法。在福州路的一条小巷里他们找到了一家诊所。这家诊所的门口挂着一个"专疗各种性病 激光祛除尖锐湿疣"的巨大广告牌。见到这个广告牌时索亚男很高兴。他好像已经忘记了刚才的不快，开始和马可讨论起关于激光祛除尖锐湿疣是否安全和能否去根的问题。马可说他兜里一共才有二十三块钱，不知真伪的十元钱放在了柜台上，也就是说，现在两个人身上所有的钱加在一起，估计也不够祛除一颗疣的费用，再说尖锐湿疣也不是什么能死人的病，晚两天治或者早两天治也不会对索亚男的生活造成什么威胁和不便，要是想和张美丽或者别的女人做爱，多戴一层避孕套什么问题就都解决了。对马可的提议索亚男没有反驳，也许他对马可造成的流血内心里也多少感觉到一丝愧疚和不安。在那个老中医给马可包裹伤口时，索亚男不失时机地跟老中医询问关于一些性病的日常知识并请教了一些物美价廉的预防措施和治疗方法。老中医是个热心肠，他警告索亚男，年轻人该为自己的身体、自己的伴侣以及自己的后代着想，不能图一时之快而招致祸根。索亚男说他没有老婆，孩子不是浪费到墙面上了，就是淹死在避孕套里，"这个问题你该和他谈谈，"索亚男指着马可说，"他有老婆，可是有时候他也跟我们一块儿胡搞。"

"我没有老婆。"马可说。马可从没把杨玉英当成自己的老婆。在这个问题上杨玉英和他还是有区别的。杨玉英似乎已经做好了嫁给他的准备。

"没有老婆就可以胡搞吗？"老中医瞅马可两眼，没再说什么。也许他对这两个看起来衣着光鲜的小伙子并无好感。尤其是索亚男，他的头发就像是鹦鹉的羽毛那样色彩斑斓。马可没有染头发，他胳膊上文了朵玫瑰，不是用文纸贴上去的，是用刀刻上去的。对于老中医而言，早早地把他们打发掉也许是他的当务之急。他没跟他们要一分钱。

告别老中医后，他们又商量到买丝袜的问题，当然这就再次涉及钱的问题。索亚男说，"实在不行的话，我就跟张美丽要那几双袜子。一共是六双吧？她已经穿了一双，没准现在已经穿了两双或者三双了。我可以把她没穿的袜子要回来。如果你不嫌弃，她穿过的我也能要回来，洗洗戴在头上，应该没什么味儿的。"

马可说："你闭上你的臭嘴好不好？"

索亚男说："你他妈别给脸不要。今天要是换了第二个人，我早跟他翻脸了。"

马可还想说点什么，但考虑到这个时候他所说的每句话都有可能影响索亚男的情绪，从而影响事态的发展，从而得不偿失，他保持了沉默。"入室抢劫"这四个字马可已酝酿太久，何况抢劫的是杨玉英。刚萌生这个念头时还是有些吃惊的。唯一让他欣慰的是，什么事都架不住琢磨，如果老想某件事，那么这件事就会失去本身固有的魅力和锋芒，或者褪掉肮脏龌龊的底色，从而变得庸俗平常。马可躺床上时想，蹲厕所时想，炒宫保鸡丁时想，看《焦点访谈》时想，后来，连他做梦的时候也想。

在梦里他构想的最完美的经过是这样的：索亚男他们套着丝袜闯进他们家。这些蒙面人会呵斥着把他们捆绑起来，在杨玉英尚在发愣或恐惧，已经被毛巾堵住嘴时，他们会采取一些貌似残暴其实温和的手段逼杨玉英把存折交出来。去年马可倒腾棉花赔了三万块，但马可知道杨玉英手里还有个十几万，也许更多。杨玉英曾和他透过口风，等过了这段霉运，她会在北京街一带开个美容院……在他们被解救之前，这些人从容逃离现场并顺利从银行支取所有存款。然后呢？然后他们把这些钱交给马可，马可分出一部分给他们，另一部分去承德投资。黄老板说过，投资十万，年底就能回收十万。对于黄老板的话马可深信不疑，相反的是，杨玉英对黄老板的话嗤之以鼻。女人就是天生头发长见识短，她为什么不相信黄老板呢？她为什么不把钱给马可折腾呢？黄老板成为亿万富翁也只是七八年的事。黄老板其实和马可是真正的亲戚，掰手指头算算还没出五服。在投资精铁粉生意之前，黄老板还只是和他老婆在一个小镇上开妇女用品商店，卖一些高档洗涤用品。人的命要是好，肯定是有贵人相助。黄老板的亲姐夫从省里来索城当市委书记，黄老板的红运就一发不可收拾了。他的发家史很简单，他姐夫帮他贷款投资，开了家采矿厂。第二年黄老板就买了辆宝马赛车，第三年换了老婆，第四年投资建了第二个分厂……在承德的工厂也不知道是黄老板的第几家分厂了，马可过年回家时见到黄老板，黄老板还认识他，黄老板说承德的厂子就要开了，马可要是有钱可以投资，利润是丰厚的，丰厚到什么程度呢？到了第三年，他保证马可能开上奔驰。谁不想过上开奔驰的日子？只有傻瓜和精神病人不想。马可是个正常人，马可想，不是一般地想。以前呢，杨玉英是他的贵人，现在呢，黄老板是他的贵人。贵人出现了还抓不住机会，那么，他可能永远是条靠杨玉英扔在饭桌上的十块钱混日子的可怜虫。

　　"你别发愁了，"后来索亚男说，"人家要是听说劫匪为了他妈的几双袜子发愁，不得笑掉大牙？操。这事我给你办。待会儿我找找李笑龙。"

"李笑龙谁啊？"

"就是那个财政局的。戴副眼镜，小眼色眯眯的。我帮他修理过他们领导。"

马可就想起这人是谁了。有一次他跟索亚男在酒吧喝酒，喝到凌晨一点也没走，没走是他们没法走。马可没带钱，索亚男也没带钱，那个酒吧老板是索亚男他哥从前的铁子，他没说不收钱，也没说收钱，彼此就那样僵持着。后来索亚男就给这人打电话。这人在电话里支吾，索亚男就破口大骂，你他妈不帮我来算账我把自己押这里啊？把我押这里我怎么回去跟我女朋友睡觉呢？后来这人就来了，那时已经夜里两点，他大抵刚从被窝里爬出来，睁着双惺忪的睡眼帮索亚男买单。

"不过，"索亚男说，"我饿了，你最好现在先给我弄点吃的。"

6

"你知道我现在最想吃什么？"索亚男问。

"红烧牛鞭。"

"红烧牛鞭我早吃够了。"索亚男咂摸着嘴说，"我操，现在要是能到鸿雁饭庄吃盆红烧肘子该多过瘾啊。再弄瓶水井坊，喝个八分醉去泡澡。"

马可很勉强地笑了："等办完事我请你吃。不就红烧肘子吗？"

"你给我买块煎饼吧，"索亚男说，"不用放鸡蛋，放根火腿肠就行。"

他们转悠半天才在广场附近的巷口找到个卖煎饼馃子的妇女。这个妇女把自己的脸裹得比麻风病人还密实，两只粪耙子似的黑手煎着饼子，一双凤泪眼不时机敏地环顾着四周。她解释说城管的人刚刚扫荡过去，可她必须提防着他们来个回马枪。她说要是被这些土匪逮住就完蛋了，他们会把她的推车拉走把她的钱没收把她的鸡蛋和火腿踩碎……在这个妇女喋喋不休的倾诉中一块热气腾腾的煎饼终于出炉。索亚男蹲在地上，捧手里嘘哈着吃。他三口两口就吃完了，也许他自己都没料到会吃得这么迅速，吃完后他吧嗒着嘴盯着自己爆皮的手指，又看了看马可，这才说，"我操，再给我来块。"

马可只好又给他买了一张，这次索亚男吃得很慢。他把煎饼一条条撕开，再一条条小心地塞进嘴里，一小口一小口地咀嚼，"我他妈过的什么狗屁日子啊。你知道吗，我哥就快出来了……"

"我知道。"

"我都快一年没去看我哥了。前段时间有钱来着，想给他买只烧鸡送去，可还没来得及买烧鸡钱就花光了。你知道世界上最不禁用的东西就是钱。这可不能怪我。你说呢？我觉得我偶尔想想他已经挺够意思了。还有我妈去世的事，我也没跟他说。"

"你妈真是想不开。"

"是的，"索亚男神情有些黯淡，"她就是一农村妇女，跟我爸随军出来的。听了我爸一辈子话。没想到老色鬼有了钱，上了岁数还红杏出墙。离就离呗，多跟老色鬼要些钱好了。至于上吊吗？"

"你爸这段时间没给你钱？"

"没给。老色鬼忙着哪，上个月他秘书刚给他生了个儿子，整整摆了五十桌宴席。什么时候我非骗了这条老公狗不可。"说完他掏出一把弹簧刀在手里掂量着，仿佛他的父亲此刻就站在他面前。

"我们的日子也不差，我们的好日子也快来了。"马可盯着蹲蹴在地上的索亚男。这家伙的头是那种典型的橄榄头，两头尖尖中间浑圆，而他干枯的躯体蹲在高楼的阴影里扫射着来往的行人，就像是一只动物园里的猕猴从铁栅栏里睃巡着游客。马可禁不住伸出手掌抚摩了一下他的头顶。他金黄的头发又细又软又滑。马可还没摸过一个男人的头颅。

在他们打算给李笑龙打电话时，蓬蓬来电话了。索亚男把手往牛仔裤上揩了两把，"他还在医院。他说，他现在抽不开身，他儿子又想吃柚子，他让我们帮忙买两个送过去。"

马可花了十九元钱买了两个柚子。他没吃过柚子，不知道柚子竟然这么贵，在和那个卖水果的老头讨价还价之后，马可极不情愿地掏出那张二十元的钞票。老头找给他一元钱。这是枚银色硬币。他把硬币紧紧攥在手心里，仿佛攥住了一颗珍贵的宝石。现在他和索亚男总共还有四元钱。这里离蓬蓬所说的人民医院有四站地，需要倒两次车。看来他们最好的选择是走一站地，然后坐23路汽车，直接就能到人民医院门口，这样的话就能省两元钱。

蓬蓬对马可他们这么快就把柚子送过来很开心。他接过柚子，又跟索亚男借弹簧刀。他并没有留意到这把弹簧刀刀刃上还残留着马可的血迹。他愉快地、小声哼着歌，似乎怕打扰了孩子安然的睡眠。马可不时瞅两眼孩子。孩子穿着竖条病号服，一颗小脑袋枕在雪白的棉被上，棉被旁边是一摞儿童图片，在他的头顶上空是一只巨大的风铃，由于病房窗户紧闭，风铃并没有发出悦耳的声音。马可捏了捏风铃，他突然想听听它们的声音。以前和杨玉英谈恋爱，他曾花了一个礼拜的时间给她编织了只风铃。不过他送给她的风铃是黄色的，那种刘敬明最喜欢的米黄色，它悬挂在屋顶上，就像是一团春天的蒲公英在屋子里随风飘荡。他很喜欢晚上和杨玉英做爱的时候，偶尔听到那种细碎的、耳语般轻柔的声响，在那种安静的声音里做爱真是无比美好。可惜去年搬家时风铃丢在出租车上了。为这件事杨玉英还伤心过一阵子。马可曾许诺搬家之后再给杨玉英做一只。可是到如今他也没做。

"这是我朋友，马可和索亚男。"蓬蓬有些拘谨地向刚进了病房的女人介绍着马可和索亚男，同时向马可和索亚男介绍说，这就是孩子的母亲。孩子的母亲长得很丑，要不是她一身得体的套裙将她的胸部和臀部衬托得饱满匀称，马可相信她可能会当一辈子老处女。还好，她有一副还算甜美的微笑，这微笑让她狭窄的眼睛和脸上大面积的雀斑也变得妩媚起来。她并没有多说话，而是给马可和索亚男每人削了个苹果。她削苹果的姿势很美，也就是说，她的手指很美，马可很少见到有女人这么细长、白皙、灵活的手指。马可对她和蓬蓬的事情略知一二。

"我给他炖的鸽子汤……可能有点咸，"蓬蓬将饭盒递给女人，"你尝尝，要是真的咸了，我晚上回家炖炖。"马可笑了。他知道这汤是蓬蓬从索城最好的大酒店订购的。他很难相信蓬蓬这样一个沉稳的人，在这个女人面前竟然流露出羞涩甚至腼腆的笑容。

"没事，待会儿我用开水烫一下就好了，"女人递给蓬蓬一支香烟，她扫了马可和索亚男一眼，也给他们每人递了一支。蓬蓬提醒女人，在病房里抽烟对孩子的呼吸道不好。女人说没关系，把门开条缝就好了。在他们说话的时候，孩子醒了。他木然地看着马可和索亚男。马可这才发现这孩子的眉毛很淡，大概是化疗的后果。他的脸颊扑棱着紫色斑点，他的眼睛和他的年龄并不相符，而他的嘴巴却像大猩猩的嘴巴一样尖而突兀。对于这个神态漠然的孩子，蓬蓬表现出极大的热忱，他摸摸孩子的脑门，洗了条毛巾搭在他的额头上，又攥住了孩子的小手，压着嗓门问你吃不吃柚子？叔叔给你买了两个柚子。他指着马可和索亚男，吩咐孩子说，谢谢叔叔们啊，谢谢叔叔们啊，他们跑了好远的路，好不容易才给你买了两个柚子。

孩子没说话，小声地咳嗽起来。蓬蓬连忙把房门打开，同时叮嘱马可和索亚男把香烟掐掉。后来他以一种嗔怪的语气警告孩子的母亲也把香烟掐掉。孩子的母亲对孩子笑笑说："你爸爸老是喜欢教育妈妈。"

"不是我喜欢教育你，而是你老给我教育你的机会，"蓬蓬走到女人身边，和女人并排站立着望着病床上的孩子。当蓬蓬留意到孩子同样在注视着他和母亲时，蓬蓬做了一个让马可和索亚男感到意外的动作，他把眼睛几乎贴到女人头皮上，嘟囔着说，"你的白头发越来越多了，"他从女人的头上拔了根头发，递女人眼前晃了晃，"我们老了，我们真的老了。"

马可觉得这样的气氛着实有些沉闷。蓬蓬竟然说出"我们真的老了"这样的话。这一切太他妈离谱了。如果孩子不弱智，怎么会相信自己有如此年轻的父亲？蓬蓬在头来之前应该到美容院化一下妆，将自己眼角白皙光滑的皮肤勾勒出些细碎的皱纹，或者将自己寸草不生的下颌粘贴上胡须。当然马可还是很佩服蓬蓬的演技。他不去做演员真是可惜。

"你爸爸翻筋斗翻得可好了，"索亚男摘下耳机对孩子说，"你想不想看你爸爸翻筋斗？"他笑嘻嘻地走到孩子床前，顺手抓起四个橘子，然后，他像个杂耍演员将那些橘子抛得又稳又高，最后把那些橘子一个一个地先后揽入怀中，"你爸爸翻筋斗，就像我扔橘子这样拿手。他上小学的时候还进过市体操队呢，要不是怪他个子越来越高，没准早上奥运会拿冠军了。知道李小双吗？李小双曾经跟你爸爸是队友。他没和你说过吗？"

孩子"扑哧"一声笑了。他笑的时候马可才发现并非他嘴巴突兀，而是他的牙龈支棱着他的嘴唇。那些粉红色的像潮虫般丰满肉透的牙龈已经密密麻麻将他的牙齿遮盖住，让这个孩子看上去就像一个刚刚出生的婴儿。当他以热切的眼光睃巡着蓬蓬时，蓬蓬正以尴尬的眼神看着索亚男。本来他想解释什么，但是马可想，他肯定被孩子期待的目光烫着了。孩子的母亲似乎想阻止孩子近乎苛刻的要求，但蓬蓬已经脱掉了他的西装外套，扯下了他的领带，对孩子说："爸爸老了，筋斗翻不了了。不过爸爸可以贴墙倒立。你想看吗？"在孩子尚未回答之前他甩掉皮鞋，一个翻身头朝下双腿倒悬在墙壁上。也许他自己都没料到自己有这么一手，他眼睛里诧异而得意的神情说明他自己确实不相信这么轻易就来了个漂亮的倒立。孩子"嘎嘎"地大声笑了。他笑的原因不是蓬蓬倒立得多么出色，而是蓬蓬的肚脐露了出来，他的肚脐上盘着一层浓密的体毛，这些体毛仿佛葳蕤的野草盘旋着爬至他的胸脯。蓬蓬也察觉到了这样有些不雅，病号除了孩子外，还有一位十七八岁、面容严肃的少女。他忍不住抬起一只手试图着将衣脚塞进裤子：这是个极具高难度和技巧性的动作，在众人的惊叫声中他的另一只手臂再也支撑不住，整个身体"咕咚"一声重重摔到地板上。

女人一个箭步蹿上去将他抱入怀中，边揉着他的脑袋边大声叱责着孩子。孩子号啕大哭起来。他的哭声一点都不像孩子的哭声，而是那种少年变声后浑厚而沙哑的嗓音。马可和索亚男面面相觑，一时不晓得去安慰孩子还是去安慰蓬蓬。蓬蓬倒是很清醒，他急促地跟女人说没有关系，他并没有受伤，只不过可能有些轻微脑震荡，这算不了什么大毛病。他挣脱了女人的怀抱踅到孩子身边，将孩子拢入怀里小声地嘟囔着什么，直到孩子的哭声渐渐平息。"你干吗啊？"蓬蓬有些愤怒地叱责着女人，"有你这样当妈的吗？"

马可点着一支香烟径直出了房间。楼道里并不太平，这个季节也许是医院生意最兴隆的季节。好多病人因占不到病房而将病床搬到了楼道，他们躺在过堂风忽悠的楼道里一个个面目蜡黄，仿佛楼道里福尔马林的气味和那些推向太平间的尸体加剧了他们和死亡的某种必然联系。马可觉得蓬蓬真是个无可救药的男人，或者说，这是一个喜欢被陌生人折磨和利用的鸟人。这鸟人一生中最大的幸福就是错误地高估了自己的价值，认为自己是别人的天使，认为自己的光亮会把一条蛆虫照耀成一只凤尾蝶。马可听索亚男提及过此事。蓬蓬在《索城晚报》上看到则报道，报道说一位单身母亲的儿子患了白血病，行将死亡，男孩八岁，特别想见他父亲。可他父亲离婚后就失踪了，或许没有失踪，还在这个城市里或别的城市里生活，很显然这是位没有责任心的父亲，他并没有出现。孩子的母亲便瞒着孩子替儿寻父，希望能有一位有爱心的男士临时客串一下孩子的父亲，满足孩子最后的心愿。孩子对父亲的容貌已经没有什么记忆，这件事情客观上来讲并不是件困难的事情。蓬蓬去应征，他良好的修养、得体的举止和安静的笑容无可厚非地获得了女士的信任，他轻而易举地获得了这个职务：他又开始拯救别人了，或者说，拯救别人的生活了。

马可失望透顶。看来选择蓬蓬和索亚男是种失策。他们两个人谁都没把他的事当事，他们两个人都没弄清楚这件事的成败对他来讲意味着什么。

7

在离开医院之前，马可和蓬蓬提到钱的问题。他说他现在急需一笔钱，不多，一百元就够了。和蓬蓬提到这个问题让他觉得很没面子，为了掩饰自己的窘态，他想抽支香烟，等烟叼到嘴里摸打火机，却无论如何都找不到。他只好拍了拍裤兜，然后满怀期待地去看蓬蓬。

蓬蓬没说什么，他开始翻他那只帆布书包。他没说什么说明他觉得这根本不是一个问题。他耷拉着头翻了一阵后好像一无所获，后来他干脆把书包里的东西哗啦倒在楼道的地板上。马可没想到一个男人的书包里会盛这么多东西：四条坠子，一条牛头吊坠、一个金漆牛骨真言牌、一条异度空间银吊坠，除此之外，尚有一个TIFFANY最经典的1837吊牌；有一瓶隆力奇蛇胆男士营养乳液、一瓶圣艾芙的无油面霜、一盒LANCÔME抗皱眼霜；还有一个手机。也就是说，除了没有钱包，这个男人的背包里基本上什么都有了，而且这个男人背包里的东西，和一个女人背包里的东西几乎没有什么不同。面对着马可惊讶的表情蓬蓬解释说，他的钱包大抵忘在家里了，要么就是忘在公司里了，对，一定是忘在公司里了，他来医院之前刚换的衣服。说完后他有些歉疚地对马可说："你要是不着急，待会儿我去公司给你拿吧。谢谢你们买的柚子。"

　　他不提及柚子还好，他一提柚子倒让马可有些不舒服。很显然蓬蓬把借钱和买柚子的事联系到一起，也就是说，蓬蓬的这番话让马可认为，蓬蓬把马可当成了那种锱铢必较的人。马可想再说点什么，然而觉得没什么必要，于是叮嘱蓬蓬说，手机要随时开机，等有了情况他会及时通知。

　　"我24小时开机的，"蓬蓬跟马可要了支烟，放到鼻子下闻了闻，夹耳朵上，俯身将摊在地板上的饰品和化妆品划拉到背包里，弓着身子望着那些楼道里的病人，"只是，这样做值吗？"这时病房里传来"爸爸爸爸"的喊声，马可没回答蓬蓬，指指病房说，"你儿子叫你呢。""我……"蓬蓬寻思着说，"等会！"他朝病房大声地应答了一声，然后盯着马可的眼睛说，"我知道你这么做需要很大的勇气。祝你好运吧。"

　　从医院里出来时马可一直绷着脸。如果没记错，在酒吧里喝酒时是蓬蓬结的账。一个白领男人出门，绝不会只带喝几杯啤酒的钱。马可怀疑蓬蓬有钱，蓬蓬只是不愿意借给他。小气的男人永远办不了大事。"你不用给财政局那小子打电话了，"马可说，"你给刘敬明打电话，让他拿一百块来找我们。他肯定有钱。"

　　"好吧。我真他妈想他啊。我都一天没看到他了。"

　　在他们还没见到刘敬明之前，马可和索亚男在医院门口遇到个乞丐。从这个乞丐的脸上已经分辨不出他的年龄和性别。乞丐跪在水泥地板上，也不晓得在那里跪了多久，膝盖前的搪瓷缸里缩着几张脏兮兮的毛票。乞丐不但没钱，还是个烟鬼，正跪着卷旱烟。马可在他（她）面前站了会儿，摸索着裤兜里的硬币。掏出一枚后又放回去。后来他的手碰到盒香烟，他抽出一根，半蹲着递给他（她），他（她）这才真正抬头瞄马可一眼，顺势将香烟叼到嘴上。马可又摸索打火机。没摸到。他觉得，他非常有必要帮这个乞丐把香烟点着。他翻了翻上衣，翻了翻衬衣，翻了翻裤子，他就差翻翻内裤里有没有藏着一个打火机。当他失望地站起来时，乞丐突然扔过一样东西，他一把抓住：是枚简易打火机。他听到老人用安徽话安慰道："小伙，凑合着用吧。送给你了！"

　　一个素不相识的乞丐送给他一个打火机，他没拒绝。天晓得这是怎么了。今天所发生的一切都让他有点不祥的预兆：有些不该发生的已经发生，应该发生的还没有发生。在找刘敬明之前最好再跟老麦联系一下。只有老麦让他觉着可靠。老麦的手机终于开了，老麦终于接了他的电话。老麦的声音微弱，断断续续，他说中午接了个活儿，再不接活儿的话他就饿死了。现在正趴在金鼎大厦第三十八层窗外擦玻璃。马可知道金鼎大厦是索城最高的一栋大厦。如此说来，老麦这个时候应该腰系绳索，像美国烂片里的蜘蛛侠一样在这个城市的半空中行走、呼吸、抽烟或攀爬，同时，他必须用他手里的清洁工具和化学药剂将那些玻璃幕墙擦得和阳光一样耀眼明亮。这个城市有多少只这样的蜘蛛？无论有多少只，马可决计没料到老麦会成为其中的一只。一个沉重的冥想者终于变成了一个轻松的行动者，马可想，这个变化是好的，不是一般的好，是非常好。他听到老麦在手机里说，他的活儿就快完了，等活儿完了之后他会主动联系马可。"他妈的！"老麦嚷道，"你知道我刚才看到什么了？"马可听到老麦乌鸦般瘆人的笑声，"一个女的跟一个男的，正在办公桌上做。真他妈不公平啊。他们在屋里做，而我呢？我在屋外擦玻璃！什么世道！"

马可想笑却没笑出来。还好索亚男那边的电话颇为顺利，"刘敬明一会儿就到。我们到蓝岛对过的麦当劳等他。你给你老婆打个电话，问问她几点到家。"索亚男从兜里掏出瓣果肉塞给马可，"吃吧。柚子肉。挺香的。"

马可开始联系杨玉英。让马可有些意外的是，杨玉英让马可赶快回家。她的声音有些兴奋，她说，她妹妹从唐山过来了，是出差，晚上会来家里吃晚饭。她已经买了十斤排骨，两条青鱼，希望马可赶快回家炖菜。马可知道杨玉英有个妹妹，在县里的一家行政单位上班，但是他从来没见到过这个肯定比他还年长的小姨子。杨玉英和他的事情，他们家略知一二，知道杨玉英找了个比她小五六岁的男朋友。

"你先去等刘敬明，"马可对索亚男说，"我得回趟家。她回来了。"

"什么时候动手？"索亚男懒懒地问，"别他妈太晚了，我那地方痒得厉害，我想早点回去洗洗。"

马可没说什么，握了握索亚男的手，"待会儿我联系你，见了刘敬明先跟他买袜子。对了，先给刘敬明买个蜡笔小新玩具。"

索亚男走了，他已经没钱买汽车票，不过蓝岛离这里也不是很远。马可就没那么幸运了，他们家离这里还有四五里地。马可的头脑越来越清晰。他果断地从陈氏超市门口偷了辆自行车，偷自行车时那个看自行车的老太太就站在他身边。可这一点儿都难不倒他，他假装钥匙掉在了地上，从地上捡了块棱角分明的石头。一个聪明人可以在任何时候骑上任何人的自行车，就像那些猎艳高手在任何时候都可以睡任何人的老婆一样。在跨上自行车骑了一百米后，那个老太婆才仿佛明白了什么似的追赶上来，小跑了两步就罢了。也许，她根本还没明白过来他偷了辆自行车，她只是跟他要存车费。有些人永远比另外一些人思维迟钝，马可想，这真是没有办法的事情。

8

让马可意外的是，马可在家里看到了杨玉英，却没看到杨玉英的妹妹。厨房的案板上堆着些青菜，盆子里泡着堆血肉模糊的猪排，两条青鱼在水池子里漂着，杨玉英呢，正在看电视。电视里正在采访两位皮肤黝黑的奥运明星。这两个牙齿白净的黑姑娘成了奥运会上最黑的黑马，她们跌跌撞撞地获得了网球女双冠军。见到马可后杨玉英说，她妹妹晚上和同事有安排，明天再来，这些鱼和肉待会儿放到冰箱里好了。

"我们晚上出去吃吧，"杨玉英走过来，从背后搂住了马可，用鼻子拱动着马可的脖子，"我们去吃鱼火锅，"她望了望窗外，窗外已经擦黑了，"我们多久没出去吃饭了？"

"我不喜欢吃鱼火锅，"马可说，"我喜欢吃排骨，我给你炖糖醋排骨成吗？"

杨玉英没提出什么异议，她的注意力又被蟋蟀转移了。在马可剁排骨的时候，她又钻到床铺底下去找那些噪舌的昆虫。当然，在她终于在床下捉到一只蟋蟀的时候，马可已经给索亚男发了短信。他的短信非常简单：

"携袜、绳、毛巾及众人速来。"

他看着这个短信愣了一会儿。杨玉英捏着那只蟋蟀过来炫耀，她说她终于把它逮住了，她说她从不杀生，她说马可你把它踩死吧，"我一点都不喜欢蟋蟀，"杨玉英说，"我一听到它们的叫声就烦得要命。"

"它们又没惹你。"马可心不在焉地说。

"没惹我我也烦它们，"杨玉英坐到一个马扎上，托着下巴凝望着马可，"小时候，跟我爹我娘刨花生回来，我在煤油灯下写作业，蟋蟀就伏在窗棂下，要么锅台缝里，要么柜角里乱叫，叫得人心烦意乱，弄得我老做错算术题。"杨玉英的脸在灯下像一粒干瘪的金丝小枣，"后来出来工作，秋天的时候，这些家伙也叫，"杨玉英笑了，"叫得我老想家，"她从马扎上站起来，走到马可身后，揽住了马可的腰身，马可感觉到她的脸紧紧地贴着他的脊梁骨，"我喜欢瓢虫，我喜欢带壳的昆虫。春天的时候，我跟我妹就去村西的沙土地，沙土地里都是柳树棵子，芽刚冒出来，芽上全是七星瓢虫，我们就逮，逮了就装进空药瓶里，然后，"杨玉英的手细细摸索着马可的肚脐，"我们把瓢虫带回家。"

马可转过身，垂下头俯视着杨玉英，杨玉英的眼睛好像湿润了。马可想一定是她妹妹来了，让她回忆起了以前的旧事。"你也是只带壳的昆虫，"杨玉英伸手刮了一下他的鼻梁，"我把瓢虫装进瓶子里，把你呢，"她笑了，指指自己的心窝，"装进这儿，"

她似乎怕马可听不真切，又重复了句，"装进这儿。"

马可盯着杨玉英脸上的皱纹，眼泪突然在眼眶里打起转来。

"你别生气了，"杨玉英说，"我早上的话是狠了点。狠了点是应该的。我是为了我们俩好。你知道吧？"

马可点点头。

"你把这只蟋蟀踩死吧，"杨玉英说，"我一听到它叫唤就想家，"她将蟋蟀递给马可，那只蟋蟀快被她捏死了，"待会儿你把青鱼冻上，我妹妹没准明天就来。"

他非常爽快地答应了她，并且装出一副小丑的样子兴高采烈地踩死了那只蟋蟀。杨玉英被他夸张的神态逗得咯咯直笑。他已经很久没看到她这么开心地笑了。他突然想起两年前的某个秋天，他在酒吧喝得烂醉，在沙发上给杨玉英打电话。那时他们还没有什么，只是马可点过两次杨玉英出台。他攒的那点糟钱全花在小姐们身上了。杨玉英应该对他有些印象的，像杨玉英这样混到年老色衰的小姐，已经很少有客人惠顾。当时杨玉英正在北京陪她母亲看病。马可只是对她说了一句话，杨玉英就连夜从北京打出租车到了索城。马可是这么说的："我冷死了。我想抱着你睡觉……抱一辈子都成。"马可一直不清楚是哪句话打动了这个比他大六岁的女人。他也不清楚这个女人为什么看上他这么个要钱没钱、要人儿没人儿的酒店厨师。她那么老，他那么嫩，她完全可以充当他的母亲。可是，他和她，已经在一起两年了。这两年来，她金盆洗手，开始做些正当行业，而且做得非常不错。

"少放点糖，多放点醋。"杨玉英指挥道，"我最近特别喜欢吃酸的。"她嘟囔了句什么，马可并没有听清楚。他突然想上趟厕所。他想撒泡尿，或者蹲上一会儿。他安慰了杨玉英两句后去洗手，然后，在他正解围裙的时候，他们来了。

9

这些不速之客让马可相当吃惊。他没听到门响，没料到他们来得如此迅捷，更没料到的是，他们装扮如此古怪。他们每个人的头部都被一条修长的厚足球袜紧裹着，袜口是朵白线刺就的梅花，这样，他们的嘴巴和鼻子都隐藏在那只看起来让人窒息的袜底下面，单只露出漆黑的一点瞳孔。足球袜也就罢了，竟然是那种鲜红色的，看起来就像是一段血红的腊肠顶在脖子上面。从他们的衣着和身材上他判断出，那个斜挎着黑色休闲包的是蓬蓬，身着牛仔裤、手里攥着把弹簧刀的是索亚男，而那个体态臃肿、手里握着一个米黄色蜡笔小新玩具的无疑是刘敬明。那么，另外一个人是谁？绝不是老麦。那人比老麦苗条，有些驼背，身上是套深蓝色工作服，看起来像是炼油厂的车间工人。马可的头"嗡"的一下大了。当然，头大的还有杨玉英。她本来正蹲蹴在地上观察那只被马可踩扁的蟋蟀，试图用手纸把它包裹起来扔掉。在直起身时她这才发现了这些衣着奇怪的陌生人。她尖叫了一声蹿到马可身后，同时嗓子里闷闷地喊了句："你们……你们是谁？！"

他们没说话，他们变魔术一样从身上抽出两条亚麻细绳，很安静地朝马可和杨玉英走过去。在马可象征性地举起拳头时，拿弹簧刀的人已经朝马可的脸上揍了一拳。对于这一拳马可很满意，索亚男拿捏得非常到位，血很快顺着马可鼻子淌下来，洇湿了衬衣。

"趴桌子上！老实点！"拿玩具的人欢快地叫着。刘敬明太兴奋了，他可能这辈子还没遇到过这么好玩的游戏，他声音高亢嘹亮，在屋子里轰轰作响。他的亢奋很快被蓬蓬压制住了。蓬蓬的声音压得很低，像是被变音器处理过的那种没有性别的声音。他吩咐刘敬明声音小一些，并声明他们是来劫财的，希望马可他们能配合一些。他的态度很明了也很温和，他说他们不想伤害马可和杨玉英，当然，前提是马可和杨玉英不要大声喊叫和做出求救举动，"我们不想把你们怎么着，"蓬蓬说，"我们只是想要点钱。把你们的存折拿出来。"

蓬蓬很快把马可他们家的电视打开了。电视里正在演一出情感剧，一位经常演皇帝的演员正瞪着野牛眼，低头训斥一位趴在床上哭泣的女人。当蓬蓬将音量调试到最大时，马可听到女人歇斯底里地喊声："你还有理了？你还有理了啊！"她抽噎的声音尚未结束，一段悠扬的二胡便悄然响起了。索亚男在二胡咿咿呀呀的伴奏声中很麻利地把马可捆绑起来，随手从包里掏出条毛巾塞进他嘴巴。在捆马可时马可挣扎了几下，索亚男只好用弹簧刀抵住了他的咽喉。马可盯着索亚男的瞳孔。他很担心他们会因为呼吸不顺把头套摘下来，他很想问问索亚男为什么不买透气良好的"浪莎牌"丝袜，而买这种足球运动员才穿的厚棉袜，还是这种愚蠢的红色。穿工作服的男人从马可身边走过去时，马可闻到了一丝酒气，这个肯定喝了酒的男人捆绑杨玉英时遇到些困难，杨玉英不但不配合，还举起案板上的一条青鱼朝他砸过去。杨玉英以前是种地好手，手劲不小，男人躲闪不及，那条青鱼砸到他头顶之后蹿了出去。

那条冷冻的、硬邦邦的青鱼就落在马可脚下。有那么片刻，他就傻傻地俯视着脚底下的那条死鱼。后来他听到一声清脆的耳光。是那男人打了杨玉英，"老实点你！不老实我他妈砍你条胳膊！"他说的是东北话。他三下五除二绑了杨玉英，"你属螃蟹的啊？还挺横是吧？再横我他妈做了你！"马可突然想起这人是谁了。他就是"蝎子"。"蝎子"以前在锦州当过兵，退伍后在索亚男他哥手下混过，后来犯事也进去了。前几年从局子里出来后，一直在砂轮厂当工人。马可和他喝过酒打过麻将，对他满口的东北话更是印象深刻。索亚男真把"蝎子"找来了。

"存折放哪嘎瘩了？"蝎子恶狠狠地问。

"没有存折。我们都是穷人。"杨玉英贴着马可，"我知道你们也是穷人，穷人不为难穷人，是吧大哥？你们绑架我们有什么意思呢？你们怎么不去绑架市长呢？"

"嘴硬是不？"蝎子伸手掐了掐杨玉英脸蛋。

"我骗你是孙子。"杨玉英盯着蝎子。

索亚男只好又打了马可。这一次他朝马可肚子上擂了两拳。这一次索亚男的力道掌握得不是很好，马可疼得蹲下身子。他听到索亚男恶狠狠地对杨玉英说："快把存折拿出来，不然我杀了你男人！"他把弹簧刀在马可脖颈处来回划着，马可能感觉到一种令人厌恶的、冰凉的寒气在皮肤上浸来浸去。他大声呻吟着，同时拿目光睃巡着杨玉英。杨玉英脸色苍白，睁着双大眼看着索亚男，"我们真没钱……我们本来有点小钱，去年做生意都赔了，"她的声音一直在晃悠着颤抖，"你就是杀了他我们也没钱。"

他们开始翻箱倒柜。杨玉英靠着马可肩膀，身体瑟瑟发抖，同时嘴里呜咽着什么。马可留意到蓬蓬在望着他，蓬蓬这么有主意的人现在也没辙了，他们什么都没翻到，马可他们家真是太穷了。杨玉英似乎并没有欺骗他们。

马可突然觉得很饿。他现在非常想吃一顿丰盛的晚餐。他这才察觉到，他已经一天没怎么吃东西了。中午的时候索亚男还吃了两张煎饼，他连张煎饼也没吃。他空着肚子走了一天的路，说了一天的话，结果一无所获。他拿不准杨玉英到底有没有钱了。他是一点都拿不准了。索亚男他们无精打采地翻着他们家的衣柜、被褥、化妆盒、电表底座、钟表底座、洗衣机、电冰箱，他们甚至连床底下的一堆臭袜子也翻了出来。

"我们走吧。"蓬蓬对索亚男他们说，"看来我们是到了老鸹窝里，"他的声音慢慢地恢复到了平日的音色，也许他觉得任务快结束了，心态也放松起来，他的声音很温柔，"老鸹窝里不会有金蛋的。"

他们真的走了。他们每个人的脖子上顶着一截红腊肠走了。马可听到他们"咣当"关门的声响。杨玉英伸着细脖子，费了半天劲才用牙齿将马可嘴里的毛巾叨出来。毛巾掉在地上时，马可看到了那个蜡笔小新木偶。一定是刘敬明不小心把木偶丢掉了。马可的双臂还被亚麻绳捆绑着，可他仍然技巧性地为杨玉英解开了绳子，在他有些自嘲地将最后一个活结打开时，他听到杨玉英微弱的声音："你快去报警。我认识那个穿工作服的。"看着马可疑惑的眼光，杨玉英不假思索地说，"我以前接过他的客。"

马可倒背着手小跑了出去，他奔跑的速度不是很快，双臂被捆绑着奔跑是件非常别扭的事情，他甚至恨起了索亚男，他干吗把绳子勒这么紧？他一边咒骂着索亚男一边思索着如何跟蓬蓬商量这件棘手的事情，要是老麦来了就好了。老麦来了就不会出这样的意外。在他跑出庭院时他看到刘敬明匆匆跑进了他们家，身体交错的空隙马可听到他嘴里不停地哼哼着："小新小新我的小新哦……"

他已顾及不到这些。在门口马可小声地叫住了索亚男他们。蓬蓬帮他解开绳子。蓬蓬是开着他那辆帕萨特来的。蓬蓬想得比马可还周全，他把前后车牌号码全用"恭贺新喜"的红幅遮挡住，倒车镜上分别飘着两只硕大的红气球，使人误以为车里真就坐着一位喜气洋洋的新娘。马可和他们简要地说明了情况。蓬蓬和索亚男面面相觑，一时不知如何应答。索亚男开始骂老麦，说他打了一百遍手机也没个动静，他真怀疑老麦是不是从金鼎大厦上面掉下来摔死了。后来跟刘敬明去饭馆里吃饭时，碰到了蝎子，蝎子正在喝酒，就把他拽来了。说完索亚男看看蝎子。蝎子诺诺地说，杨玉英记性咋这好呢？都好几年的事情了，竟然还记得他的声音，他是一点都认不出杨玉英了。杨玉英老得太快了，哪儿还像当初那么漂亮风骚？想当初杨玉英不仅人长得俊，床上功夫更是一流……说到这里是蓬蓬大声咳嗽了一声，蝎子就不吭声了。夜越发朦胧，马可的心脏已经跳到嗓子眼里。

"干掉她，"索亚男说，"把她弄死算了，哑巴最安全。"

"你说什么？"马可没听清楚。

"干掉她。"

"你有病啊？"马可说，"你有病啊。"

"你他妈才有病呢！"索亚男说，"她要是真报了案，一切都玩儿完了。"他把手里的弹簧刀抖了抖，"我可不想蹲监狱。我他妈的好日子还没来呢！"

马可还想骂索亚男，但是不知道骂什么好，就去看蓬蓬。蓬蓬攥着汽车钥匙站在那里抽烟。他好像完全没听到马可和索亚男在说些什么。后来他沉吟着说，"我刚才听到有人叫，"他伸脖子朝马可他们家庭院里瞅了瞅，"刘敬明呢？刘敬明呢？刘敬明去哪儿了？"

没人回答他。一定是他们也听到叫声了。叫声不明显，叫声被嗡嗡的电视声遮掩得很不清晰。马可的眼睛莫名黑了一下。他的心脏已经跳出嗓子眼了。没错，一点儿没错，那是杨玉英的声音。他撒腿朝屋里跑去。

在屋子里，他看到了杨玉英躺在地上，一把菜刀以一种奇怪的姿势镶嵌到她的脖颈里。早晨马可正是用这把刀削蛋皮的，马可记得为了让刀刃更锋利一些，他还特意在缸沿上磨了磨。她的身体蜷缩着，血已经把她脖子下的一小块地板洇湿了。刘敬明蹲在一边小声哭泣，手里攥着那个蜡笔小新木偶。见到马可他们时，刘敬明"哇"的一声就哭了出来，"我没杀她！我没杀她！"他把蜡笔小新紧紧抱怀里，"谁让她踩小新呢……谁让她踩小新呢……还拿菜刀吓唬我……"

　　马可望着杨玉英。杨玉英的身体像条案板上被刮了鳞片的鱼，间歇性地抽搐着。有那么片刻杨玉英睁开了眼睛，凝望着呆愣愣的马可。马可木木地帮她解开绳索后，她举起一只手臂，妄图抓住些什么，然而很快就放下了。再后来，她的嘴唇努动着，已经发不出任何声音。她最后一个动作是把手搭在自己小腹上，用食指碰了碰。马可不知道她想说什么。他跪在地板上，小心地搂住她的脑袋。

10

　　车里很挤，马可把杨玉英箍怀里。他感觉到她脖子里的血像喷泉汩汩地喷着，在前方车辆刺眼的光亮中，他看到自己手掌心里黏稠的血已经快凝固。刘敬明就坐在马可身边。这个智障的胖子不停地哆嗦着，嗓门里不时发出怪兽般急促的咆哮声。他说她干吗不让他拿掉在床下的蜡笔小新呢，他说她不知道小新睡在地板上会害怕吗？他说她还用脚踩小新，他说她不光用脚踩小新还用脚踹了他裤裆，他说他没想用刀砍她是她先用菜刀吓唬他的，他说他不砍她她就会砍了他，他只好先用菜刀砍了她的脖子，这样的话他就能带着小新安全回家了……蓬蓬开着车一声不吭，索亚男跟蝎子不停地抽烟。

　　"死了吗？"索亚男问。

马可只是把杨玉英箍怀里，他的衣服已经被她的血浸湿了。

"死了的话就直接奔橐驼河，"索亚男说，"过两天可能水库排水。扔进去没人会知道。"

"我操你妈索亚男。"马可很安静地骂道，"我操你妈索亚男。"

"你激动个屁。你不是早对她厌倦了吗？"索亚男说，"她死了正好，你再找个漂亮的。"

"我操你妈索亚男。"马可很安静地骂道，"我操你妈索亚男。"

"你不用骂我。你跟我一样，都是垃圾。"

"我操你妈索亚男。"马可很安静地骂道，"我操你妈索亚男。"

索亚男就没再说话。索亚男没说话，蓬蓬没说话，蝎子没说话，连刘敬明也不说话了。车里突然静下来。马可不知道蓬蓬会把车开向哪里……是开到医院还是真的开到橐驼河呢？他一点儿都不想知道。她快死了，开到哪里都是无所谓的……杨玉英的身体开始还不住地抖动，现在是连抖动都没有了，她手臂上的温度也在一点点消失殆尽。他垂头看她。他突然想起两年前的那个夜晚。杨玉英花了五百块钱从北京打车来到酒吧时，已经是凌晨三点。马可正躺在前厅的沙发上酣睡，她费力地抱他，他不动，她就招呼出租车司机进来，将他抬进出租车。在车里的时候，他好像睡着，也好像醒着，杨玉英也这么着半倚在他瘦弱的胸膛，一双手抓着他的双手。她的手很凉，掌心是粗糙的茧花。后来，她一双手匍匐着伸进他的衬衣，他听到她小声嘀咕着，我们回家，我们回家……她的声音有些哽咽，他没动，那时他想，这个女人，肯定也喝酒了，要不她就是疯了，跑这么老远的路带他回家。不，她一定是疯了……

她现在就在他怀里，她的手不知道什么时候动了动，将他的手搭在她的小腹上。她肯定想告诉他一些话，可是她说不出来。她想告诉他存折藏在哪里了吗？还是一些别的什么？无从知晓了。花车转弯路过时代广场时，一排排烟花突然就盛开起来，让马可不由自主哆嗦了一下。马可想，一定是哪家商场在搞文艺会演了，他们总是在夜晚的广场上演出些可笑的剧目，也不管有没有人欣赏。是的，马可已经听到了隐隐约约的歌声，一个花腔女高音正拔着嗓子唱一首非常古老的民歌。她的声音被夜风吹得时而缥缈时而真切，同时颤悠的歌声将明亮的烟花刺激得更为绚烂。当又一簇耀眼的烟花在黑幕中乍然怒放时，马可借着色彩斑斓的光亮看了看杨玉英的脸。她眼睛紧闭着，两行清泪顺着她逐渐萎缩的鼻翼，静静地流到她干瘪的嘴唇上。马可不知道这泪是他的，还是她的。

2005年1月3日

多米诺男孩

1. 丁朝和小武的乡村夜

关于一九九六年冬天，并非是丁朝叙述过程中传达出的适宜高谈阔论或秘密发生意外的季候。

当然，丁朝面对着他的朋友小武，极有可能将这种季节赋予一种衬托性，那就是：叙述开始了，而倾听者必须处于一种合适的位置，并将位置处理得当。很明显，丁朝是个颇为笨拙的叙述者，所以他咽下一杯啤酒后琢磨着如何开头。后来他是这样说的：

"小武，你知道我们理工学院的那栋地震遗址吗？"

2. 忧伤

一九九四年九月一个星期六清晨，丁朝坐到理工学院阶梯教室门口，守候着即将来临的英语四级补考，内心里就不单单只是对生活的极度失望了。

他甚至怀念了昔年的平安夜。他和一个叫米杰的哥们儿，挤上拥挤的公共汽车。他们仿佛虔诚的圣教徒，正尾随着冬夜秘而不宣的邀请，渴望体验到新颖的概念：灰色拱形尖顶的哥特式教堂、黑夜中咕咕喧叫的鸽群、富于咏叹调风格的圣词、盛开着耶稣风格的赞美诗以及神情高尚的基督徒。这一切，都将被他日后的乡村生活中沉闷、窒息的仕途气息所掩遮、埋葬。当然，这所有的一切，他都会始料不及。

尽管如此，我们不得不羡慕地宣称，一九九三年的圣诞夜，一个叫丁朝的男孩是多么幸福啊。这样的记忆当然不会和一九九四年的秋天混淆。相反，男孩丁朝蹲蹴在大阶梯教室的门口，点着一支廉价香烟时，他能感受并且承担得起的，正是一种普遍意义的总结：对青春年少的怀疑、对大学生活的厌倦，以及恍惚的精神危机。总之，女孩子的突然出现，是随机的：她只是"此刻"出现，而不是在别处，而且，更不会是另一位女孩。

也许应该说，她很普通，和一般的女孩子没有任何区别，从本质上讲，那天，一个漂亮女孩子的出现，并非她自身的本意。

丁朝说，那天，他正研究着如何作弊。他的英语并不好，从初中就不好。他将这归咎于可耻的少年时期：那段时光，一个男孩子总是倔强抗拒另一种陌生语言的介入，抗拒着所有陌生的事物。对于作弊，他并非高手，所以他迅速地失望。相反，他耐心地研究起晚上即将上演的电影。关于电影的名称，我们可以窥知，非常适宜秋天的特征。一部《费城故事》，一部《西雅图未眠夜》。

也许应该认识一下这个女孩了。女孩那天凌晨四点半起床，她套上运动服，在楼道的洗漱间猫悄着洗脸。四点三刻，这女孩子拎着条绳子溜达到操场，毫无疑问，她试图保持完美的体形。她运用了课外知识（她所钟爱的《芙蓉坊》杂志为她提供了许多美妙的假设和杜撰性质的科学方略），惯性地、逼迫性质地练习跳绳，这将会大大促进她皮肤的排汗功能、健美毛细血管、矫正略微粗糙的小腿以及影响到脉搏、肺活量的优质化。多么高尚、纯洁的行为。五点十分她潜回宿舍，泡了袋方便面，戴着耳机欣赏了一段《疯狂英语》。当太阳温暖充斥着脂粉岑寂的女生宿舍楼时，女孩子吃惊地看到一个男生勒着条三角短裤从另一个女孩子的蚊帐里脱颖而出——他局促地笑了笑，麻利地套上条水磨牛仔裤，挣扎着黑色体毛的乳头吻印着樱桃红的唇影。可以猜度，这个突如其来的遭遇破坏了女孩子平坦的早晨：它强制性地赋予了女孩子一种意外的忧伤。以至于后来女孩子小口小口地喝着牛奶时，男孩子隆起的坚硬处还是可耻地刺激了她的想象力。她背上吊带包，垂滑雀跃的绒毛小熊伴随着关门声体验着女孩子毛茸茸的绝望。当然，这绝望是否贯穿进她充满活力、缺席忧愁、从未遭受破坏的少女时代，已经是无关紧要了。相反，她巧妙地击碎了构建的事实。她从背包里随手抽出本诗集——女孩子们总是喜欢这样幼稚的把戏。她站在大楼的外面，阳光涌动着撕扯着她的头发，随手翻开一页，洁净的纸面上涌动着蜜蜂似的文字：

> 我从来没有跟上帝说过话/从来没有在天上拜访过他/可是对于那地点，我确信无疑/就好像我已经通过了检查。

是的，那天早晨的情形，大抵如此吧。如果真的有那么一个暧昧的早晨的话。

3. 等待

丁朝和这个女孩子就这么着坐到阶梯教室的门口。在秋天凉爽的鼻吸中，开始了艰涩的沉默。

开始的时候，他们根本没有留意到对方的存在。他们把心思都放在了补考上面。丁朝做了好多纸条。他把这些写满了拉丁字母的指甲盖大小的纸条藏在了衬衣的袖口里，高领T恤和肌肤相亲的空当，牛仔裤拉链的夹缝，还有，那双灰色袜筒里：总之，他已经像个蹩脚的士兵准备好了所有兵器。这些方法都是米杰的点子。他还把一个长达二十二个字母的单词郑重地写在了丁朝的手心。他后来拍拍丁朝的肩膀说："孩子，祝你好运。"

后来，丁朝坐在那个阶梯教室的水泥台阶上时，像一个忧郁的牧师在担心自己的布道是否会成功一样，丁朝唯一的心思就是：如何把这些纸条在关键时刻安全地掏出来。这让他头疼。附近的操场上人来人往。丁朝觑着米杰正人模狗样地和一个女孩子打网球，蹦来蹦去像只跳芭蕾的跳蚤。女孩相当动人，她勒着条女网球明星比赛时才穿的运动短裙，左扑右挡前仰后撤时，裙子袅袅飘着，露出女孩乳白的大腿和影影绰绰的内裤……另一些男生在踢足球，他们满面焦灼地把那只皮球滚来滚去，眉眼紧蹙，像自慰时忍住不射一样。丁朝点着支香烟，叹了口气。

八点半，丁朝觉得自己似乎被人愚弄了：无疑，他弄错了补考的时间。当一名基础部的教授骑着自行车路过时，丁朝猛地蹿过去，问："今天补考英语四级吗？"

他欢快的表情提醒了他身后那个女孩，她恨恨地想，自己和这个男孩一样愚蠢，犯了和他一样愚蠢的错误：在一扇不会为她开启的门外，疯狂地守候了近一个小时。她干咳了声，似乎只有如此，方能挽回反馈到一个陌生男孩眼中没心没肺的形象。但，这真的有必要吗？

4. 期待中的多米诺男孩

丁朝在向小武叙述恋爱史的过程中，已不可避免地为己所动。我们姑且抛开倾听者的心事。小武找丁朝喝酒无疑是种预谋。他已经和丁朝喝了六瓶啤酒，啤酒花苦涩的酒气不时穿过咽喉喷射，并再次萦绕着他的鼻孔。两个男孩多年未见，彼此已相当陌生。这顿追忆往昔兄弟情谊的晚餐不时焕发出热切的必要性。小武没有料到，大大咧咧的丁朝也会有如此缜密细小的心思，蜕变成一个思想者，极为豁达而稍显惆怅地叙述着一位远居俄罗斯的姑娘。朋友平坦、忧伤的口吻将他诱惑不浅。关于那个生活性片段，丁朝试图引导至小酒馆嘈杂灰暗的气氛中来，如果他没能把握住生活片段的理性，那么像多米诺骨牌一样的效果就无以诞生。

而一年之后，男孩果断地登上一辆驶往内陆的火车前，于候车大厅里等待着旅程的开端时，如何的向往使他茶饭不思？沉湎于理工学院（具体而言是种广阔的虚构）的宿舍楼、街道，破琐的食堂，肮脏的男厕、洗澡间甚或那栋五十年代的建筑物，已经脱离了爱情故事虚伪老套的呻吟。我们还记得作家李冯在《多米诺女孩》中，彻底虚化的二十六岁女孩（而不称之为姑娘）临登轮船之际纷繁芜杂的心态。她手中不停地翻动着一本《胡利娅姨妈和作家》，对延展性未来的猜度中饱含着对男孩、南京、校园，甚至外国留学生同样不余遗力的拼凑、想念和诗性猜度，或许，她对男孩子的肉体有点渴望，然而也只是被一封封道具性质的书信摧毁。一种狐疑的侥幸时时逼近她，不得不快点督促她离开熟稔的都市，从而进入另一种全新欲念。恰恰相反，男孩坐到唐山火车站的候车室里，曾将他的行为仅仅解释成一次政变。他咀嚼着一块干面包，喉结艰涩地打转，巧妙地衬托着他的荒唐之举。有谁能阻止一个男人对一个姑娘的热望？当然，他翌日到达省会，被滚滚热浪熏得胸闷、饥渴、感怀时，他其实听到了自己"咚咚咚"的敲门声。或者说，他好歹建立了一种违背常规的理念。这叫他感动。他想，也许，这样的故事，只会发生在他身上，这么想时，他很骄傲。

5. 关于一座城市的虚拟性

丁朝缺乏尖锐情节的自叙中，小武很快掌握了故事的核心力量。他想，丁朝的爱情故事多么乏味、滥情啊。一个男大学生和女大学生偶然相遇，他们也许从小就梦想着这样推陈出新的情节出现。他们的恋爱步骤不会脱离男欢女爱的旧窠：看电影、漫步、旅游，最后导致肉体的碰撞。这合乎逻辑。简单的情事无非如此，总是被突如其来的情欲打破了疆界，将恋爱双方搞得疲惫不堪。

那么一九九四年，小武度过了如何的生活？眼下，丁朝只顾叙述着一座灾难性城市的历史，将恍惚的历史理解为一面双面镜：一面是欢乐，一面是忧伤，或者这么说：一面是开始，一面是结束。这符合这座城市的本质。二十一年前，一场偶然的地壳内部交叉运动使这座城市化为废墟：所有能矗立的物体均坍塌了，像敌人的影子被蘸着老酒肢解。二十二万工人、农民、知识分子、革命者死于灾难。生活在此地的公民总是对未来充满了神经质恐惧。这里的楼房称不上高魁，从未有超过二十层的建筑。为了纪念抵御自然力歇斯底里发作时的高姿态，或者说，为了纪念一份高尚的信心，政府修建了一个广场。广场颇具规模，一座水泥雕琢成的抽象纪念碑直捅烟尘滚滚的天堂：如果有天使，也许夜晚他们会在这座建筑物上谈谈情、跳跳舞。碑底雕刻着地震中感人肺腑的人文精神见证。广场上看不到咕咕喧叫的鸽子：它们的身影，只能让人觉得悲伤吧。

路过这里的人们，仿佛逃兵匆匆甩掉这座城市，妄图保持记忆中陈旧的亡灵。春天时广场刮着昏黄沙砾，衣着新潮的少女们卷裹住耐心，不停抖弹发丝上的沙尘。所以说在丁朝的故事中，如是的旋律无时无刻不左右着两个孩子的交往。这交往中饱含沉默，正是沉默，方显示出事情的精髓。丁朝和女孩子走到阶梯教室门口，互相点了下头。获悉考试推延，他们无疑都很失望。在所有秋天布景中，丁朝仔细端详着这个女孩，然后他的脸变得格外苍白。而女孩子好像发现了他的可笑之处：牛仔裤拉链里的纸条冒失地露出一半。也只是这些吗？难道只有这些了吗？

女孩子咀嚼着话梅。她在笑。"你也是来补考吗？"她开心地说，"你和我一样聪明。"

6. 不安

一九九四年的小武在忙些什么？

一九九四年的小武，也不知道他自己忙些什么。或者说，他处于一种不安之中。本来这是个华而不实的人：每段生活都透露出底气不足的征兆。

他先是爱上了一位大学讲师。

这位大学讲师和他是同乡，长得不是一般的丑，也许算得上丑陋。可是所有智慧并丑陋的女人似乎都有良好的自信。这位北大研究生讲课时，声音高亢洪亮，她语速很快，常常是一串串熟练的英文人名伴随着陌生的著作名称涌动出来，而且在小武看来是万分枯燥的统计数据，也照样从她红润的嘴巴里昆虫一样机智灵敏地飞出。她滔滔不绝的面部表情因而变得生动异常，小武常常想，她真像是个讲评书的女人。上课时，他常常把座位抢在阶梯教室的最前排：四十五分钟的时间让他深深为这个女人着迷。他注意到她的鼻子很翘，两侧点缀着蝴蝶斑，她的眼睛在那副玳瑁眼镜后深邃得像海洋（小武确实这么想的），她头发稀疏，有些焦黄，被她绾在脑后，精干利落。她喜欢穿长裙，即便冬天时，她也拖着一条黑色的呢子裙，那么他想，她的腿也许更难看。他甚至幻想着什么时候，能把她的裙子撩起来，亲眼看一看她的腿……有一段时间晚上打扑克，起床很晚，阶梯教室也只剩下了后边的座位。小武便和班里的同学借了一架廉价的高倍望远镜。他把它挂在脖子上，犹如一个真正的侦探，从那些无限放大的镜头里，他偷窥到一些更让他心动的发现：她有一颗"龅牙"，也就是，在一颗牙齿的地方，重叠着长了两颗牙齿。这个发现让他觉得更爱她了：他长这么大，还没有遇到过长了三十三颗牙齿的女人呢。

他开始变得沉默。对女教师的爱恋让他长期处于失眠的状态。有很多次，他在梦里看到女教师撩起长裙，露出那颗玲珑剔透的牙齿，朝他暧昧地笑，他伸出手指，抚摩着女人的身体——到这里的时候，一切变得机械死板起来，因为他从没有真正抚摩过女人，也就是说，那种肉体接触的美妙（如果真的美妙的话）感觉对于他而言，是空虚的，也就是在这个时候，他的身体开始痉挛起来：一种纯洁的白色液体开始从器官里涌出。他常常用手指将液体细细研磨，一会儿液体变得像水一样，一种青草的气味蔓延开去。他难过极了。

　　没人意会到这个高大英俊的小伙子为什么整天蹙着眉。有次去市里参加大学生卡拉OK比赛，他获了三等奖。比赛完后天已经黑了，他呼着哈气跑到一个咖啡馆，里面几乎没有人，点着的水果蜡烛和凌乱的钢琴曲让他喝了四杯咖啡。后来，那个女老板走过来。她附在他的耳朵边说："先生，你需要别的服务吗？"

　　小武想起那个疯狂的夜晚，总是弄不明白，是什么力量，让这个女巫一样的女人看出了他的欲望？这个拉皮条的女人从小武身上赚了五十元介绍费。那个女孩子站在他面前时，他还没有看清她长的什么模样。他最后把一杯咖啡咕咚咕咚灌溉进喉咙，那些液体的滋味让他振奋起来。

　　被小武带到宿舍的女孩子准备了三个避孕套。他们都用完了。那时才晚上八点半，宿舍的哥们儿都去学习了，理工大学的学生生来便是做牛做马的。安静的宿舍里膨胀着迷人的暧昧的水果味道。在灯光下，小武看清了女孩的样子：很可爱，留着学生头，牙齿白白的，唇膏涂得精致而不过分。他熄了灯。

　　女孩子的喘息混合着小武的喘气，他有点紧张，像大多数男人的初次一样，他很快就射了，他一把撸下避孕套，甩到床底下，开始细细地抚摩她，他纤细的手指在女孩身体上游动着，他感觉到她的体温在一度度地升高，她的乳房在轻微地战栗。他听到女孩子柔声说："我们再来一次吧。这次免费。"

　　他只有再次戴上那个号码似乎显小的避孕套，由于缺乏经验，他浪费了很多时间。女孩子咯咯地笑起来。她一把揪住他，他的东西昂首挺立着，女孩子轻车熟路地套上，将他的身体掀翻在汗气十足的单人床上……小武想，女人，也是很可怕的呢。他机械地摆动着身体，他竭力回想着女教师的模样，可是在那一刻，他怎么都回溯不起来了。他听到身体撞击时水淋淋的嬉戏声。女人在他的撞击声中尖叫着。他把手指捂紧她的嘴巴，可是到了后来，他却惊讶地听到了自己大声的呻吟声。他羞愧极了。

　　最后一只避孕套使用完毕，他催促着女孩子赶快穿衣服。他们穿衣服的时间非常短暂，宿舍的哥儿们就要回来了，小武感受到一种恐惧的毁灭感。等他和她正襟危坐地面对面互相审视时，他的脸倏地红了。"我就是那时爱上你的，"那个幼稚的小姐后来对他说，"我喜欢和害羞的男人做爱。"

　　这样，小武被一个小姐爱上了。她才十八岁。她时常买些丰盛的食品来看望他。有时候，她还会在衣服里，偷偷地藏一朵玫瑰。五元钱一枝的玫瑰让小武觉得，被一个幼稚的买卖人盯上，是件多么令人心酸的事情。她和他做的时候，再没有收过钱。

　　和这个小姐的恋爱让小武在相当长的时间内对外表纯情的女孩子抱有一种畏惧的态度。他花费了不少心思甩掉了那个以肉体为生的小女孩。他们分手时，女孩子抱着他号啕大哭，她说她在努力地攒钱，等他毕业后他们就结婚。她的哭声没有彻底打动他。他安慰她说，别忘记了接客的时候，戴避孕套（她有不下十次不让小武戴避孕套），即便你喜欢一个人，和他做的时候也要采取措施。知道吗？这是小武留给她的最后一句箴言，小姐点点头，冷漠地笑了两声。或许，对这种赚不到钱的事情，女孩子也彻底厌倦了。

所以说，小武对这次初恋的体验就是，别找那种安静的姑娘，她们多会有颗善良、不安和脆弱的心。她们会演戏，会哭，会背诵电视剧式的台词。在十一月中旬举行的校英语演讲比赛上，小武很快就被一个叫拉拉的姑娘吸引了：她爽朗的笑声、没有节制的眉目传情、走起路来时暧昧的香水味道，让小武爱上了她。

7. 冗长的镜头：约会

（1）

干吗放弃丁朝不折不扣的心事？一九九六年的冬天，这两个初中同学选择了这个冬雪弥漫的夜晚，纪念着被埋葬的大学时代时，都已转正为国家干部，所以说不必为具有堕落倾向的男孩道德问题担忧颇符常规。丁朝在一个小镇的政府上班。他的任务就是填写党员资料，并谨慎保管档案资料；跟预备党员讨论共产主义信仰的话题；他上瘾似的提问党章党史、成段成篇的纲领以及党员的各种权利和义务。他已经成为这个小镇上有史以来最严肃认真的工作者。他还会召集某乡的党员会议，颁布上级的文件、指示和批复、决议以及领导的讲话。除了这些，还要解决党员生活问题。例如他成功阻止了一位执拗的老党员的上访（他抗议每月十五元钱的生活费），还消灭了有伤风化的党员男女关系。而干这些乡村主义琐事的同时，这个男孩老是忍不住处于背离主题的危机。他要问，女孩奔走在莫斯科的书店、红场、教堂、寒冷的面包店，怎样的生活常识制约了她呢？

一九九四年秋天的晚上，女孩接受了丁朝的邀请，欣赏到半部美国生活片。汤姆·汉克斯饰演的同性恋律师为人权奔走费城，企图控告无故解雇他的律师行。丁朝被喋喋不休的法庭证据、似是而非的辩论、铿锵辛酸的内心独白、恍惚交替的华美镜头、同性恋者忧郁的抒情片段搞得有点上火。影片是中文字幕，他听不懂他们传递出如何恢宏的叙事风度，另外，眼神既要笼络画面又要监管着一行行蠕动的繁体字。更为意料之外的事情，是他对同性恋这个词敏感起来。他立刻想到了米杰。这个孩子长得漂亮修长，和他一起吃饭，晚上睡觉时还常常和他挤一张床铺，醒来时他经常搂着自己，熟睡的脸上是那种沉迷的笑容。他还给他洗衣服，包括袜子和内裤……天哪，今天早晨他还细心地把一个长达二十二个字母的英文单词写在他的手心上，并且拿酸溜溜的语气问他："你昨天晚上去哪里了呢？"

丁朝沮丧不安起来。他看看女孩子。这个英语不及格的女孩子竟然看得津津有味。他觉得这有点滑稽。他后来捅捅她的手臂说："我们，出去走走，好吗？"

女孩子眼睛仍盯着屏幕，点点头，她心不在焉地说："下面汤姆该唱那段歌剧了，哎，为什么优秀的男人都是同性恋呢？"

丁朝嘿嘿地笑起来。可以肯定，女孩子已经看过这部电影。但这次她看得还是这么投入。这么耐心的女孩子英语竟然不及格。

走出录像厅时，女孩子问："我们去哪里？"

丁朝问："你渴吗？喝杯冷饮？"

女孩摇头，"我不喜欢冷饮，我不喜欢把水果的汁榨干，剩下丑陋的果肉。"

丁朝问："跳舞吗？你喜欢跳舞吗？"

女孩子再次摇头，什么都没说。

丁朝沮丧起来。后来他盯着黑乎乎的天空问："那我们，去地震遗址。去吗？"

他的声音如此伤感，女孩子点点头说："我胆子很大的。你要是害怕，我保护你。"

（2）

小武盯着丁朝问："她真是这么问的吗？"

丁朝说："是啊。"他回答的时候神情有点恍惚。他也许真的喝多了。要知道乡村的酒店没有暖气，只有一个火炉在半死不活地冒着点热气，老板娘不时挑开炉盖，往里面塞几锹干进的煤块。丁朝端着杯啤酒，身体转向火炉，嗫嚅地说："她为什么不能这么问呢？"

小武有点厌倦了。他开始后悔选择了这么个寒冷的下着雪的冬天，邀请老同学喝这么顿显然没有什么滋味的酒。他兀自点着一支香烟，抽起来，"后来呢？"

丁朝又将身体转过来，笑了笑。他笑的时候有些腼腆。要知道，这个年龄的男人还能笑得这么单纯，只有两种可能：（1）他内心里也许还把自己当成个孩子；（2）他把别人也都当成了孩子。小武有点替自己的朋友难过。他记得丁朝小时候是个很厉害的角色，常率领着一帮弟兄打架斗殴。有次小武看到丁朝抓着把菜刀追赶一个肥胖的小伙子。丁朝跑起来的姿势很笨拙，但是那种姿势对他来说是最合适的。他一脚把那个胖小伙子踹到地上，拿刀劈下了他的一片耳朵……一个心黑手辣的人变得如此温情让小武觉得有些可笑。

"你们去里面玩了？"小武问，"我从没有去过你们学校。但是我知道你们学校最有名的，可能就是那栋地震遗址了。"

"是啊，"丁朝说，"后来我们手拉着手，朝地震遗址走过去。"

丁朝跟小武要了根香烟，"这怎么可能呢？我们才认识一个下午，我们太陌生了，刚开始的时候我们还有说有笑，讨论着我们熟悉的教授、球队和新闻，可是到了后来，我们发现，我们原来是如此陌生，除了知道对方的性别和名字，我们对彼此一无所知。"

小武显然对这些没有兴趣。他关心的是结果，"你们，在地震遗址里，没做点别的吧？"他把嘴巴凑到丁朝耳朵边，腻笑着说，"比如接吻、比如疯狂的做爱。"

丁朝眨了眨眼睛，"老板娘！拿瓶啤酒！"然后他盯着小武说，"没错，我们在里面，做了三次。后来，她直起身的时候，都不会走路了。你信吗？"

（3）

事实是，那天，丁朝和女孩子并没有进入地震遗址；事实是，两个人商量着坐到遗址十米开外的草坪上。这点丁朝不该忘记。因为接下去，女孩子突然转变了原本有些生硬的高姿态，怀念起省会廉价、沉闷的少女时代。对于女孩子转变的理由，丁朝没有弄清楚。对于原本陌生的两个人来说，所有发生着的或者将要发生的，无疑是种变形的安慰。女孩子看着对面的男孩子，他的头发被身后的水银柱灯光晃得发白，他的眼睛不是很大，也许是属于那种眯缝眼，他的眼睛注视着你的时候，让你有种想伸出手，摸摸他的鼻子的愿望。这个男生如此熟悉，仿佛他们已经在哪里见过（女孩子想到这里，扑哧一声笑了起来）。另外他的嘴巴很大，嘴唇很厚实，不说话时也间或露出牙齿。他的那件灰色的套头毛衣也很滑稽，他把它穿反了，她很轻易地发现了露在外边的商标。她看着这个粗心大意的男孩子，心里突然无限温柔起来。所以说，她知道男孩子也许会对她所说的一切感到惊讶，但是她还是忍不住地说开了。这样丁朝和女孩子肩并肩坐到草坪上，听女孩子轻飘的耳语。这样，他听她谈到了她十二岁爱慕过的一个黑人歌手（除了生殖器，他把自己全身的皮肤染成了白色）、她和她母亲由来已久的战争、她第一次被一个四十岁的俄国人亲吻时奇妙的心态（他是她父亲公司的客人，专门跑到这里买大型农用拖拉机）、她对意大利球员小马尔蒂尼炙热而缺乏真实性的崇拜、她读到马格丽特的小说时死亡和阴霾频率的周期性干扰的危险性，以及对麦当娜阶级仇视性的唾弃。女孩子的声音在地震遗址的空间外急促而流畅地流淌着，以至于丁朝后来产生了一种致命的错觉：他把她当成了另外一个姑娘小卫。他很自然地把手揽到女孩子的手上，女孩子很礼貌地推开他，他才激灵一下。他有点迷惑地看着这个喜欢抒情的女孩，伤心透顶，突然想大哭一场。

8. 地图

而一九九七年的夏天，唐山男孩小武被候车大厅里三教九流的乘客衬托得醒目、嘹亮。他懒散地倚着塑料椅子，若有所思地打开一张《唐山市交通地图》：他对自己说，他已经无力制约一个旅行者暧昧的目的。长春始发的214次列车还流驰关外，他有足够的时间安排旅行前的闲暇。他掏出一支钢笔，开始在地图上勾勾抹抹，通过回溯我们难免吃惊，他干吗对一张本市地图如此痴迷？他不是个地理爱好者。黑色墨水勾勒出条交叉小径：抗震广场—华联商厦—真维斯专卖店—凤凰山—理工学院。他的神态启发了我们，他好像在追踪着某些人真实的足迹。别人的生活总是残缺不全，没有办法分解，总结出振奋人心的力量：这是时光自然、自由、自恋的病症。

9. 小武

毫无疑问，小武挽着女孩拉拉的手臂感受过迷人的精神生活。小武在校英语演讲比赛中认识了拉拉。他们分获了冠军和亚军。小武凭着诱惑魅力的微笑、一身还算时尚的行头、一口还算标准的美国英语混迹于偌大的空旷舞台。灯光自天花板笼罩住阳光粲然的大学生，而他似乎是个货真价实的演讲家自由发挥着完美的论点论据。当然中间他还穿插了一段美国乡村音乐，他在唱的时候，扮演出一个八岁男孩子的天真和幼稚，他昂着头问："妈妈？未来是什么呢？"他的最后一句结束语是："未来属于谁？未来属于自信的人！"总之他的表演还不错，赢得了包括那个他曾经暗恋过的女教师的首肯。他得了个亚军。

两个礼拜后小武和拉拉欢蹦着跳上有轨电车，被沿途日俄战争遗留的欧式日式建筑搞得失去了恋爱的方向。他们跑到了这个城市最著名的斯大林广场。广场的中央是尊苏联红军铜像，这个男人背负着一管长枪，凝视着匆忙的巴士、的车、宝马奔驰、骑着白马巡逻的漂亮女警。成千上万的鸽子咕咕喧叫着飞翔。流浪街头的画家、音乐家、诗人、民警、传销者、广场管理员都自发地成为广场标志符。这座都市常年浸泡在潮湿的海风中，自然而然秉袭了海洋的腥气，所以此处的大多数公民的口音正像被外地人认可的那样，散发着太平洋的海蛎子味儿。

拉拉买了包玉米和两片面包。她想喂鸽子，等鸽子跳到掌心吃食物的时候，小武就必须按动傻瓜的快门。

"你觉得喂鸽子有意思吗？"小武问。

拉拉一边倒退着身子走路一边说，"不喂鸽子，我们来这里做什么呢？"

小武坐到草坪边，透过相机，女孩的面孔清晰见证着她的任性、霸道和刁蛮：她比那个安静的小姐难对付多了。小武想，她会允许我和她做爱吗？她喜欢我戴避孕套还是喜欢我直来直去呢？说实话，他确实谋划着有关强暴的课题：上帝原谅他吧，他竟然选择了教堂、平安夜、圣徒诸如此类的宗教背景。

10. 男孩和女孩的平安夜

一九九四年的平安夜，两个大学生光临过"青岛路"的小教堂。沿途的夜色被强烈的霓虹灯诱勾着忧怀不已。一个男孩搂着一个女孩子，坐在颠簸的电车里。沉沉欲睡的乘客仿佛一首首旧年代的音乐，单调呆板的沙漏形乐器打击出饥饿、欲念本真的征兆。而所有的抚摩、接吻不都是可笑的吗？他按捺住勃起的兴奋，恍惚即逝的星星漂浮海面，没有比平安夜更安全的保障了。他们极为可能接受教徒分发的一碗上帝的粥、一碟自己腌制的咸菜、几粒甜美的糖果，站起身躯，将虚情、做作、傲慢、幼稚的歌声融入大众化的圣歌。由于心事重重，男孩急切盼望着赞美诗早点终结，那场化装舞台剧也不要冗长、沉闷。必须拥有超越时光的力量支配他，提醒女孩沉浸到基督降生时的马厩氛围，疯狂的欲望早已昭然若揭，圣母马利亚抱着圣父之子，而远方走来寻找光明与荣耀的外乡人……

11. 未来的某个清晨

我们姑且丧失诗性记忆，忘记我们诞生时铭记的事情吧。女孩坐着，坐着而已。身旁是标榜着自然恶力的地震遗址，所有的死者的亡灵、生者的祈祷、醒醐的滋生者以及还未发生过的事情终将融化进坍塌的干枯模式。她在黑暗中辨寻着丁朝。她当然无法预测，三年之后，另一个陌生男人将通过眼前这位内向、疏离的男孩媒介，耐心憧憬着预料中的奇迹，打算踏上过路的长途列车，前往省会拜访臆造中的美丽姑娘。遇到男孩子的清晨，她将拉开窗帘，省会暴烈的阳光愤怒而平静。楼下一辆红色的出租车戛然而止。面目憔悴的男孩被重重摔落到平铺直叙的水泥地面。男孩仰着头颅，凝望着这一片流火季节的居民区。男孩子无疑就是小武。

很显然，她开始的时候并没有注意这个陌生人。这个陌生人夹着个公文包，开始打手机。他有什么理由跑到省会来呢？是谁让他来的呢？他为什么要来呢？他这么问自己的时候苦涩地笑了笑。手机里传来嗡嗡的声音，丁朝的破手机肯定是又欠费了。他恨恨地骂了句混蛋。他看到对面有个卖雪糕的中年女人，她好像正期盼着这个小伙子的光临。"找谁？小曼？不认识。"女人僵硬地摇摇头。

小武懊丧地睃巡着四周，点着了香烟。

12. 滑稽晚餐

　　小武还记得一九九四年的那个平安夜。他和拉拉挤进那个小教堂。舞台剧已经上演了。耶稣命令他的弟子围身而坐。男演员是个个子很高的人，背有点驼。毫无疑问，他的化过妆的脸在昏暗的灯光下显得有些失真。他将被出卖吗？他将死在金币的撞击声中吗？他将被罗马贵族钉卡在十字架，裸露着男性器官感受利器穿透肉体的力量吗？他知道那个手持钱币的弟子将出卖他。所有的悲剧上演之前，结局是最无足轻重的累赘。连上帝的子嗣都这样矫情，企图拯救众生灵魂，更何况一个心怀鬼胎的大学生呢？

　　在舞台剧上演之前，他们分到了两颗奶糖，那个满头白发的基督徒走过他们的身旁时，小武正试图去牵拉拉的手。拉拉是第一次来教堂，对这里的气氛既好奇又觉得厌倦。后来她把奶糖塞进嘴里，对小武说："你看到那个戴耳环的男孩子了吗？"

　　小武顺着拉拉的目光瞧过去。他看到了一个染彩发的少年。他看不清少年的模样，但是他看到他的耳朵上戴着三只耳环。"这没有什么奇怪的，"小武说，"怎么？"

　　拉拉说："不是啊，你看他旁边的那个人。"

　　小武说："怎么了？他旁边是个男人。"

　　拉拉说："是啊。"

　　小武不吭声了。一切这么莫名其妙，他开始有点不耐烦。他对拉拉说："我们换个地方吧。"这样小武牵着拉拉的手溜到了教堂的一个角落：他轻柔地把拉拉揽进了自己的怀里，拉拉没有挣扎，顺从地倒进他的臂膀里。拉拉的呼吸变得亢奋。女孩子的手指引导着他手掌的骨骼一点一滴褪掉了长裙里的内裤，在触及体毛的瞬间，男孩子的心脏"砰"的一声爆裂。拉拉的身体如是光滑紧绷，仿佛一件虚无的明朝瓷器，离间的诱惑逃离了客观历史，将他带入了无可预知的感性世界。他机械地沉游着女孩子炙热的皮肤、脂肪、耻骨，鼻尖磨蹭着女孩子布匹似的头发。他甚至闻到了一股淡淡的狐臭，可惜他已经无力抗拒。拉拉魔术师般的手指拉开了他的裤链，熟练地穿透了那件薄薄的毛裤。裤腰被拽离腰部时，上帝儿子的发问终于发生。他当然还未来得及发生骇人听闻的言论。这段时光他只是命令弟子无休止地祈祷、发表感慨。关键性的引导差强人意，弟子们只得咀嚼着马铃薯、胡萝卜，晚餐响动着男人嘈杂的吞咽之语。小武的工具破门而出。他怎么能来得及步入正题呢？他从后面袭击了女孩子的房间，被夹袭的欢乐伴随着阵痛的甜蜜，毫厘不爽地见证了耶稣被出卖的传说场景。耶稣终于发问了，他说："我实实在在地告诉你们，你们中间的一个将出卖我。"男演员的嗓子醇厚朴实，浓重的鼻音以及被震碎的琴声拆揭得恰到好处：男演员被意外打动了。他坐得最高，身体象征性地稍倾后倚，摆出荣光和明亮的神态。耶稣的灾难会像自尊心强烈的窃贼突然从房顶坠落，不仅伤害偷窃者的骄傲，还将让被窃者不安。男孩子惯性地抽动着，但工具总是偏离目标，这迫使他不得不N次使用腕部力量，将之插入应该鏖战的战场。这多么残忍啊，女孩子的双臂环围着他的脊椎骨，节节次第下滑。小武不得不佩服拉拉神秘的手段。最后她抓住他臀部的肌肉……他们目视着瞳孔中的人群，身体颤抖着。最后的时刻来临时，小武急欲抽离，可是尚未来得及，野马奔腾的蹄声已响彻在身体的内部。他努力地顶着她，唯恐她叫出声来。也就是在这时，一位牧师不动声色地滑过他们的身旁。小武刹那间咬破了嘴唇，抬着哀伤的眼睛，注视着仁慈洁净的耶稣：晚餐已经结束，耶稣只得率领信徒失踪了。凝红色的帷幕默默拉起，演员不由自主退场，舞台上还残留着马铃薯片芬芳的甜美味道。小武哭了，手指上沾染着热乎的精液。

他想，那个虚构中的秋天，丁朝的演出是如何的呢？

13. 地震遗址

丁朝和女孩子坐在漫天星光里。女孩子开始向他描述她的母亲。她是这么叙述的："我妈向来把我当成她的情敌。她总是告诫我，她把我生下来，纯粹是种意外，也是她一生中最彻底的失败。因为她根本不想让另外一个女人来分享我父亲。她是多么自私啊：跟我抢漂亮衣服穿；爸爸要是亲我一下，她会偷着哭，一家三口上街，她的位置是固定的，那就是阻挡在我和那个男人之间。我爱她，因为她敏感、多疑、任性、独断专行。她不承认我曾经待在她的子宫里，喝她的羊水、蛋白质。她怕我，所以笼罩我，而所有的理由，只是因为我是她和她丈夫的女儿。多么可笑。信吗？我爸从俄罗斯出差回来，给我买了条灰色的长裙，我穿上漂亮极了。"女孩子叹息着说，"我妈多像个烟囱里爬出来的巫师啊。她丰腴性感，她劝诱我说，这条裙子我穿上要多丑有多丑，这条裙子更适合她，这是无可辩驳的事实。我没哭，我干吗哭呢？我根本算不上她的情敌。"

丁朝喝了口啤酒说："那天晚上，她确实这么和我说的。"

小武说："她好像和你一见钟情。"

丁朝说："不可以吗？"

小武眯着眼睛说："这个女孩子，真他妈可爱。"

14. 开花的犹大树

丁朝的叙述自始至终围绕着这座凭借悲剧而闻名的城市展开。原谅一个内向的人的无知吧。他出生后再也没有离开过他的福址，本来他籍贯山东，由于他父亲年轻时候的革命热情，家庭在外乡建立。他父亲那时候是个天不怕地不怕的人，幻想着娶上一位出身贫农的唐山姑娘。愿望兑现，就跟天遂人愿的传说似的，三十年流逝，这位山东大汉再也没有回过老家。丁朝的血液里流淌着化工厂浓密的烟尘物质、沙砾和滦河的水。他没能离开过，只是无能为力，并非一厢情愿地守候着它、忍耐着它、接受着它天塌地陷的饥渴肠胃。他上了大学，遇到了一个省会的女孩子，是谁的过错？

他们相处的路线被机会主义搞得面目全非，像是一场温婉的战争，双方的每种部署均是当事人绞尽脑汁后方才流泻的谎言，而谎言的功能，无非是道具性质地迷惑对手，将对手引导至误入歧途的契机，除此之外，再也没有振奋人心的力量。

就像几年后那个博闻强识的小武（他衣箱里带着洛蒙德的《名人传》、基切拉特的《文选》、尤利乌斯·恺撒的评论和一本不成套的《卡尔维诺文集》，那些书当时和现在都超出了我们的有限阅读能力）等待火车出发时，指手画脚地在《唐山市交通地图》上涂抹着旅程的痕迹：无论是医院、图书馆、专卖店、抗震广场，都被旁人指证他们的不曾缺席，除此之外，还有别处意义？

可以这样总结：他们心不在焉地扮演了一对真空状态下的抽象恋人，语言平庸，只是坐在地震遗址的黑暗中，空谈一番。我认为他们的每一句话、每一个符号化手势，都将保存在丁朝的意向中。丁朝不敢做无用的手势，因此他格外拘谨。其间女孩暗示她只想出国，留学是她的生命中最辉煌的一个音符。关于这一点没有意义重申，因为两年后她踏上飞机前往冰天雪地的莫斯科大学（而不是美国的常青藤大学）时，站在机舱里，她似乎没哭。

"我现在是货真价实的留学生了，"她安慰自己，"我这辈子注定过种高尚的生活。"她想起了她母亲的箴言。母亲曾经警告过她，出国前的恋爱是危险的。我们确信眼泪在莫斯科折磨过她：有那么一天天空飘着雪霰，她坐在广场的楠木椅上，街头车辆仿佛黑白片中无意设置的场景，一位中国女孩的耳旁响动着陌生声音，这声音如此嘈杂妖媚；后来她坐到一家超市的门外，有只鸽子飞到她的掌心，拉了一泡稀屎：那个叫丁朝的男孩就朝她古怪地憨笑了。丁朝每天在小镇环岛旁的马路上等着中巴，这辆中巴会载着这个优秀组织员到达另一个小镇，他的办公室是那种青砖青瓦的平房，他将摆弄着那些党员档案——以此获得每个月三百六十元的生活费。

大鼻子。危机。崩溃。破产的政权。跳楼身死的老红军。黑帮。军火。叶利钦。政权、专制。鸽子。彼得格勒。胡桃夹子。伟大的灵魂。白痴。邮局。西伯利亚的理发师。列宁在一九一八。此外还有另外一种真实：这个叫小曼的女孩受到了威胁：她的真实性很可能直到最后仍是那种可怜的自欺行为——在丁朝的生活中，真的曾经有过这样一个女孩吗？

她拧开钢笔，在一张草纸上写道："祝你身体健康、工作顺利、合家欢乐。"然后又轧掉。她干吗哭呢？当初离开唐山，丁朝为她送行。由于时差的经纬勾勒出荒诞的意境，那次毕业告别故而不单单萌发了一系列忧郁的种子：男孩似乎情绪低落。他的身体距离她三尺左右，肩膀上是她大大小小的旅行包，由于旅行包已经被衣服、书籍、化妆品装得鼓鼓囊囊，那条女孩每天造成锻炼时的工具，一条发黑的绳子，被丁朝随意地挂在脖子上。火车站的候车大厅热气腾腾，女孩盯着丁朝，对他说："你不想……亲亲我吗？"

丁朝咧嘴笑了笑。他伸出胳膊，将女孩揽入怀中，他的嘴巴贴住她的耳朵，然后，用牙齿轻轻蹭了下她的耳垂。她的柔软的耳垂被丁朝的舌头咬住，她感觉到这个男人的舌苔和她自己的舌苔没有任何区别：舌苔上的肌肉生硬，缺乏一种回旋、令人陶醉的本能。那条舌头从她的耳垂开始，行走到了她的耳郭，然后像一条理智的蛇，钻进了她的耳窝。她闭着眼睛说："你不想……亲亲我吗？"

她伸出手指，指了指自己的嘴唇。

丁朝低下头，他似乎嘀咕了句什么，后来他盯着地面说，"有件事情，我一直想和你说……"

女孩把丁朝的手握在自己的手里。他的手骨骼粗大，骨节与骨节连接在一起，仿佛是把生锈的刀子。车站里嘈杂的人声和闷热的空气让女孩焦躁起来，可是她仍耐心地问道，"你想说什么？"

"……"

"你很难受是吗？"

丁朝张开嘴唇，"你还记得那个英文补考的早晨吗？"

女孩失望透了，她放开他的手，大声地嚷道："你到底想说什么呢？！你要我留一个晚上吗？如果你愿意，我就退掉火车票！你干吗总是三棍子打不出个闷屁呢？！"

女孩的话让丁朝的眼中充盈着眼泪。丁朝抖嗦着点着一支香烟。

"再见，"女孩的情绪似乎稳定一些，她掸了掸他的头发，然后从丁朝的肩膀上拽下硕大的行李包和那条肮脏的绳子，"你再也看不到我跳绳了，"女孩子说，"你再也看不到我跳绳了。真的。"

15. 他的结局与开始

丁朝说："你肯定认为我是变态，连个姑娘都不敢亲。我给你背诵首诗吧。听吧：我要像一只拖鞋爱上另一只拖鞋那样爱你/我要像爱小学五年级的王老师那样爱你/我要像爱奖金那样爱你/我要像我爱自己一样爱你/我要像……"

小武不耐烦地打断他。丁朝听到他说了些什么。于是他问，"你在嘲笑我吗？"

"没什么。"接下去小武到底说了什么也许并不重要。像一出游戏主义的文本，形式具有多种探讨性、可能性、自闭症性、失语性、革命性、颠覆性……小武按照他自己的道理为丁朝枯燥无味的故事核心部分刷上陌生的油漆，企图把丁朝的叙述转入岌岌可危的境地：那就是丁朝的语言是欺诈的。他在这个下雪的冬天在创造自己的小天堂。这是多么可耻的行为。

丁朝没有愤怒。小武将他描述成一个性功能障碍者又能证明什么狗屁道理呢？他只是觉得有些委屈。因为按照小武的观点，丁朝成了以下的人：

（1）丁朝是个阳痿患者，对钟爱的女人只能怨戒内分泌失调造就的机能性生殖残缺。如果如此，丁朝的结局无疑是残酷的。一个阳痿患者伟大的爱情只能验证爱情的可笑。换句话说，阳痿患者不能真正拥有女人的爱，他们性生活的缺席让他们成了一群弱势群体。他们和那些患了艾滋病的人一样，需要精神和肉体的双重治疗。

（2）丁朝是个悲观主义者。就像《夜访吸血鬼》中莱斯特的爱，总是压抑住性交的巅峰时刻君临。换句话讲，他享受着由接踵而至的"中断"造就的压抑。在悲观主义者眼中，压抑是唯美的。

（3）丁朝是个唐璜式人物。也就是说，他这边和省会姑娘小曼调情，而那边不断搞别的姑娘。这样丁朝和姑娘的交往更为可笑，那就是：丁朝是个善于分工的家伙，像制造精密仪器的流程，在不同的时点享受不同的精神和肉体。

丁朝哈哈大笑起来。我们听到丁朝喟叹，"你真是个天才"。尽管赞美是唯心的，但赞美并不否认真实的况味，即小武的部分结构和现实相通，是丁朝唐山生活的一些影子。事实如此，小武的轻率攻击至少满足了丁朝影绰的痛苦。这完全不是小武的过错。事实是：在结识省会女孩小曼之前，确切地讲，是在阶梯教室外等待英文补考之前，丁朝的确有个女朋友。他和她干过多少回，他已经记不清楚了。

至少，在一九九四年夏天，丁朝曾陪同一个叫小卫的姑娘做过一次人工流产。他们上了2路车。车厢里人声鼎沸，市民们正在讨论一起疯狂的情杀案：一位风流成性的男大学生，导致了两名痴情姑娘间残酷的互为谋杀。情节是激荡的，情节总要激荡起伏才会具有振奋人心的力量。丁朝拥着小卫的腰，心底喷涌的，该是一系列繁复的程序：避免正规医院，最好是找一家安全、保险的私人门诊。而这种困难显而易见。小卫或许心浮不定，一种冰凉的器具和一双戴着胶皮手套的手将伸入她的子宫吗？她难以忍受"现实"的逼供，所以她怨恨着丁朝情有可原。公共汽车不停靠站，一些道具性质恐慌的面孔交替浮览，车厢内真实的汽油味让她小口着呕吐起来：恐惧又和现实脱了臼。最后小卫把随身听的卡带换了换，在换带的过程中丁朝的手去攥她苍白的手指，好像他想传达这样一种信息：他会与她患难与共，他为那次没有戴避孕套的后果表示伤感和歉意——小卫不假思索地挪开他的手。

"不要碰我。"她冷冷地警告。

丁朝只得缩回手。他舔了舔手心的汗渍。他进一步设想着种种温存体贴的言辞，但却一句说不出口，并非出于懦弱或别的动人借口。而是他认为不该由他承担这种糟糕的结果：当初，她干吗拒绝他使用避孕套呢？她赌气似的扯掉他好不容易戴上的粉红色套子（它是白色花纹，由于是中号，说实话他不是很舒服，肿胀的器官被禁锢得要爆破了），将他的鳗鱼抛入黑暗中的巢穴。她热情奔放，仿佛一盆炭火，很快挑逗得丁朝失却了分寸：他没能在体液喷射之前将这条海鳗拔出，相反，他动容地抽搐着，乳白色液体汩汩灌溉着上海姑娘燃烧的子宫。这是谁的失误？丁朝妄图抚摩小卫的头发，但小卫再次警告了他：

"不要碰我。"

他的身体追随着她的身体，然而女孩挪挪脚步，将他抛至了一个崭新位置：他们中间隔离着众多的陌生肉体，肉体的气味同时在车厢里化解着可笑的细节：情人拒绝了情人的身体，她再也不想和他睡觉。是的，再也不想和他的身体发生任何关系。

我们不了解小卫的种种消息，只清楚她是校学生会的副主席，这就够了。他们的恋爱一直处于秘密状态。她高傲、自私，当初接受丁朝的原因已无可考证。他们做爱的频率也不是很频繁，当然他们选择了隐蔽的地点，那是座行将坍塌的地震遗址：他们当初勇敢地钻过水泥墙壁、压弯的钢筋钢管、小动物的尸体和开得一塌糊涂的野花，就那样赤裸着进入。通常是这样的：丁朝平躺到危机四伏的地板，小卫跨在他冰凉的下体上。这样做总让她体验到绝望的快感。他的手臂、大腿、小腹像盛开的百合花瓣盛满她阴柔的毛孔。他仿佛一台大功率的碾米机机械地挺动着下体，将女孩羸弱的身体一拱一拱地送离地面，将她甩入头顶的星空。肉体撞击肉体的媾和声在空荡杂乱的地震遗址里仿佛将黑暗镶嵌了一双野兽的眼睛。有时候她扒掉男孩的裤子，隔着内裤咬住他隆起的部位，用舌头荡着越来越炙热的一团肉，感觉着那团肉在自己舌头潮湿谨慎的安慰下悄悄地成长，直到它歪歪斜斜地从内裤的一侧冒将出来，像条腥气的蛇在她的口腔里蠕动。黑暗中她会听到男孩绝望的喘息，有时候他似乎想挣扎着起身，她知道他想做些什么，所以她总是温柔地压住他的身体，将他重新放到一种被压抑的地位；她是多么喜欢听他饥渴的躁动声，闭上双眼，坐到他已经滚烫的身体上，忍受着这个男孩子的臀部打夯机一样缺乏创意的起伏。在那段关于地震遗址的记忆中，她更喜欢的是他平静后的喘息声和那双大手抚摩她的头发的感觉。她会把脸贴紧他的小腹，平坦光滑的小腹在空隙的风中凉飕飕的，她喜欢用食指蹭着他的阴毛。那些比头发坚硬的体毛通常让她有种要哭的欲望，有次她用大拇指和食指揪住了一根，用力拔了一下，男孩惊恐地大叫了一声。她想，我永远不可能一辈子拥有他的身体，他身体上的这些毛，这么想时她的眼泪开始流了下来。这是个有心计的女孩子的做法：她搂着一具肉体伤心，然后把他肉体上的毛发藏到自己的衣兜，她想象着若干年后，另一个女人像她这样抚慰着他，让他快乐和疼痛——她的心又开始隐隐作痛。"告诉我你爱我。"她为他系上腰带。

"小卫小卫我爱你，就像老鼠爱大米。"

女孩忍不住又褪掉他的长裤，手指滑过他的肌肉。他的小腹摸上去仿佛一块有生命的毛玻璃，然后她再次低下头，用舌苔碾动着他的肚脐，努力想象着这个男人生长在子宫里的丑陋模样，眼泪又唰唰地流泻。她温柔地舔着他的身体，似乎他就要死掉一样。他身体的每根汗毛都是致命的诱惑。她只有倔强地含住他，就像是含着一颗刚刚萌芽的种子。

16. 指南针

有义务指出，一九九四年九月一日的晚上，上海女孩小卫对她的男朋友丁朝说："我快入党了，继续交往是危险的，你知道学校不允许党员谈恋爱……我们分手吧。"

她的证词无疑是愚蠢的借口。丁朝面临着突如其来的忧虑。忧虑是有根由的：女孩说出这些话时，他竟然很高兴，他似乎早等待着这样的结果。说实话他早厌倦了那个像野兽一样翕张着大嘴的、坍塌的地震遗址。每当他想起那座破落的黑暗中的楼房，他就会想起这个喜欢坐在自己身体上的高傲的姑娘。有时候他注视着这个姑娘的眼睛，常常发现他并不像想象中那样喜欢她。他不知道这是怎么了。

最后一夜，女孩将他带至寝室，午夜十二点的秋夜，女孩们的睡梦中绝不会出现一位莽撞的不速之客。两个人都因为做出分手的决定而窃喜，同时又不得不流露出伤心的特质。那天他们喝了一点酒，也许是很多酒。喝酒后的女孩，有那么片刻似乎已经遗忘了刚刚做出的决定，她脸色酡红，设计着第二天约会的地点、内容、行将讨论的话题以及使用哪种品牌的香水。她禁不住问他：

"我们明天去看演唱会，好吗？听说指南针乐队和眼镜蛇女子乐队要来。我喜欢指南针，也喜欢眼镜蛇，你呢？"

丁朝只是咬住了她的耳朵。他体验不出她的悲伤，哪怕是身体极微小谨慎的战栗，"她一点都不在乎，"他想，"她无所谓，我也没有必要难过了。"

女孩醉了。她掏出避孕套。摸索着为他戴好，然后他们用身体证明了彼此的选择：最后他们沉沉睡去。女生宿舍楼里飘忽不定的胭脂气息起到了不可忽视的催眠作用。这是个冗长、催情的夜晚。小卫半夜中惊醒，她触摸着一具男人蜷曲的肉体，悲伤开始神秘地抖动着，将这个人的器官融入早早来临的怀念。她本应该早早催促他离开，她冒着丧失名誉的危险领他来宿舍过夜的勇气已经蒸发了。当太阳升起，所有秘密生成的物质终将被艳阳蒸发。可是那天晚上，一种柔情占据了她柔软的乳房。男孩睡相平和，胸腔有节奏地运动着，为什么要打扰一个已经受伤的男孩短暂的欢乐？绝望再次统御了女孩。她的心房快要爆破了，她侧身贴紧男孩的身子，她恨不得将自己折叠成一枚标签，像出售的商品上的标签，证明着这个男孩的属性。或者变成他的一根腋毛、一根弯曲的阴毛、一个脚趾盖、要么他棕色的瞳孔、他鼻子的左通道、他的胃，生生世世随着他，待他老了，身体死掉了，仍然伴随着他。她惊悚地抚摩着他的乳头、小腹的褶皱、阴部，"他会永远记着我的，"她安慰自己，"他不会恨我。"她顶着男孩的臀部，脚背文静地蹭着他温凉的脚心，柔情再次占领她，"他不会怪我，他是个好人。"

她当然不会知道，翌日，丁朝先她而醒。他慌乱地蹬上裤子，然后从她的蚊帐里钻出来——然后，他看到了一个女孩，穿着一套运动服，拎着条绳子，睁着惊恐的眼睛审视着他。

这样双重的忧郁被表演着，我们认为它体现了我们的失望：我们自始至终的审视行为从头到尾不过是一连串的偶然事件，当丁朝用力演奏出即兴表演的最后一个和弦时，旁观者又坠入了丧父的孩子那种毫无记忆的时间里：我们原先的愿望是很残忍的，就像我们不认识他们，但我们又逼迫这些孩子们建立了事实。难道丁朝和这个叫小曼的省会女孩，真的有必要，在星期六的早晨，在阶梯教室外，行使一种重新相逢的权利吗？

而一九九七年的唐山火车站，候车大厅里栖息着神秘的旅客，他们各怀心事，等待着即将飞驰的火车，小武摸索着一张《唐山市交通地图》，辨认着丁朝和小曼的恋爱痕迹。他爱上小曼的那个晚上，乡村积蓄着雪。当他被小曼打动——他想起来小曼的那句话，

"你再也看不到我跳绳了。"他的心就快乐得仿佛吞了鸦片。当然他对这次被人安排的旅行抱了种讥讽的态度，就像当初他把那个和他一起度过平安夜的女孩拉拉甩掉后的心情，他已经鄙夷她，知道她迟早会和他做爱，然后他会像在厕所里排泄一样，把她们抛入下水道，让她们随着肮脏的水流流淌到未知的空间。

17. 萨特：《词语》

在他十岁时，他就声称只喜欢那些令人惊奇的事物。他生活链条中的每一个环节都应该是出乎意料的，都应该散发着一股新鲜的油漆味儿。他事先就赞同那些意外的事故和不幸的遭遇。更确切地说，他是以微笑来迎接这类事情的。有一天晚上发生了停电事故，有人在另一间房间叫他，他张开双臂摸索着向前走去，不料一头撞在双扉门的一个门环上，打落了一颗牙齿。虽然很疼痛，可他还是很高兴，并对此大笑不止……既然他事先已决定他的故事将有一个不愉快的结尾，那么所谓的意外事件不过是牵强的圈套而已，新奇也只是一种外表，早在民众的要求下催促他诞生时就把一切安排好了：他把掉落的牙齿看作是一种征兆，一个晦涩的征兆。一个不容忽视的告诫，其意义是他以后自会明白的。换句话说：他在一切场合都尽力保持着目的的顺序性，为的只是快活地感受到他只是一个随意诞生的孩子。

1999年

地下室

1

那些时日，宗建明、殷小柔和我，每个礼拜都要去"香湾活鱼锅"吃涮鱼。我们通常不吃草鱼，而是点一尾六七斤的花鲢。草鱼肉过于腻嫩，刺又酡又多，稍不留神就卡住牙龈或舌头。通常，我们选择厢房里的那张圆桌，离门远些，风小，僻静。只不过常常吃着吃着，水泥盖板简易搭就的屋顶就落下报纸碎片、干瘪的鱼鳞或玉米粒大小的沥青。直到如今我也没弄清，为何屋顶上粘了那么多风干的黑鱼鳞？如果掉下的是片碎报纸，小柔通常会沉默着弯腰捡起，吹落上面的灰尘和鱼鳞，在微弱的光线下安静地朗读。透过氤氲缭绕的水汽，我能看到她的嘴唇鱼鳃般黯然着翕动。

后来我常做这样一个梦。梦里有个肮脏的地下室，几条鱼穿着蓝色竖条西装，正襟危坐在豪华的餐桌前，手里拿着银制刀叉，有板有眼地吃餐具里的水草、莲花、浮萍、盖子虫、水蚊、蝌蚪、蜉蟮或者水蛭。它们吃得香甜沉迷。后来水草吃完了，莲花吃完了，盖子虫也吃完了，它们就把镶着蓝色花纹的光洁盘子塞进嘴里，同时发出牙齿咀嚼瓷器的"嘎嘣嘎嘣"的脆响。后来这个梦消失了。不是说我不再做梦，而是梦中的布景发生变化：我开始学会了……飞。我的手不可避免地牵着另外一个人，这好像很暖和，也很幸福，可我却常常沮丧不已——我不知道手挽的人是谁。无论怎样，我还是会飞了。我野心不大，只是飞过桃源镇的屋顶或街心花园的石榴树。屋顶上满是积雪，而石榴树上却开满了花瓶颈样的火红花朵。我和那人，就在花朵糜烂的香气中不停地飞，不停地飞，仿佛我们如若不是天使，就是烂俗的童话中阴险狡诈的巫师。

当然，我们去吃涮鱼的季节，我还没做这样的梦。那时我不做梦。一个小公务员的白天和黑夜如果被各种财务报表、专用发票、菜贩子、植物油、徒步行走所充塞，那么，这男人肯定不做梦。

2

其实，和宗建明做同事之前，我们就认识了。确切地说，是我已经认识他了。我们都在桃源县第一中学读高中，只不过他比我高一年级。桃源县中学是省重点中学，能考进去的，都不是笨学生。当然我不在此列，除了打乒乓球，我没什么特别拿手的。我能进那里读书，是我爸花了万把块的赞助费。

学校三千学生，我能认识宗建明，无非是因为他那起臭名昭著的恋爱事件。

高中生谈恋爱的本来也不少，更何况学校有座古城。古城下有条幽深的隧道。据说元朝时，大将军纳岩奔盏在此驻军，命三百军士挖此道以囤粮。抗日战争时，这条隧道是八路军的指挥部，他们专门在黑暗中研究消灭日寇的方针策略。炎夏，隧道里全是点着油毡约会的学生。也难怪，隧道阴凉如秋，仿若墓穴般肃穆沉寂，捂住双耳还能听到神秘河水的流淌之音。在这么美妙的地方幽会肯定甘美如饴。宗建明的恋爱之所以称为事件，而不是单纯的事情，是因为他不单和那个叫曹书娟的女同学在隧道里拉了手，还互摸了乳房，不单互摸了乳房，还褪下了彼此的短裤连衣裙，侵占并享用了对方的身体。说白了，他们该做的都做了。如若仅限于此，也就没什么。糟糕的地方在于，他们彼此稀释了对方的体液又没采取安全措施——也难怪，在九十年代初期，哪个孩子会使用避孕套？曹书娟怀孕了，更糟的是，她怀孕了自己尚不知晓，高考前一个月体检，这个姑娘才彻底明白到底发生了什么。

学校呢，做了一个重点高中该做的，将宗建明和曹书娟双双开除。那个夏天，所有的高三学生都在秉烛夜读，只有这两个孩子推着行李回家了。第二年，他们两个以社会青年的身份参加了高考，曹书娟考上了一所市属中专，宗建明则考上了本省的一所专科。

我还记得一九九四年夏天的一个傍晚，刚下过暴雨，空气里浮游着合欢的香气，我骑自行车回家吃饭，在学校门口遇到了他俩。那时大批面黄肌瘦的住校生端着饭盆往食堂以百米冲刺的速度疯跑。校园喧嚣热闹，校广播站正在播放"小虎队"的《青苹果乐园》。而这两个学生，却被远远抛到喧嚣之外。男生推着辆飞鸽牌加重自行车，后座上的被褥和纸箱摞得比他还高，虽然用绳子揽了却仍摇摇欲坠。这使他走路的姿势滑稽而忧伤：他一手扶行李，另一只手推车把，双臂艰难地劈成大大的"一"字，而胯骨则朝车梁中间前拱，两条细腿弯成弓步朝前一点点地蹭。女孩呢，自行车架是空的，面色潮红，不时朝男生快速地瞥上两眼。后来，她支起自行车，径直走到男生跟前，掏出条手绢给他擦汗。男生朝她咧嘴傻笑的时候，纸箱和被褥突然从后座上坍塌，"嘭"的一声掉到湿漉漉的地面上。两个人互相看了眼，又瞅了瞅满地凌乱的书籍。女孩就是这时扑到男生怀里哭起来的，她把窄小的头颅紧紧扎进男生的胳肢窝，两条细长的臂膀揽着他扁平的臀部，肩膀在嘹亮的哭声中有节奏地颤抖。我记得那天她穿了条杏黄色连衣裙，连衣裙洗得有些旧，吊吊地垂着，时不时被夏风撩起，衬得她双腿修长而性感。我就盯着这个长腿女孩抱着男孩嘤嘤啼哭。我向来是个喜欢帮助人的学生，但那天傍晚，我并没上前帮他们捡衣物和书籍，而是远远站着，看他们在初夏的黄昏里抱头痛哭。我听到学校的敲钟人在我身旁啃着西瓜说，啧啧，瞧瞧，瞧瞧，他们就是宗建明和曹书娟，全桃源镇最丢人现眼的一对学生！

四年后，当我在税务师事务所见到前来报到的宗建明时，我并没认出他来。他留了撇八字胡，头发短短，一双桃花眼流转间笑意盈盈，跟每个同事都热忱地打着招呼，身体前倾着将香烟递到男人们手中，以最快的速度用火机点着。我叫宗建明，祖宗的宗，建设的建，光明的明。他郑重地介绍完自己，一屁股坐进柔软宽大的沙发里。

宗建明上班后不久就结婚了。他和曹书娟的老家都在农村，县城里朋友也不多，只草草摆了几桌酒席。那是我第二次见到曹书娟。她穿着件粉红旗袍，旗袍绣着金凤，其中有只五彩斑斓的凤头紧绷地贴在她小腹中央，就要飞出来的样子。这给我种奇怪的错觉，仿佛她的小腹已然微微隆起。事实证明，我的感觉并没有错，他们结婚六个月后，曹书娟就生了个儿子。结婚前她在县里的锁厂当配件工，分娩后她在家只待了两个月，就去家私人文印部当打字员。我对她的长相几乎没了印象，偶尔想起这个面相愁苦的女人时，只有条短小的黄连衣裙吊吊地飘着，伴着女孩伤心欲绝的啼哭。

宗建明结婚后不久，我也结婚了。我老婆是位小学老师。除了用一种教师所特有的教训孩子的口吻跟同事聊聊言情剧，她唯一的爱好就是织毛衣。很多年后我仍记得她织毛衣的样子：总是把毛线放在膝头，腰脊和脖子朝织针弯下，就像一尾饥饿的游鱼沉向芬芳腥臊的水藻。累了的话，她常常站到窗前，凝望着我们沉寂的大街。后来我们有了女儿，这样的机会便不是很多。她开始学会喂奶、洗尿布、给孩子擦屁股、煎炒、烘烤、擦拭灯具，直到整个房间瓦亮如一件冰冷的瓷器。她极少和我说话，仿佛嫁给我只是让沉默更能显现出它截然不同的温情和力量。我们也很少做爱，她有个安静的坏毛病：她对精液过敏，只要稍不留神，她就会在柔软的席梦思上晕过去，身体蜷缩成一只乳鸽，动也不动，犹如她本来就是艳俗的床单上单调夸张的饰物。

那时，我跟宗建明都二十四五岁，最喜欢终日跟客户喝得醉醺醺，然后整夜整夜在黑暗中酣睡如猪。他结婚后胖多了，胡子也剃掉了，一双眼睛望着旁人时满是纯净的渴望，好像随时在等待机会攫取什么价值连城的东西。他儿子两岁时，曹书娟开始频繁地更换工作：卖煎饼、当门童、推销保健品，后来又买了辆三轮车拉客。有一回我妈生病住院，我晚上陪床，早晨上班，在医院门口招了辆三轮车。那个车夫戴着帽子，裹着军大衣，吭哧吭哧地把我拉到单位。我给他钱，车夫扭头对我笑了笑，说，马文啊，看看我是谁。我这才看清，车夫原来是曹书娟。我一时无语，呆呆地望着她佝偻的背影，很难把她和若干年前穿连衣裙的女孩重叠起来。

她就是蹬三轮车时认识的那个男人。据说男人当晚喝醉了不敢开车，把奥迪A6停放在酒店停车场。曹书娟将男人送回家后，在三轮车上捡到了一个黑色手包，里面装着手机和数目惊人的存折。她将手包归还给他。男人见了她一面，便热心地邀请她去他的工厂上班。当然，按照宗建明的说法，男人其实从开始就心怀歹意：如果好色算歹意的话。他甚至打包票说，这完全是个阴谋，男人当晚乘坐曹书娟的电三轮，是故意将手包丢在了上面，也就是说，曹书娟出众的姿色在夜色朦胧中蛊惑了这个男人，使这个男人春心萌动，方才做出如此大胆的举动。

这男人呢，比我们长得矮，也没我们年轻，家住在县城十里开外的农村。不过，他比我们都有钱。看看他脖子上比高粱秆还粗的黄金项链就知道了。

3

我女儿三岁那年，我开始发福了。发福后我感觉自己无论做什么事，都越来越拙，抽烟时把鼻翼烫了个泡，坐沙发时裤子扒裆，开车门时被门楣撞伤了额头……随着脂肪的膨胀，我的每个动作都丧失了协调性，变得陌生沮丧起来。我老婆话越来越少，她唯一的任务就是孩子放学后，一遍一遍地教她"a、o、e、i、u"和数字分解，同时把总是将"9"写成"6"的孩子掐得胳膊紫青。宗建明呢，那时完全变成了家庭妇男，晨起把孩子送到幼儿园，晚上将孩子接回家，给他煮饭、陪他跳舞、辅导"珠心算"、洗衣服。他的小胡子又留上了，仿佛在向他自己证明，他正在衰老中享受着某种尊严。曹书娟极少回家，她已经是锹厂的财务部长和销售主管，终日陪厂长跑外，从俄罗斯或吉尔吉斯斯坦低价购进大批废弃道轨，制成铁锹后再联系外贸企业高价售出。

　　宗建明就是那段时间迷恋上赌博的。儿子熟睡后他召集一帮狐朋狗友，玩一种叫作"推牌九"的游戏。他赢钱的概率跟中国足球队拿"世界杯"冠军的概率差不多。输得最惨的一次，是他将两万块现金掏干净了，又给在单位加班的曹书娟打电话，叫她送三万过来。那天晚上下大雨，不过曹书娟还是来了。她是开着辆红色宝马过来的。据当晚的赌徒透露，当房门被推开时，他们看到一个穿黑色雨衣的幽灵走了进来，这让他们既惊慌又恐惧。之所以说是穿雨衣的幽灵，是因为这个人完全被覆盖在庞大油亮的雨衣里，看不见脚踝也看不见头颅，仿佛雨衣自己从房间之外袅袅飘进。后来雨衣的帽子被摘掉，他们才看到了曹书娟。曹书娟的脸庞瘦弱干瘪，唯一引人注目的是她的那双眼睛。她的眼睛湿漉漉水淋淋，当然并不是她被淋了雨，而只是因为她的眼睛比较大，眼下面又是半圆形的黑影，看上去就像是朵黑暗中缓慢绽放的花朵。

曹书娟把一团庞大的报纸摊开，里面就露出了"数不清的老人头"。那个赌徒说，他"一辈子都没见过这么多的现金"。整整十万，没有像银行取款时用纸条扎紧，而是凌乱地散着。曹书娟窸窸窣窣着将报纸推到宗建明眼前，柔声问宗建明说："够吗？不够的话，我再去给你拿。"宗建明连看都没看她一眼，只将嘴里叼着的半截香烟在西瓜皮上懒懒地掐灭，含混不清而又焦灼地嘟囔道："发牌！发牌！发牌啊！"

他们都不相信宗建明那时还没猜到老婆出了问题，我相信。宗建明用曹书娟给他的钱赌博、买名牌、抽高档香烟、请朋友下最好的馆子，可从不疑心老婆出了问题，按照他的说法，老婆有钱是她比别人能干，比别的女人更像个男人，甚至比男人更像个男人。"净他妈扯淡！"有一次，别人拿他老婆和那个老板开涮时，他笑着说，"我老婆会看上他？我操！浑身一股铁锈味，"他漫不经心地剔着牙齿，"你们一点都不了解曹书娟！"

首先发现她老婆有私情的不是别人，而是宗建明母亲。曹书娟和宗建明都没空带孩子，便把孩子奶奶接过来。这是位一辈子没进过几次县城的农妇，也是位有健忘症的老人，刚来县城时常常迷路。有次去菜市场去了半天，让在家等菜下锅的宗建明很是恼火。后来母亲被警察送回家。为了避免母亲再次像个老年痴呆症患者那样失踪，宗建明给她写了张纸条，上面是宗建明的家庭住址，让她出门随身携带，万一迷路了就掏出来，让好心人念给她听。她大字不识一个。

那天她去商场买棉拖鞋。冬天到了，她怕孙子的小脚冻坏了。在商场门口，她看到一帮人对着什么指指点点，还不时发出讪笑声。据宗建明说，他妈在乡下最爱看热闹，正月里看秧歌，人群里挤来挤去，一对银手镯被人偷走都没有察觉。那天她拎着双拖鞋，蹑手蹑脚地走到那两个人身旁，不禁羞红了脸。一个男人跟一个女人正在亲嘴。这样的场景她只在电视剧里见过。当女人推开男人，环顾四周时，她惊讶地发现，这个女人，不就是自己的儿媳吗？曹书娟见到她也愣了愣，走过来问："妈，你怎么在这儿？又迷路了吗？"

宗建明的母亲又去看那男人。那男人不是宗建明。那男人怎么会是宗建明呢？宗建明的手背光滑细腻，没有那么多粗壮汗毛，宗建明可比这男人苗壮年轻多了。宗建明的母亲刹那间傻了。她没有回答曹书娟的疑问，而是指着男人问道："他……他是孩子舅舅吗？"曹书娟擦了擦老妇人额头沁出的汗水，说："妈，他不是我哥。他是我的老板。"她给老人买了只烧鸡，还让她的老板开车把婆婆送回家。轿车里温度高，老人感觉要闷死了，不停地用手在鼻腔前扇动，可她只是闻到了更加刺鼻的香水味。

宗建明母亲在床上躺了将近半个月。宗建明母亲始终不明白，曹书娟怎么这么不要脸呢？好像她根本就没做过这么不要脸的事。有时老妇人怀疑自己神志出了毛病，或是被什么畜生迷住，商场所遇只不过是自己的幻觉，她看到的、她听到的和她所经历的，只不过是睡梦里的事。不过她并没把这件事告诉儿子。多年的乡居生活没把她改造成一个说东家道西家、习惯火上浇油的老人，她的话比哑巴还要金贵，尽管她习惯迷路，但并不习惯把不干净的东西弄得更加不干净，让儿子徒添苦恼。她捂着胸口有气无力地告诉儿子，她想家里那几头花奶牛了，她再不回家的话，它们都要被他的父亲饿死了。宗建明挽留再三，不得不让曹书娟从工厂派了辆小轿车，把泪水涟涟的母亲送到村里。

有时我也怀疑，宗建明已经隐约知道什么。只不过他不肯承认而已。一个男人，不可能闻不到自己女人身上他人的气味。可宗建明没有鼻炎，也不是鸵鸟。他照常和狐朋狗友赌钱喝酒，把自己弄得神仙般快乐。

曹书娟的事，归根结底是宗建明自己发现的。他给曹书娟洗衣物时，在衣兜里发现了一首情诗。这首情诗写在一张啤酒瓶商标的反面，是用铅笔写的，字很难看，完全符合一个只上到小学四年级的人的手笔。字也不多，宗建明喝醉时曾泪眼迷离地给我背诵过：我想/每天/每小时/每分/每秒/都搞你。

这是我这辈子以来，读到的最好的一首情诗。我很难把这封情书，跟那个矮冬瓜般的农民企业家联系起来，就像我这样不读书的人，很难把大仲马和小仲马联系起来一样。

4

我跟宗建明去北京，就是在他读了那封情书以后。据他自己说，读完之后他醍醐灌顶，突然就明白了什么，可仍是未能确定，或者说，隐约中他在拒绝这样的事实。他没直接找曹书娟，而是把它放在餐桌上。等曹书娟偶尔回来吃饭时，她发现了那张皱成一团的纸。她随手拿起，麻利地扫了两眼，然后在餐桌上小心着展平，郑重地叠起来，不慌不忙放进衣兜。当时宗建明就站在她身边，用他自己的话讲，"我自个都替她脸红，可她却什么都没说"。曹书娟什么都没说，宗建明只好什么都没说，他那晚谎称去单位值班，在饭馆里喝得上吐下泻。在一家门诊输液完毕已深夜两点，他给我打电话，让我帮他找个小旅馆睡觉。我在大街上扶着他跟跄行走，他不时歪头吐着绿水，同时嘴里发出响亮的叹息声。

我在北京有个要好的朋友，在凤凰网当责任编辑。隔三岔五他会开车回趟桃源，让我陪他洗洗海澡、吃吃海鲜、蒸蒸桑拿、找找姑娘。作为宗建明的同事和哥们儿，我觉得很有必要带宗建明出去散散心。如果他继续在桃源镇闷着，肯定会吞食安眠药自杀。他死了也不会有人察觉。他儿子被他送回老家。曹书娟回家的次数比女人来例假的周期还要漫长。如果他不招呼那帮哥们儿回家赌钱，即便他死在家里，被老鼠和细菌吞噬掉皮肉，只剩下副骨架，我相信也没人去敲他的房门。

完全是这样吗？完全是因为宗建明我才去的北京吗？好像也不是。你知道，一个人在一个地方待得太久，会一点点腐烂，即便不腐烂，身上也会长满绿色的老苔藓。尤其是桃源这样的地方。桃源离京城不远，坐高客两个小时准到北京站。可这里没一点好玩的地方，譬如……电影院。桃源镇至少能有一百个人开宝马，却没有一家电影院。自小学四年级看过一场《木棉袈裟》后，二十年时光，我再没看过一场电影。而我多么喜欢看电影啊。我喜欢洁白宽大的银幕，喜欢喧闹的人声和正片之前演的加片。我记得加片都是纪录片，如《如何养殖约克猪和种猪》《棉铃虫的防治》等。一切尚在喧嚣，温净的铃声突然响了，而后灯光灭掉，偶有几盏因电压不足恍惚着亮几下，犹如黑暗中萤火虫的尾巴。电影银幕里的那些人就开始动了。十二岁之前，我一直以为电影里的一切都是真的，我很难相信所有的故事和情节其实都尽在导演掌控之中，都是假的。多么不可思议的电影。这里呢，也没有乒乓球俱乐部，有钱人都跑高速去市里嫖妓，他们除了嫖中国人还嫖俄罗斯人，我相信哪怕出台的是埃塞俄比亚难民，他们也会嫖得津津有味。我从小就打乒乓球，曾经拿过"桃源县乒乓球青年大赛"亚军。那个冠军后来得心肌梗死后，我就再也没有过敌手了。我订了十八年的《乒乓世界》，还最喜欢那些国手们的奇闻逸事。比如，有一次瓦尔德内尔来北京参加比赛，晚上去三里屯喝酒，把身上的钱全喝掉后，又不小心摔了一跤，被人送到医院后没钱交押金，就托人打电话给刘国梁。他用磕磕巴巴的中文对刘国梁说："国梁呀国梁，你到医院来给我交押金吧！我他妈的一分钱都没了。"

完全是这么吗？我从小就在桃源镇长大，高中毕业后又在桃源镇读了三年技校，学的财务会计，毕业后分配到镇上的税务师事务所，而后娶了位小学数学老师当老婆。我老爸也有点闲钱，他小官当得不错，又秉承了我祖父生意人的精明，已经给我在北戴河买了套海滨别墅。我也没什么不良嗜好，长得不丑，身材健朗。一切都很好。除了我老婆有晕精的毛病，除了我女儿眼睛有点斜视，我好像没什么遗憾。

那是二○○一年秋天。我跟宗建明坐火车去的北京。他以前在石家庄上过大学，算是见过世面，不像我，去过的最远的地方就是百里开外的唐山市区。我多少有些拘谨，而他好像忘记了那桩让他忧愁的事，和一位戴玳瑁眼镜的姑娘谈论起名胜古迹，比如西安的兵马俑，比如湖南的张家界，甚至光听名字就光芒四射的耶路撒冷，好像他们真去过那些地方，不光去过那些地方，还在那些地方发生过浪漫旖旎的情事。我只是喝着健力宝望着火车窗外，才晓得在飞驰的火车上看到的原野和行走时看到的原野，其实并没有什么不同。北京很快就到了，也就吃顿饭的时间。我被卷进喧闹的人流中，紧紧拉着宗建明肩膀上旅行包的带子，怕稍不留神就会在人群中迷失方向。

朋友请我们去"东来顺"吃涮羊肉。他不是一个人来的，而是带了个女人。这女人吃饭时根本不看别人，只盯着炭锅、翻滚的羊肉、韭菜花和卤豆腐。我问她要不要喝白酒？朋友没等她说话就替她回答道，柔姐只喝红酒的。然后他招呼过服务员，点了支名字拗口的红酒。"加冰吗？"我朋友低声问她，"操，在这里喝红酒，是不是感觉特像在办公室偷情？"女人抬起头来，朝朋友笑了笑。我这才看清她长相，一双狭长的丹凤眼，似乎已经挑进鬓角。后来她不吃了，也不喝了，从布袋里掏出支棒棒糖含嘴里，伸出舌头时不时快速舔几下，同时很郑重地睃巡着我们。

宗建明有些高了。他喝了三两酒不到。他的话又多又乱。他跟我、我朋友以及那个女人讲述着他跟曹书娟的往事。他说，他跟曹书娟总共钻过19次隧道，正好是他们高中毕业时的年龄。可是，他们只在隧道里亲热过一次。亲热也不是故意的，而是走着走着，曹书娟说要小解，叫他不要回头看。如果曹书娟没有最后那句话，他肯定不会回头看，可她偏偏说了。他忍不住好奇就回头了。结果一切都发生了。"如果我没回头，"宗建明哽咽着说，"是不是洪水就不会发生？"

他喝傻了。在陌生人面前胡言乱语是没面子的事。我捅了下宗建明，又看了看那女人。这时女人突然问我："你喜欢《哈德良回忆录》吗？"

我长这么大很少读书，男的只读过金庸古龙，女的只读过琼瑶岑凯伦。我摇了摇头。女人对我无所谓的样子很感兴趣，她从包里掏出支棒棒糖塞进我手心，说："你给我的感觉，特像《哈德良回忆录》里的某个人。非常像。"我把棒棒糖包装撕开，轻轻扔进白酒里。她对我漠然的举动没有反感，相反她搂住我朋友的脖子嘀咕句什么，而后安然地笑。我朋友也笑了，不但笑了，还竖起中指朝我晃了晃。我只好礼貌地点点头，来表示我完全明白他们的意思。

大厅里人来人往，除了这一桌，再没我认识的人。这就是我对北京的感觉：滚滚的涮羊肉的水汽中，满是面目不清的魂灵在游荡。我一点都不喜欢它。而宗建明还在唠叨着那个叫曹书娟的女人，仿佛即便他来到北京，他还是那个留着仁丹胡、由于老婆偷人而变得猥琐脆弱的人。他抚摸着我的肩胛骨，貌似忧伤地问我："他妈的！现在这世道，男人有没有钱都找小姐，女人缺不缺钱都偷男人，你说，这世界怎么了？啊？！"不待我回答，他就从椅子上慢慢滑落到地板上。

吃完饭我们去"钱柜"唱歌。我很少听歌，也很少唱歌。宗建明躺在沙发上打着呼噜睡了。女人也不唱，大把大把地将冰块加进芝华士，小口小口嘬掉，偶尔她掏出手机蜷缩在角落里回短信，举止优雅从容。只有我朋友在不停地唱，不停地唱，不停地唱。他唱的都是老歌，童安格的《耶利亚女郎》，姜育恒的《有空来坐坐》，张雨生的《我的未来不是梦》，王杰的《一场游戏一场梦》……他越唱越兴奋，后来干脆脱掉外套跳上茶几，单腿跪着，闭着眼号叫。他扁平的脸颊因为熟悉的歌词让我觉得他更加陌生。我恍惚地环顾着四周，不清楚我怎么会在这里唱歌呢？我来这里干什么？还好我朋友终于唱累了，将麦克风递给女人，说，小柔，你来首吧。这个叫小柔的女人没有推辞，坐在沙发上随着伴奏唱起来。她声音沙哑，又有些低沉，像房檐在日光下移来移去的影子，"你性急不性急/不必怕黑/没有灯的地下室/慢慢地搜索现场/切戒操之过急……"宗建明不知何时坐起来，大口大口吃着免费自助餐。他眼睛红肿，嘴角挂着米粒菜汤，边吃边小声和着蹩脚的歌词，好像那首歌他也会唱一样。

唱完歌我们回宾馆。电梯本来就快超载了，到十楼时又自动打开，七八个人往电梯里伸着脖颈看了看，不耐烦地说真他妈挤啊，真他妈挤啊。其中有个女孩的一条腿已伸进电梯，听到这话连忙缩回去。这时小柔轻声说："进来吧。不挤的。电梯就像平胸女人的乳房，挤挤总会有的。"女孩轻轻跳进来，说是啊，你说得很有道理呢。然后她低下头，默默地垂看着自己的胸脯。

第二天我们就回了桃源镇。回去之前，我和宗建明在秀水街买了不少廉价服装。宗建明还买了瓶香水。他没说送给谁。大概怕我鄙夷，付款后他迅捷地将香水塞进皮包。当发现我在盯着他时，他的嘴角抽搐了一下，然后唇边的肌肉僵硬地朝面颊两侧蔓延开去。他的样子很像是患了面瘫的古稀老人嘴角扯动时的神情：你永远不知道他是在伤心地哭泣，还是在狡黠地欢笑。

5

宗建明从北京回来后，径自从单位骑了自行车回家。那段时间，单位所有的同事都知道了他老婆的事。即便我们的所长，那个面相慈善、其实小肚鸡肠的老女人，也对宗建明睁一只眼闭一只眼，不像以前那样有板有眼地画考勤。

宗建明住的是桃源镇九十年代风靡一时的独院二层商品楼，院子里有个自建的地下室，用来储藏白菜和粮食。地下室只有一扇狭小的玻璃窗，玻璃窗用旧报纸糊了，宗建明看到里面透出昏黄的光斑。他将自行车支好，将窄旧的木门打开，猫着腰低着头，顺着水泥台阶一步步往下走，拐了个弯后他看到了曹书娟。这么冷的天，曹书娟穿着乳罩正在套呢子长裙。她的脸庞在暗淡的灯光下显得红润油亮，披散的头发让她楚楚可怜。宗建明从地板上捡起一个避孕套，就什么都明白了。他将那瓶香水掏出来咒骂着摔到地上，玻璃瓶在瞬间破碎成无数的晶莹碎片，有那么一片甚至嵌进了他的左眉骨。地下室浮游起了一种杧果酥麻的香气，这香气让宗建明刹那间宁静下来。他拧了拧鼻子，试图让那股呛人的气味变得舒缓些。曹书娟瞥了他一眼，不紧不慢地将羊毛衫套上，一言不发。宗建明就是此时爆发的。事后他跟我说，他受不了曹书娟的眼神。那是什么样的一种眼神？没有自责、廉耻和羞愧，也就是说，灯光虽然暗淡，她的脸却异样清晰，而他从她的眼神里却读不出任何内容。这让他焦虑不安，仿佛不久前在密室里偷情的不是曹书娟，而是一身寒气的宗建明。他抽掉自己的腰带，朝曹书娟缓缓走过去。这条"金利来"腰带是曹书娟给他买的。曹书娟这才停止了穿衣，向后退缩了两步，也只是两步，然后她的腰板就挺得和平日里一样板直，她甚至不慌不忙地捋了捋自己额头上的几缕头发。宗建明一腰带甩过去，正抽在她干瘪的臀部，她"吭哧"了声，扭头看了他一眼，然后转过身躯，背朝他趴在一张废弃的木床上。宗建明手里的腰带本来已经抽回，见了她这般模样，手又不由自主地高高举起。在整个抽打过程中，曹书娟没有叫，她甚至连丝呻吟都没有，只是间或"哎呀"两声，仿佛以此来证明皮带确实抽在了她身上，而不是宗建明身上。抽着抽着宗建明手酸了，他将皮带狠狠摔到地上，抱着曹书娟的腰身号啕大哭起来。

我可以想象到他们当时的样子。一个男人打自己的女人，无疑比打自己更软弱。要是曹书娟和他同样悲伤，或者至少表面上显得理屈词穷、羞愧难抑，宗建明下手也不至于那么重。关键就在这里，曹书娟没哭，何止是没哭，简直连一滴眼泪都没有掉。她挣脱开宗建明的双臂，从床上哆嗦着爬起，打包里摸索出条手绢，光着脚朝宗建明走去，替他擦掉了大滴大滴还在暗涌的眼泪。擦完眼泪，曹书娟抚摸婴儿一样抚摸着宗建明的耳垂、下颌、喉结和小腹。她动作迟缓，在触摸过程中偶尔神经质地哆嗦一下，无疑是刚才鞭打的余痛还在折磨她。宗建明的下半身就是在皮肤与皮肤温和的摩擦中渐渐硬起来的。接下去的场景完全可以想象，他们不可避免地做爱了。

宗建明后来说，那是他们最疯的一次。他们关了手机，拔了电话线，将门窗插死，在地下室做了一天一宿。这一天一宿里，他们没有走出过地下室，只用电磁炉煮了两袋过期方便面，卧在木床上恹恹地吃。吃完后继续做，做完后就睡觉，睡觉时也在梦里做。他的器官一直没离开过她的身体。他很诚恳地说，当时他特别贪婪，妄图把他那条无法软下来的东西，一辈子都留在她温热的身体里，永远都不离分。翌日晨起，宗建明发现自己下不了床了。他穿裤子时一个趔趄跌倒在地上。床单湿透了，散发着汗臭，床板也断了半扇。曹书娟把他扶起后，麻利地套上羊绒大衣和帽子，抱了抱他，一步一步地朝地面走去。她的身影在阴暗潮湿的台阶上越来越模糊，最后只剩团粉红艳影在他眼前晃了晃，随着"哐当"的关门声彻底消失了。宗建明坐在地下室的床上，听到汽车发动的声音。那一定是曹书娟开着她的红色宝马去锹厂上班了。

然后，再然后，一切，都还是老样子。

而我跟小学老师，无非也是老样子。孩子大了些，不像以前那样让人费心。小学教师的时间又充裕起来，重新迷恋上了织毛衣。她从超市里买来五颜六色的毛线，将它们缠绕在一个破损的线轴上，每当她需要时，就从上面毫不犹豫地撸下来一绺。她给我织了好多东西，有黑色高领毛衣、灰坎肩、蓝袜子、白色围巾、斑马花纹毛裤、桃红色手套，她甚至给我织了顶漂亮的紫色单角贝雷帽。我为她编织的天赋很是苦恼，除了给我织衣物，她还义务为亲朋好友编织，当所有的熟人都穿上了她的杰作后，她开始装扮我们家里的餐具，比如，她为餐桌的四条银色桌腿织了四只短短的绿袜子，让我们家的餐桌看起来像是来自火星、面目忧郁的机器人。

有时我闻着房间里毛线的气味，冷漠地走到窗前，盯看着冬天的街道。桃源镇的有钱人越来越多，但街道还是以前的街道，跟八十年代没什么区别：低矮的砖楼，狭窄的街道以及两侧千篇一律的柳树和白杨树。凝望着流淌的人群，我很轻易就预见到了我的将来：女儿上大学，我从税务师事务所退休，拿着不多也不少的养老金，同时患上形形色色的小毛病：气管炎、咽喉炎、高血压、风湿、肩周炎、老年痴呆症或心脏病。晨起会到街心花园跟一帮面孔模糊的老人打太极拳，或者跟穿着艳丽绸缎的老太太打安塞腰鼓，白天则坐在这座老房子里，继续看着退休后的小学老师不慌不忙地织着毛衣、毛裤、袜子或手套，餐桌已经不需要袜子了，没准她会给它织一条肥大的内裤，最后我或她，在床上或者在别的什么地方，或先或后地离开这世界，我们的女儿会从外地回来奔丧，将我们燃烧成捧尘土。从此我会在桃源镇彻底消失，留不下一点痕迹，就好像，我从来没有来过这世界一样。这样的想法让我五脏六腑都冷得够呛，说实话，只有在接到小柔电话时，我才稍稍暖和些。

小柔每个星期五都给我打电话。我记得当初并没给她留电话号码，那么，该是她向我朋友讨要的。她为什么跟我朋友索要我的号码？我们仅有一面之缘，我对她或她对我的情况都不了解。我只记得她摇晃着身体唱歌，歌有个奇怪的名字，叫《地下室》。她声音低沉无味，没有明显的平仄起伏，倒与那首歌的旋律如出一辙。她对我倒印象深刻。她说，她很喜欢我的模样，当然，这不是主要的。那晚我留给她最美妙的回忆，是在她唱完歌，去洗手间的走廊里遇到我时，我给她变了个小魔术，用她的话说，那是当晚我馈赠她的"小小惊喜"。说实话，我倒一点不记得。她说，怎么可能？你还真忘了啊？你两只手交叉成十字架，优雅地晃了几个来回，她声音激昂起来，然后你的手指间，突然就飞出只蝴蝶！不是那种普通的黄色小蛱蝶，而是只色泽斑斓的凤尾蝶！那只凤尾蝶在"钱柜"的走廊飞过来，又飞过去，于是，在嘈杂的歌声中，侍应生和领班都帮我逮蝴蝶。你呢，则在旁边傻笑，说实话，我当时最担心的，是怕你再变只蝴蝶出来。

我想小柔一定是记错了。我从来不会变魔术。我连最简单的扑克魔术都不会。我只会打乒乓球。

6

曹书娟出事那天，我和宗建明正在忙着给一家国营林场清算所得税。他们要缴纳的税款不多，只有十多万。这个林场场长不停地向我们发着牢骚。他说县委书记把他们场的三千亩桃林划走了，要建设成现代化工业园，划就划了，却一分钱没给，一分钱没给也就算了，国家的地，也没啥可说的。可那些地却免费赠送给了县里的几个富商。其中有个最有钱的，身价逾亿，经营着两家医院、四家超市和三个水泥厂，县委书记直接给了他五百亩！连地面附着物的损失费都是县里出的，县委书记还亲自帮他到省里跑手续。要是跑成，这五百亩地以后就是他个人的了。我说为什么不告他？场长惊慌地扫射下四周，压着嗓子说，话可不能乱说……民告官，不就是耗子舔猫×吗？

宗建明就是这时接到的电话。接完电话他脸色就变了。他小跑着到所长办公室，由于过于匆忙，出门时差点被块石头绊倒。几分钟后他从所长办公室跑回来，盯着我说，马文，你有空吗？有空的话陪我出趟门！我问他去哪儿？远不远？他没回答就闪出了屋子。我撇下那个林场场长追出去。他已经在发动他那辆本田飞度了。

上了车我才知道，我们要去秦皇岛。

去秦皇岛做什么？我有些无聊地问他。

曹书娟出事了，被公安给逮起来了。宗建明的话简短而慌张，我看到他的喉结混乱地滚动。

秦皇岛离桃源县只有两百里路。平日里去那里游泳，感觉路途总是如此短暂，而那天我坐在宗建明的车里，却觉得路途是那么漫长乏味。宗建明并不说明去意，只是透露曹书娟"出事了"。曹书娟能出什么事？做二奶并不违法。我可以这么想，却绝对不能这么问。

曹书娟被关在市区的某个派出所。很奇怪的是审讯她的人不光有警察，还有海关和税务的人。

我们作为曹书娟的亲属被勉强同意跟曹书娟见上一面，名义是送被褥和棉衣。曹书娟脸色平静，见了我们只是淡淡地笑了笑。宗建明一把攥住她的手再也不肯松开。我悄悄退出去，蹲在楼道抽闷烟。身边有两个警察走过时，一个问另一个，咦，这个女人倒是不简单呢。是啊，另外一个油腔滑调地说，看来床上功夫不错，脑筋更是活泛，几百万呢！他们的话很随意，我却隐隐觉察到他们的谈话多少和曹书娟有些干系。

不久宗建明沉着脸出来，身后的铁门"哐当"一声紧紧关闭。

"我们回去吧，"他垂头丧气地说，"我操她妈的，都在这里蹲了半个月了，这才告诉我！什么东西！我操她妈的！"

已经是中午了，我们进了家饭馆。由于早晨没吃饭，我要了盘炒鱿鱼后，又特意点了碗肘子肉。我对宗建明说，有什么事都别着急，着急解决不了任何事，只能忙中添乱。宗建明一声不吭，只托着腮凝望着窗外的大海。大海灰蒙蒙，没有船舶靠岸，几只海鸥惊叫着掠过，方将海水衬托得活泼些。等肘子肉上来，我夹了块放进宗建明碗里，对他说，你多吃点，吃完我们再想办法。

其实到底发生了什么事，我根本就不晓得。

宗建明抬起头扫我一眼，将肘子塞进嘴里慢慢咀嚼。后来他注视着我说："曹书娟最爱吃肘子肉了。"

我说咱们七十年代出生的孩子，有谁不爱吃肘子肉呢？那时候过大年，当爹妈的也只是用白菜尖炒半斤猪肉，蒸一锅白面馒头而已。

"你们家条件好，爸妈都是商品粮，比我们家条件强多了。我跟她都是农村的，从小就没得过好，"他说，"其实，我跟曹书娟结婚后，连肉也很少吃。你不信？"他没等我来得及阻拦，已然灌了一大口白酒。他咳嗽起来，胸腔剧烈起伏着，连耳郭都变得绯红，"我们那个时候刚买的二手商品房，欠了一屁股债。俗话说虱子多了不痒债多了不愁，可她不这么想，她说，债一天还不完，觉一天都睡不踏实。可哪里能省钱呢？只有牙缝里抠。有一次，咱们单位的小陆结婚，我去吃宴请，席上就有碗肘子肉。我吃了好几块，可心里还惦着她，别人撤席后，我就偷偷用餐巾纸裹了块，揣衣兜里装回家。那时她怀孕三个月了。人家怀孕都不爱吃荤腥，她跟别人相反，最喜欢吃肥肉和鱼虾，"他又咽口白酒，这次他没咳嗽，而是用手指紧紧掐住喉咙，仿佛要防止白酒从喉管里喷涌出来，"我把肉给她热了吃，就那么一块，半个馒头大小。她舍不得全吃掉，非逼着我也尝尝。我跟她说，我吃过了。她就用牙咬成两半，用筷子夹了，硬塞进我嘴里。"他垂着头不敢再看我。我知道他一定是哭了。

等宗建明把曹书娟的事告诉我，我却觉得没他想的那么严重。事情很简单，曹书娟情人的那家锹厂，利用专用发票偷了五百多万出口退税，结果被海关发现，因数额巨大，税务部门已将案件移交，公安的正在调查此事。这事倒与曹书娟没多少关系，她是销售部经理，也是财务主管，但偷税这种事，公安的不找法人代表，怎么找到了她？

"其实……"宗建明说，"那个厂子，她也能当一半家。好些重要的协议和单据，都是她签的字……"他愣愣地看着我，似乎在等我做出惊讶的表情，"可是，你知道吗，她一个人把所有的罪名都顶下来了。那个狗操的家伙，倒是屁事没有！现在还待家里跟人搓麻将呢！"

原来曹书娟的情人和曹书娟商量，先让她顶罪，他呢，在外面跑关系拉帮套，用不几日她就能放出来，这样既不损害"他们"的名誉，又不耽误"他们"的买卖。他应过她，等她出来，就给她两百万当酬劳。可现在，他发现事情办起来非常棘手，一百万花进去却石沉大海。以他农民企业家的思维，他决计没料到那些人胃口如此之大，他只好要撤兵了。

"她可以把一切都交代清楚。"

"她不肯。她说，要是交代了，等从监狱里出来，二百万肯定也没了。"宗建明望着窗外，"其实，我倒不怕她蹲监狱，我可以等，"他颤抖着说，"我是怕……她不是为了二百万去蹲监狱……而是因为……她真的离不开他了……"我知道他所说的"离不开"

的潜台词。

"她今天……要你来做什么?"

"她说,要我一定把孩子照顾好。她对不住我。"他泪眼婆娑地望了我一眼,"她说,她真的对不住我。这不是屁话吗?"

7

那年冬天,我和宗建明都成了忙碌的男人。每当夜深人静,县城安静得像座沉睡多年的火山,没有月光,没有风声,没有犬吠,所有的商店都早早关门打烊,偶有行人从岑寂的大街上走过,身后就传来皮鞋踩踏柏油路时空旷的声响。下雪的日子就更静,坐在书房里,能听到雪米粒在拍打着窗棂,如果拉开窗帘,会看到橘黄色的路灯下,肮脏的野猫在雪中蹿上枯藤缠绕的花墙,伏在砖瓦上睃巡着稀少的猎物。

小学教师早早哄孩子睡去。我在房间里等着殷小柔的电话。等她的电话成了我夜间生活的一部分,或者说,成了种习惯。如果哪天深夜听不到电话急促的铃声,我会变得焦躁不安。我不停地抽着香烟,在网上跟人漫不经心地"斗地主",很快就输得溃不成军。只有我在听筒里听到小柔的声音,我的心脏才不会狂乱地躁跳,我的眼睛才会亮起来。我倒很少主动给她打电话。她说她经营着家咖啡馆，晚上会非常非常忙。我能想象到"非常非常忙"是什么样子，对她凌晨一点左右打来电话从没有抱怨，相反，我只是感激。

别人也许很难想象两个成年男女煲两个小时的电话粥是如何的情形，更何况这两人既不是夫妻，也不是情侣，他们甚至连亲昵的朋友都算不上。他们只是在电话里述说着他们一天的行程，丝毫没有暧昧的情调。比如小柔，她通常上午十一点起床，去面馆吃碗兰州拉面后，到美容院修剪指甲。下午则躺在床上看尤瑟纳尔的《一弹解千愁》或《王佛保命之道》。这两篇小说她已经看了几十遍。傍晚，她先陪女朋友看百老汇的歌剧《第四十二街》，夜间回咖啡馆照顾生意。我不清楚她是否有男朋友。按照我一个小镇男人的理解，我那个凤凰网的朋友肯定和她有些瓜葛。我不是多嘴的人，从不去问那些杂七杂八的事。她呢，心情好时，倒开玩笑似的主动提起她以前的男朋友们。不是男朋友，而是男朋友们。一个北京姑娘，从小到大没有几个男朋友是不可思议的。她说，她的前任男友是个电脑代理商，东北人，体格彪悍，思维像个铅球运动员。"我总是很容易爱上那些……我不太熟的人，"她有些惊慌又有些疑惑似的问我，"为什么这样呢？"按照她的说法，她喜欢过一个北京体院的大学生，他们是在地铁里邂逅的。当时车厢只有他们俩，地上大雪铺天盖地，而地下温暖如春，他们不时互相看两眼，后来，细腰瘦臀、穿46码运动鞋的大学生犹豫着坐到她身旁，下车后，他们就手挽手去"上岛"喝咖啡。而那个长得像张国荣的方便面代理商，是她在超市购物时认识的……除了这些，还有演过古装剧的男明星，慈善基金会的会计，卖羊肉串的维族人，开酱汤馆的韩国大叔。这些职业迥异的男人，总是还没来得及她介绍给父母，就消失不见了。

而我每日的行程更简单，上班、下班、为代理人建账，跟朋友喝喝酒，只不过这些日子才忙起来，而忙起来的原因，无非是宗建明的缘故。

宗建明已经跑了五六次秦皇岛。开始还能见到曹书娟，到后来，见面成了奢侈的事。每当我坐在副驾驶的位置上，一路观望着枯萎的灌木丛、海沟上裸露的贝壳、仍在撒网的渔夫以及灰色的、没有任何声息的大海，我都变得无比沮丧。我闭紧双眼，靠在温厚的座位上假寐，任暖风将我的鼻翼吹得酥痒难抑。宗建明通常一句话都不说，目光紧张地注视着前方，似乎不远处就是悬崖或者海滩。他的样子让我更加沉默，仿佛我陪同他去秦皇岛，不是作为助手或帮手，而只是无用的摆设，保证在他漫长路途中，能听到活人的呼吸、闻到活人的气味，不至于他觉得这个世界上，只有他这个软弱、无措、除了这辆本田飞度外再没有任何积蓄的男人。

我知道宗建明没钱。而在曹书娟这件事上，想空手套白狼是天方夜谭。那男人倒有钱，不是一般的有钱，我们通过税务局的关系查了他底细，他去年光纳税就四百多万。可问题是，他有钱并不代表他在曹书娟这件事上有所作为。如果付出的代价过高，这男人很可能会偃旗息鼓，远远地观望事态发展。而最关键的问题还在曹书娟那里，她不肯交代男人的任何问题，而是把所有罪过都揽在自己头上，这是让宗建明最无法忍受的事。后来这件事结束后，我仍无法猜度当时曹书娟的想法。

去了几次秦皇岛，也只是做无用功。离开庭审判的日子越来越近，宗建明整天沉着脸，不是把发票填错就是把账目记得混乱不堪。我们的老所长几次想发作，都被宗建明凌厉放肆的目光吓了回去。

腊月二十三小年，宗建明对我说，你跟我去趟寞村吧。

那个男人的老巢就在寞村。我说去那里做什么？宗建明递给我支香烟，默默地替我点着，说，替我收尸。

我极力劝阻他去找那个男人算账。这个节骨眼上跟他清算陈芝麻烂谷子，无疑没有任何好处。可我知道宗建明的脾气，如果我不跟他同行，他只会把事情办得更糟。

我从没有去过寞村，在我想象中，这村子应该是别墅林立，花木疏朗，像中央电视台里老播放的小康村的典型模样。可事实并非如此，当我们的车驶入寞村时，我发现这个全亚洲最大的钢铁生产基地和别的村庄没有任何区别，低矮的平房，泥泞的乡村道路，路旁孤单的白杨，每户人家冒出的浓烟将天空染成浅灰，很难相信，这个村子全是家家户户都开奔驰的人家。

男人的家在马路西侧，跟工厂混在一起。看门人是个粗壮的小伙子，穿着保安制服，详细地记录了我们的姓名和单位，然后讨好似的告诉我们，老板今天正好在家里。宗建明点点头，将车开到一排平房前，迫不及待地跳下去。我没跟他一块前往，而是坐在车里，透过玻璃窗望着他大踏步闯进了房间。除了伺机行动，我不能让宗建明难堪。

房子里开始很安静。我打开本杂志，揣度着宗建明和男人会如何展开谈判。后来我打开一张报纸，漫不经心地浏览着广告。突然，我听到愤怒的号叫声。我跳下车朝平房跑去。透过窗户，我看到宗建明抓着一个虚胖中年人的衣领，硕大的拳头就要落在他南瓜般的头颅上。男人个子很矮，我看不清他表情，不过，这个农民最好受到些惩罚，好让他知道，偷人老婆是有代价的。我等着宗建明的拳头狠狠地落下去，我等着看那个男人的脸庞被砸成染料盒，鲜血顺着他白色的衬衣领流到脚面。

让我失望的是，我看到宗建明收回了他的拳头。他不光收回了他的拳头，还"扑通"一声跪倒在地上。他的举动不但让我吃惊，也让男人蒙起来。他小眼吧嗒吧嗒地闪动，不晓得去扶宗建明还是蹲宗建明两脚。我看到宗建明的双臂紧紧地环抱着男人粗壮的小腿，脸庞死死地扎到男人脚背上，他的样子很像是个虔诚的基督教徒正在亲吻从云端降落的上帝。我听到宗建明歇斯底里地哭声："我求求你，你救救她吧！你救救她吧！"

我悄悄退回车厢，将暖风打到最高，不停地哆嗦着。

8

小柔对我的描述表示怀疑。那时她已经卖掉了她的咖啡屋，带着七卷本的《尤瑟纳尔文集》，从北京搬到我们小镇。快立春了，她穿件黑衬衣，手里把玩着一个掰开的石榴，不时将绛红色的石榴子一粒一粒吸进嘴里。她黑色的四环素牙很快被石榴汁水涸红，然后那些桃红色汁水顺着她的下唇缓慢流到她的下颌，以及她白净的瘦脖子上。

我至今还不知道当初她来桃源镇的原因。她的说法是，想来这里散散心，这么多年来，烦人的生意和扯不清的男朋友们让她身心疲惫。而桃源镇在她想象中，正是一个治疗失眠和失恋的好地方。"看到你的样子，我就能猜到小镇的样子，"她笑着说，"干净、清爽、厚道、没有城府，好像时光……都凝住了，"她将石榴子也囫囵着吞咽下去，"让人心神安宁，美梦连连。"

三个多月的电话粥还是让我们感觉到彼此陌生。我只是去年见过她一面，除了她唱过的那首老歌，我对她的面貌几乎没有任何印象。我们在电话里愉快轻松的谈话并没有马上蔓延到现实中来，我有点紧张地看着她吃石榴的样子，不知道该说些什么，才符合这样的身份和氛围。

她的房子是我事先给她租下的。房子很大，一百多平方米，光线也充足。在搬过来之前，她在电话里千叮咛万嘱咐，一定要找个"即便是在阴天也能看得见光亮的房子"，不用很新，设施也不用特别齐全，只要明亮就好。这很容易满足，只不过我想起她幽暗慵懒的神情、瘦弱的肩胛骨以及近乎病态的黑眼圈，反而觉得她不适宜太多阳光。她该生活在黑夜，像那些喜阴的植物一样，在夜晚的暧昧中将无数根须插伸进漫无边际的空气，将氧气和阳光残留的温热吞咽，同时浑身散发出神秘的秘醇香气。

她极少出门，整天待在房子里看恐怖片。她说，恐怖片让人感到放松和快乐。她看片的方式很独特，总是以快进2倍或4倍的方式播放，这样，即便是阴森的音乐或主人公凄厉的叫声，听起来也是喜剧片效果，而那些血腥画面则完全失去视觉冲击力，像是快速幻灯片。隔三岔五我会买成捆成捆的青菜，呼哧着爬上8楼，忐忑不安地按响她家的门铃。她也总是穿着睡衣打开房门，哈欠连天地问道，几点了？天黑了吗？我这才知道，她已经完全混淆了白天和夜晚的界限。我实在不明白，她干吗搬到这个小镇？那天晚上我出去跟业户喝酒，开车回家时下了雪，路过长途汽车站时，我看到了小柔。她穿件黑色大衣，戴着顶男式土耳其织帽，蹲在垃圾箱旁喂一只流浪狗。我想起她曾问我，为什么你们这儿有这么多流浪狗？我说我也不清楚。她说，把养了多年的宠物扔掉，是比杀人还严重的罪。那天，她蹲在那里，昏黄灯火将她身影拉得比路灯杆还细。我下了车迟疑着朝她走过去。她没看到我，手捏着几根廉价火腿肠和一袋开了口的鱿鱼片，时不时伸到那只流浪狗嘴边。那是只丑陋的腊肠狗，浑身长满了大块大块的癣。我在离她五六米的地方抽了支烟，后来，我转身离开，开车回了家。

第二天，我邀请小柔和宗建明去吃涮鱼。那些日子，我很少见到宗建明。曹书娟的案子已经结了，她被判了一年零三个月。这个期限对于那笔数额庞大的税款来说，已经是相当仁慈。据说她被关押在南堡监狱，宗建明开车跑了趟南堡，却没找到她，用宗建明的话说，曹书娟正在某个神秘的地狱受苦。我想起那天宗建明跪着的样子，心里说不出鄙夷还是怜悯。不过宗建明总算是喘过气来了，他把儿子送回老家上学，经常混迹洗头房和歌厅。那天不光宗建明来了，还带了位骨骼粗大的女人，这女人叫李翠萍，满嘴东北腔，涂了厚重眼影，粗壮黝黑的睫毛看起来也像是假的。宗建明见到小柔时一眼认出了她。他伸出手臂热情地攥住她苍白的手指，李翠萍站在旁边撇了撇嘴。我这才知道，宗建明这段时间忽隐忽现，肯定跟这个叫李翠萍的女人有关。

那顿饭吃得热闹。我们在餐桌上不停谈论着杨丽娟、郭德纲、"芙蓉姐姐"、北京房价、"超女"、奥运会、广州投毒案和兰州碎尸案。我们的声音总是在该激昂时悄然沉寂，然后彼此会心地端起酒杯一口灌下，或者在某个段子高潮处压着嗓子嘿嘿地傻笑，来证明我们的智商并不比对方低下。在酒桌上我没问曹书娟的事。我不问并不代表别人没有好奇心。比如小柔抓起冰块放进酒杯时突然问道，宗建明，你还爱着曹书娟吗？问完她用汤匙不停搅拌着红酒，冰块发出清脆的碰击声。说实话，我从未在镇上听到一个人问另外一个人关于"爱"的话题。那会是让人难堪的事。宗建明将嘴里的鱼刺吐出来，恍惚"嗯"了声。如果这个话题仅限于此，那晚会是个值得让人缅怀的夜晚。问题出在宗建明。接下去，他怎么就滔滔不绝地回忆起他和曹书娟的诸多往事。他说话的语气温和自然，仿佛小柔是他多年的老同学。他说曹书娟是个能吃苦的女人。那年夏天，她每天凌晨四点钟就起床，做一种叫"凉皮"的陕西小吃，孩子醒了哭，她就一只胳膊揽着孩子喂奶，另一手铿锵地剁着香菜末。中午十二点，桃源镇下了火，她顶着破凉帽，推着自行车到工地去卖"凉皮"。说到喂奶的情节时，他放下手中的筷子，弯着胳膊抚摸着自己的左胸，另一只的手指重重地弹着桌面，仿佛他就是正在切菜的曹书娟。

下一次吃涮鱼，我们仍坐在老地方，仍点的花鲢。我们在饭桌上窃窃私语，谈论着股市突破5400点大关后会是如何走势。当小柔掏出支女士香烟时，宗建明欠起身麻利地替她点着，仿佛他整晚都在等这一刻。点烟时他左手小心着将小柔的手圈成半圆，怕夜风吹灭了火焰似的。小柔点点头，然后用男人之间敬烟时表示感谢的惯用动作，跷起小拇指弹了弹他的手背。宗建明这才迟疑着坐下。小柔大口地吸了两下，面目陶醉地继续听我们东拉西扯。当我们谈到开放式基金和封闭式基金的风险指数时，小柔漫不经心地打了个哈欠。宗建明连忙问，你困了吗？这时李翠萍搭腔说，小柔困不困，跟你有啥关系？她的东北腔喜好浓烈，我听到她全身的骨骼在嘎嘣乱响。小柔摆了摆手，盯着宗建明问，你……为什么……爱曹书娟呢？

宗建明一愣，讪笑着说，不知道，鬼才知道！他虽没有正面回答，却继续讲述了关于曹书娟的故事。他是多少次讲这个女人的琐事了呢？我们每次吃涮鱼，最后的结束语总是由这个我并不熟悉的女人来收场。那天他说，她最大的优点就是怕穷。手里那点压箱底的钱，即便该死了也舍不得拿出来。她生儿子时难产，孩子卡在两腿间怎么都出不来，护士就站在小板凳上撑着双臂猛压，疼得曹书娟浑身精湿，医生就建议用镇痛棒。你猜曹书娟怎么着？她龇牙咧嘴地问医生，用一次多少钱？医生说五百元。她哼唧着说，五百块！五百块！我两个月的工资，不用不用！有那钱我宁愿给宗建明买个BP机！

宗建明说这些陈芝麻烂谷子时面无表情。我看到小柔定定地观察着宗建明，仿佛要从他粗糙的皮肤和浅淡的汗毛里窥视出更多的秘密。桌子上安静下来，每个人都低头闷闷吃着辛辣的鱼肉，嘴里发出吧唧吧唧咀嚼的声音。后来，宗建明起身走出饭馆。

我把小柔送到家时已经晚上十点。小柔说有些头晕，裸脚躺在沙发上，无聊地翻着本杂志。我犹豫着走过去，在沙发旁站了会儿。她拍拍沙发说，马文，过来坐吧。我腿脚机械地坐了。她又说，我觉得宗建明真怪可怜的。他能做到这份儿上，倒真让人钦佩。你冷吗，干吗老哆嗦？我没吭声，而是轻轻将她的头揽过来，倚靠在我怀里。她没有挣扎，也没有顺从。她手里仍抓着那本杂志。杂志碰到沙发扶手时发出哗啦哗啦的脆响。

"我还是觉得宗建明可怜。"

"是啊。老婆蹲监狱，孩子寄养在农村。"

"他跟我说，他夜夜失眠，睁着眼一直到天亮。实在睡不着，就跑到地下室。他说，地下室堆着大白菜、红薯、破鞋烂碗，还有大包大包的老鼠药，气味一点不好闻，可他倒觉得比地面上舒服。他能在里面睡上三两个小时。"

"真的吗？他怎么没跟我说过？"

"嗯。他说，地下空气不流通，闷得很，倒有种催眠的作用。"

"他没跟你说，地下室里的那张木板床？"

"这个他倒没提。"

我盯着她。我的手不知道该往哪里放。

"其实，我也特喜欢地下室。你知道吗，小时候我爸在江苏当兵，我妈在商场当售货员。没人哄我，我妈就把我锁在地下室。地下室很窄，那个年代，人们总是把他们最珍贵的物品藏在地下室，比如过冬用的煤球、面粉、缝纫机、皮鞋，我就在里面玩洋娃娃。里面还有几只老鼠，每天下午从洞里溜达出来，我就把馒头掰成碎渣喂它们。它们从不咬我。"

"怕吗？"

"一点都不。很静，听不到任何声音。"

"……那么黑……"

"黑，别人才看不到你，你才有种……"她摸了摸我的发梢，"安全感。"

我将她的头扳正，让她的眼睛看着我的眼睛。我们对视了有一分钟。她的瞳孔那么黑，我在里面只看到了我自己。

后来，我礼貌地起身告辞。她没有挽留，也没有像平常那样出门送我。我将房门关好，蹲在漆黑的楼道里默默抽了支烟。烟丝在黑暗中忽明忽暗地亮着，我的眼泪就要流下来了。晚上回到家，小学教师和孩子睡着了。她们打着轻柔的鼾声，说着莫名其妙的呓语。我摸着女儿温热肥胖的脚趾，心房再次剧烈绞痛起来。

9

那时桃源镇的春天还没来，北方吹来的沙尘暴先行刮上了。整个桃源镇被硕大金黄的沙砾覆盖着，小柔管这些疯狂的沙砾叫作"春天的雪"。许多妇女上街时用透明纱巾紧紧裹住头颅，像沙漠里的阿拉伯妇女，骑着电动车惊慌地迎风行驶。每天早晨六点，我都穿上运动装，踏上那双十多年没穿过的彪马运动鞋，摸黑跑到菜市场买青菜，然后小跑着送到小柔楼上。小学教师对我一反常态的行为没有丝毫怀疑，以前我最喜欢赖床。我告诉她，最近我的甘油三酯超标，为了保证身体健康，我必须进行小剂量运动。她正忙着给孩子收拾书包，连头都没点一下。我还记得在蒙蒙晨曦中，拎着一塑料袋青菜奔跑在桃源的十字路口，凛冽的春风让我不停打着寒噤。有一次在小柔楼下，我碰到了位高中同学。那是我第二次在相同的地方遇到他。他正牵着条牛犊般的牧羊犬遛弯，看到我满头大汗的样子，他嬉笑着问道，你是不是在这里养了女人？总跑这里干什么？我很严肃地告诉他，我姑妈住在这儿，年老体衰的她无儿无女，我来给她送些虾酱。后来为了避免再次碰到他，我只好将起床的时间又提前了半个小时。

小柔为方便送了我套钥匙。黑暗中我总是轻轻拧开门锁，内心的喜悦像沙尘暴布满桃源镇的大街小巷。我先煮锅红枣栗子粥，再煎咸菜鸡蛋，然后放进保温锅。小柔还在睡觉，有时我蹑手蹑脚地推开她的屋门凝望着她。她通常眉头深锁，裸露的两条细胳膊蜷在胸前，紧攥的拳头护着乳房，好像随时要同人搏斗。我的心软得像河蚌壳内那条嫩肉。我站在门口，安静地看着睡梦中的她，希望她永远不会醒来，这样我就能永远……守在她身旁。中午，我通常从单位先撤退一步，跑到超市或海鲜商店买对虾。小柔喜欢吃虾。她尽管瘦弱，胃口却很好。她喜欢往锅里撒些盐面和胡椒粉，将活蹦乱跳的对虾撒下，煮上十来分钟，再将浑身通红的虾捞出，冷水里一浸，剥了硬壳蘸着三合油吃。晚上我通常叫上宗建明，宗建明再叫上李翠萍，四个人去"香湾活鱼锅"吃涮花鲢。小柔很喜欢吃鱼。整个吃饭过程中她极少说话，也很少注视别人，她耐心地剔着鱼刺，将白嫩的蒜瓣肉夹进嘴里，默默地听着我们大声喧哗。李翠萍很能喝酒，跟我印象中所有的东北人像一个模子里刻出来的。在我们喧闹的猜拳斗酒声中，小柔总是会插上那么一句：

"宗建明，曹书娟有消息了吗？"

她声音暖暖的，问话时盯着筷子上的鱼肉，像是她问的不是宗建明，而是那条被我们吃掉的鱼。宗建明放下手中的酒杯，小胡子攒动几下，仿佛是在问自己似的回答道："听说，她……在保定监狱？你知道，法院的判决书……根本就没在我手里。"

我怀疑小柔对宗建明有那么点意思。这让我不舒服。我倒是很怀念我们以前通电话的日子，她什么都说，什么都问，总是显出旺盛的好奇心。可来到桃源镇后，她就恢复到我第一次在北京见到她时的模样，寡言、沉静、对什么事情都缺乏热心。除了喝杯红酒，她跟截木头没什么区别。

而我们去保定监狱，就是在一次涮鱼之后。那次吃得挺没意思。关键在小柔，她筷子自始至终连动也没动，她不吃，我和宗建明也就没办法吃，只得使劲喝酒。我们每人喝了半斤后，小柔这才商量着问道："我们……去保定监狱……找找曹书娟吧？"她说话时没看宗建明，也没看我，只盯着手里一片从屋顶掉下的报纸碎片，"我们总不能这么傻等着。"她站起来结了账，起身出了涮鱼店。我和宗建明互相瞅了眼，随她走出去。只有李翠萍还在那里喝酒，她的酒量是越来越好。

那次漫长旅程，是我第二次出远门。小柔强调我跟宗建明都喝了酒，为了保证我们的安危，不能驾车前行。我们只好打车去唐山坐火车。那是趟长途夜行车，从哈尔滨到洛阳。车厢里满是民工，连硬座下面也躺满人。我们三个单腿站在吸烟室，随着车厢"哐当哐当"的摇摆，身体钟摆一样左右晃动。说实话，开始我们都有些茫然，仿佛不清楚，一个时辰之前尚在桃源镇吃鱼，一个时辰之后为何我们会跟那些面目模糊、眼角堆砌着眼屎、浑身汗臭的旅人混淆？半夜时我去了趟厕所。我没有撒尿，而是艰难地打开火车窗户，让呼啸的夜风将我吹得清醒些。后来我的帽子被吹到窗外，我仓皇着伸手去抓，却被突然擦身而过的一列火车鸣笛声吓得哆嗦起来。我慌乱地关好窗户，侧耳倾听着马桶里传出的巨大的、忧伤的咆哮声。那个难熬的晚上，我们三个终于抢到一点地盘，蜷身席地而坐，将下颌骨顶住膝盖骨，在温乱的人肉气味中昏昏欲睡。等我醒来，火车外仍黑如鸦翼，宗建明的头靠在我肩上，而小柔的头，靠在宗建明的肩上。我没惊动他们，他们睡得很沉，睡相也类似：眉头紧皱，呼吸急促，车厢即便没有哐当，他们的身体也莫名地战栗着。

黎明时分，我们惶惑着下了火车，打出租去了长城北大街。小柔和宗建明跟站岗的武警交谈几句后悻悻折回。宗建明跟我解释说，武警不让进。武警不让进是正常的，那天不是探监的日子，更重要的是，我们根本不清楚曹书娟是否在这所监狱。我们仓促的行动在酒后显得如此滑稽可笑。只有小柔严肃地打着手机，似乎在联络什么人。宗建明给我点支烟，我们就蹲踞在围墙外面盯看电网。小柔足足打了半个时辰。问题好像解决了，不久出来个戴眼镜的警察，跟小柔握了握手，耳语几句转身进去。我跟宗建明站在离小柔五六米远的地方，好像不是宗建明来探监，而是一脸忧色的小柔。还好，那个警察又出现了，这次我们离小柔不到一米，我们听到他响亮而清晰的说话声："对不起，柔姐，这里没你要找的人。这么远，还亲自跑来干吗？让魏哥打个电话就行了。"他又邀请小柔吃中饭，他的邀请冷漠机械，小柔礼貌地推辞了。

我们三个在监狱外面站了很久，仿佛我们都不清楚接下去要做什么。后来小柔拍了拍宗建明肩膀说："既来之则安之。我们去白洋淀溜达溜达吧。没准能逮到野鸭子呢！"

我们就去了白洋淀，租了条渔船去芦苇荡。满河的芦苇刚刚发芽，河水波澜不惊，别说野鸭子，连水鸟都少。我们在光秃秃的白洋淀转了一圈。船开得也快，我看到小柔不时伸手去抓宗建明的手，似乎怕跌进深灰色的水中。宗建明没有拒绝，他非但没有拒绝，反而抓住小柔纤弱的手后迟迟没有松开。我将头扭向水天相接的地方，盯着白瘦水鸟飞起又落下。

10

小柔和宗建明晚上散步是我们从保定监狱回来后开始的。那晚吃完涮鱼后我去探望父母。我给父亲买了桶优质散白酒。在回家途中，我看到马路边上两个人正在疾走。他们一高一矮，一男一女。他们走路的速度非常迅捷，有点像竞走运动员。当车身从他们身边滑过时，我从倒车镜里看到他们挥舞着臂膀，似乎在朝我大声呼喊。我这才看清，这两人不是别人，正是宗建明和小柔。我没有停留，继续保持120迈的速度。在街道拐角处我停了车，趴在方向盘上眯了会儿。不久宗建明和小柔走过去了。他们仍保持着竞走的姿势，两个人间隔的距离不是很远，身体摇晃时他们的左肩和右肩会时不时蹭一下。我用手掌轻轻擦拭掉车窗上的雾气，大口大口吸食着香烟。

第二天宗建明在单位碰到我，说小柔想每天晚上散步，你要不要参加？我盯着手里的财务报表，目不斜视地说，她又没邀请我，我干吗凑这个热闹？他笑着拍拍我肩膀说，怎么，你不是挺喜欢小柔吗？

每天凌晨五点半，我仍穿上我的跑鞋去买菜，天气越来越暖和，我汗流浃背地站在小柔门前，不晓得是用钥匙拧开房门，还是将青菜扔进垃圾箱。她和宗建明的夜间散步没有停止，他们甚至将散步的路线延长了两公里。

我们的涮鱼也没取消，小柔还是以前那样，慢慢咀嚼着鱼肉，仿佛她不是在进食，而是修女在沉静中祈祷。那天，如果我没记错，是农历二月初十，我们吃完涮鱼出来时，宗建明突然骂道：

"我操他妈的！这不是他的车吗？"

我很快明白过来"他"指的是谁。那是辆黑色奥迪A8，停在涮鱼馆旁的一家饭馆前。那是家烧烤店，锦州人开的，生意相当火爆。宗建明冲上前，朝尾车灯踹了两脚。车身晃了两晃，宗建明并没有罢手，他骂骂咧咧地返回涮鱼店，不一会儿抄了个啤酒瓶出来，照着倒车镜就是一下。砸完后他站在原地愣了一会儿。

那个男人就是这时推开车门走下来的。这是我第二次见到他。他头顶上几乎没有头发，两只肥胖的耳朵让他显得面目慈祥。他刚想发作，目光迁回中发现了宗建明。他挺着胸腹声音洪亮地喊道："宗建明！你撒什么野！"

宗建明望着那个男人。他什么都没说。这时烧烤店里的吃客都跑出来看热闹，他们有的认识宗建明，有的认识那男人。宗建明环视了下四周，猛然朝男人吐了口浓痰。男人躲闪不及，慌乱着用手擦拭。宗建明这才冷笑两声骂道："你妈拉个×！曹书娟现在在哪儿？！"

男人明显被宗建明压倒了气势。他指着宗建明说不出一句话。后来他好歹清醒些，从西服兜里掏出手绢重新擦了擦脸颊，这才慢慢说道："你老婆在哪儿我怎么知道？我又不是她男人！"他擦完后扔掉手绢，转身拉开车门想钻进去。很明显他无心恋战。跟宗建明这样的人动手对他来说是很掉价的事。

我不清楚宗建明那天火气怎么那么大，是不是因为小柔就站在他身边？有那么片刻我的目光偏离了这两个男人，投向了小柔。小柔正托着下颌凝望着宗建明。她的目光看似清澈，我却从里面看到了焦虑和担忧。宗建明那晚并没有喝多，他顺势从地上捡起两根穿羊肉串的钢扦子，突然朝男人猛冲过去。

曹书娟就是这时从后车门里出来的。一点儿没错。当看到她时，不光宗建明，连我都讶异地说不出话来。我们都以为她还在蹲监狱。她什么时候从监狱里出来的？她怎么会从这个男人的车里，那么从容地钻出来了呢？她气色很好，穿着身深红羊绒套装，嘴唇红润油亮，像新娘忍不住从婚车里钻出来透透气那样，站着伸了个懒腰。伸完懒腰后她面朝宗建明，温婉地问道："建明……孩子还好吗？"

宗建明没有回答她的话，而是伸手去拽她。他一把就拽住了她的披肩长发，同时嘴里咆哮道："跟我回家！跟我回家！跟我回家！"

多年后我的耳畔还常想起宗建明这句话。跟我回家！这四个字从他粗壮的喉咙里大声地、无所畏惧地、豪迈地喊出来，尽管声带撕裂声线颤抖——何止是颤抖，简直掺杂着冰凉、恐惧和噩梦般的绝望。他肯定不明白曹书娟出了监狱后为何没回家，而是跟这个没良心的男人在车里温存——除了温存，他们这对狗男女还能在里面做什么好事？曹书娟的头发被宗建明用力拽着，身体几乎就要被他揽到怀里。如果我没记错，曹书娟刹那间推搡开宗建明，急急地朝那个男人靠过去，同时眼睛怒视着宗建明，仿佛在责怪宗建明弄乱了她优雅的发型。宗建明回头看了我一眼，也许他不是看我，而是在看小柔。然后，他手里的那两根钢扦就朝男人扎了过去。

那两把钢扦细长尖利，穿起皮糙肉厚的羊肉来也易如反掌。在众人尖叫声中，我们看到团红色人影瞬间推开秃顶男人，硬生生夹在了他和宗建明中间。随后是声短促尖厉的叫声。宗建明"啊！"了声倒退几步，愣愣地盯着曹书娟。钢扦就扎在曹书娟胸脯。她乳房高耸，上面插着两根细钢扦，不时在料峭的春风里左右颤悠。

11

我们都不明白，曹书娟为何要替那男人挡那一下？男人当时号哭着抱住曹书娟钻进车里，匆忙去了医院。说实话，我们都没料到这个精明的锹厂老板在众目睽睽之下号啕大哭。他哭的样子很丑，嘴角已然咧到后脑勺。后来我们得知，曹书娟并无大碍。那两根穿羊肉的细扦子一根扎进她乳头，另外一根扎进肋骨，除了暂时的疼痛，除了她完美的乳房日后留下一个细小伤疤，她并没有生命危险。这件事在桃源镇轰动一时，不久民间就流传出诸多版本，其中最不靠谱的一种，是说曹书娟本是那男人老婆，与宗建明有了奸情，良心发现甩了宗建明，宗建明恼羞成怒刺了她两刀，她在医院死在丈夫怀里。男人给她举行了豪华的葬礼，云云。

曹书娟是以保外就医的名义出来的。至于她后来是否重新进了监狱，在很长一段时间内我并不知道，也并不关心。我所关心的是，这次伤人事件后，宗建明和小柔的散步并没有取消，只是中间停顿了几日。那几日宗建明没有上班，也没有出现在我们的生活中，确切地说是他失踪了几日。我们都怀疑他出去避风头了，即便曹书娟不起诉他，那个男人肯定饶不了他。据说那男人找了市里的黑社会老大"笨头"，"笨头"派了几个兄弟下来，扬言要剁掉宗建明的一只手掌。种种说法不一而足。七天后宗建明好端端地来上班。他没有什么变化，只是唇上的胡须剃掉，露出布满胡楂的青皮。他默默地递给我支香烟。我没抽，趁他不留意扔到地上，拿脚踩碎。在接下去的半个月里，宗建明总是晚来早走，不如何说话，脸上也没有任何表情。

我也有半个月没去小柔那里了。这件事从头到尾挺没意思的。下班后我们再也没吃过涮鱼。我早早地回家，为小学教师和女儿做晚餐。我的厨艺本来就不错。早晨的时候我也没再早起跑菜市场买菜，我再也不用害怕见到我那个总是擦黑遛牧羊犬的高中同学了。小学教师犹豫着问我，为什么不锻炼了呢？我边喝粥边大声地告诉她，我的甘油三酯已经降下来了，从9.69到了3.2，日后只要多吃蔬菜少吃肉类，我会变得完全健康。

小柔倒是给我打过几次电话。不是深夜，而是傍晚，邀请我去吃涮鱼，要么就是一起去散步。我怀疑散步的邀请是宗建明跟她提起的。他们可能都感觉到我对他们有些冷落。他们的朋友本来就不多，尤其小柔，想到"小柔"这两个字时，我的心房还会紧紧皱起，我只有泡上杯浓浓的铁观音，让我的头脑清醒一些。

那个男人来找宗建明时，是某个春日午后。他这次是开着辆奔驰来的。他把宗建明叫了出去，两个人在融融的春日下交谈了足足半个小时。如果不明底细的人看到他们交谈的情景，肯定以为是两个多年不见的腻友在伤感地叙旧。男人后来开车走了。我漫不经心地问宗建明，他找你干什么？

宗建明说，曹书娟出院后，不知道去哪里了，她保外就医的时间就要期满了，必须回监狱亲自续假。那男人很着急。宗建明轻描淡写地说，这只骚公狗，也有低三下四求人的时候？他认定曹书娟跟我回家了，宗建明嘿嘿地笑了两声，"她要是跟我回了家，"他扫我一眼，"太阳可真就从西边出来了！"

太阳肯定有从西边出来的时候。那天晚上路过斯大林路时，我看到了一个卖虾的。我想起了小柔，就买了几斤给她送了过去。其实我的想法是，顺便把那串钥匙还给她。这串钥匙对我已经没有任何用途。当我轻轻打开房门时，屋内一片漆黑，在黑暗中我听到卧室内略显夸张的呻吟声。我扒住卧室的门缝朝里瞅去，什么都看不到，恍惚中只有大块大块的黑色在蠕动。我带上门慢慢蹀向沙发蜷进去，把脚踝搭在沙发沿上，用毛巾被盖住脸颊。我的身体没有规则地抽搐着，我觉得我快不行了。后来屋子的灯亮了，有人从卧室走出来去厕所。那个人除了是宗建明外还会是谁呢？他臀部健壮，嘴里吹着轻佻的口哨。然后我听到了小柔招呼他的声音。她让他从厨房里顺便拿一只石榴。她的声音跟平时好像没有区别，我却闻到了那声音里温暖的气息。我从沙发上跳起，拎了对虾打开防盗门，以最快的速度撤出客厅。在将房门关好的刹那，我的手被挤了一下，手指很快起了个透明水泡。我用牙齿撕咬开，里面就浸出大滴大滴的血来。

12

我承认，有那么段时间，我一直企盼着那个锹厂老板找人把宗建明干掉。甚至，我祈祷着宗建明在过马路时被大货车撞死，或者突然患了不治之症，在医院里哀伤地死去。我为自己竟然有如此卑鄙下流的想法苦恼不已。可我还是忍不住去想，我甚至设计了一套做掉宗建明的方案。这个方案的每个细节我都推敲得完美无缺：跟宗建明到他家中喝酒，把他灌醉后打开他们家煤气灶，让他在煤气的味道中停止呼吸。这样肯定不会有人质疑。一个丢了老婆又一无所有的男人，在春天疯狂的花香中结束自己的性命，是理所应当而且崇高的选择……我越想越怕，越怕越想，后来我甚至想，我是不是已经把宗建明干掉了？我所想的只不过是已经发生的事实？

　　只有在单位见到宗建明，我才心安。知道他活着，不但活着，而且活得很好。他和小柔的事，连我们单位的同事都知道了，都清楚他找了个北京的女朋友。他们用艳羡的口吻谈论着此事，甚至猜度起这个北京姑娘的长相和性格。这个时候我通常保持沉默，或者走出办公室猫在厕所抽烟。宗建明后来干脆搬到小柔那里。据他说，小柔每天早早起来给他煮粥喝。说这话时他肯定没留意到我的脸已经扭曲得不成样子。他照样跟我继续说着有关小柔的事，比如，小柔有过很多有钱的男朋友，但都看不上他们，比如，小柔手里很有钱，我找的怎么都是有钱的女人呢？他还跟我偷偷说起他跟小柔在床上的事，小柔喜欢他从后面搂着她做，越凶狠她越喜欢，有一次他们甚至动用了手铐、眼罩、蜡油和皮鞭……在他看来，小柔和我是好朋友，而他，是我顶要好的哥们儿。我暗自冷笑着，拳头攥得比铁锤还结实。

　　我不知道他是否真把曹书娟放到了一边。我知道小柔肯定没有。那天小柔打电话给我，让我过去一趟。她的口吻没有命令的意味，也没有哀求的意味。我过去后她抱着我哭起来。她的头发很香。她说她没想到会喜欢上宗建明。宗建明有什么招人喜欢的？有老婆有孩子，又没办离婚手续，跟她在一起，也只是一时，而不是一世。可她就是喜欢上他了，他的鬓角，他的脚趾，他身上的气味，他的狠劲和无耻，都让她怦然心动。她想跟他结婚，想把他带到北京发展，可他死活不同意。他肯定还在想曹书娟。曹书娟有什么好？不就是个娼妓吗？他为什么那么死心塌地爱一个娼妓？哭完她剥了石榴吃，边吃边哭，嘴角流淌的红色液体让她显得面目狰狞。我突然对她厌恶起来。

后来小柔又找我几次，我都推托说没时间。夏天快到时，我那个在凤凰网工作的朋友来吃桃源镇海蟹，我才邀请小柔过来就餐。她带着宗建明一起来的。她比以前更瘦了，面色菜黄，头发焦枯，倚在宗建明身上，像是条陈旧泛黄的膏药。宗建明也瘦多了，他一直住在小柔租来的房子里。

那天晚上宗建明喝了不少酒，我同学也是。后来他们两个搀扶着去厕所。小柔坐在我身边，又和我唠叨起宗建明，就像以前她在北京时，我们在电话里交谈那样。她说，宗建明肯定还在和曹书娟往来，他身上总是有另外一个女人的气味。她说，如果宗建明再这样下去，她肯定会采取措施逼迫他跟她走的。他不能再待在这个丑陋、破旧、表面上欣欣向荣其实内里破败不堪的小镇。这个小镇会让人窒息而死。"你也应该出去看看，"最后她把杯红酒一口干掉，用一种哀求的口吻问道，"你认识建明十多年了，你能跟我说说，他到底是怎样个人呢？"

我什么都没说，直接去前台结账。结完账后我去了小镇曾经的电影院，我同学打电话我也没接。这个电影院，已经二十年没放映过一场电影，它现在变成了"捷安特"自行车、电动车专卖店，偶有外省马戏团巡回演出，学校就组织成群结队的孩子来这里，欣赏老虎走独木桥、金丝猴做算术题或大象按摩术。而我多么喜欢看电影。我喜欢洁白宽大的银幕，喜欢喧闹的人声和正片之前演的加片，喜欢温净的铃声突然响爆，喜欢壁灯恍惚着闪亮……我又想起了十几年前的那个黄昏，我推着自行车，远远地看着宗建明和曹书娟在学校门口抱头痛哭……为什么，一切都变化如此之快？好像那些恒久温暖的幸福，只存于星辰和传说之中。

我径直开车回家。小学教师正在看韩国电视连续剧。我朝她大踏步走过去，她慌张着站起来，有些惊恐地凝望着我。我一把将她紧紧搂进怀里，毫无顾忌地抽泣起来。她懵懂地抚摸着我的脊梁和耳垂，同时小声地断断续续安慰着我。

13

那顿晚餐是我最后一次见到小柔。两天后，我接到小柔的电话。她吞吞吐吐地说，我要去南方旅行，房子退掉了，以后再不会来桃源镇了，那些家用电器……被褥……锅碗瓢盆……恐怖电影，还有那套《尤瑟纳尔文集》，你就用车拉回去吧，谢谢你买的那些青菜和虾……你是个好男人。我对她如此客气的口吻有些不悦，于是我也同样礼貌地回答道，照顾是应该的，谁让你是我哥们儿的朋友呢？认识你很荣幸呢，不过你一人出门在外，一定要注意安全，也不要老喝红酒。她在电话里笑着说，我会的，不过，你怎么知道我是一个人去旅行呢？

三天后，宗建明在单位急匆匆找到我，把我叫到偏僻的角落，神秘而郑重地告诉我，小柔把他儿子拐走了。这些天来她一直怂恿他跟曹书娟离婚，让他随她去北京，他死活都没松口。现在好了，她跑到老家，从他母亲那里带走了儿子。

几年后我才得以知晓事情真相。据说小柔打了辆出租车，叫司机去那个名字拗口的村庄。司机听她口音是外地人，就开了个天价。小柔一板一眼地对司机说，你家死人了吗？等着拿这钱去办理丧事啊？然后她脱下高跟鞋和袜子，沿着成片成片的苜蓿徒步走到

宗建明老家。当她抵达那个满是牛粪味道的村庄时，她先坐在一堆
干草上穿上鞋袜。然后，她顺利地跟一位耳不聋眼不花的老太太问
到了宗建明父母的住址。在石头垒砌的院墙外，她看到了一个又黑
又瘦的小男孩在挤牛奶。他个子很矮，钻在母牛的两腿中间，两只
比鸡爪大不了多少的小手娴熟地撸着母牛硕大的乳房，当他一松
手，一道雪白的牛奶就不偏不倚喷射进水桶。看来他勤劳的奶奶已
然把孙子培养成了一位务农能手。小柔看着男孩挤了半天奶，男孩
也发现了她。男孩就问，你是谁？你是收牛奶的吗？我奶奶不在
家。小柔就说，我不是收牛奶的，我是你妈妈。宗建明的儿子已经
两三年没怎么见过曹书娟，对这个面目忧愁的女人很是好奇，于是
对小柔说，你不是我妈，我妈说话不侉。小柔就把他领到自己身
边，耐心地告诉他，为了工作，每个大人都要会说很多种方言，为
了活着，每个大人还都要会说真话和假话，她的口音之所以听起来
像外地人，是因为她经常跑到外地卖锹。她跟他说的话，也都是真
话而不是假话，做妈妈的永远不会欺骗自己的小孩。说完这些，她
从背包里掏出个最新款变形金刚，塞进男孩怀里，对她说，妈妈要
带你去北京看天安门。这个五岁的男孩擦了擦满是牛奶汁液的脏
手，羞怯地问，这个玩具……真的送给我吗？小柔说，是真的，等
我们到了北京，妈给你买更漂亮的玩具。小男孩就牵着她的手，跟
她走了。半路上，他们遇到一辆救护车，小柔很轻易地就拦下来，

抱着男孩回了桃源镇，然后坐长途汽车去唐山。只不过他们根本没去北京，而是去了似乎更遥远的地方。

而事发当天，宗建明根本不清楚小柔到了哪里。他拼命地打手机，小柔根本不接。他只能先去北京找她。那天，他忧心忡忡地对我说，你知道吗，小柔这样的女人，什么事都能做出来！她可不像曹书娟……提到"曹书娟"三个字时宗建明哆嗦了一下，接着他有些为难似的告诉我，他会把他家的钥匙给我留下，如果三天后他还不回来，我必须去趟他家的地下室……"你带几个肉包子和几根黄瓜，西瓜也行……"他脸色惨白，声音也在颤抖，"无论你看到什么，都不要惊讶，也不要对任何人说！"他貌似亲昵地拥抱了我一下，"我们是最好的哥们儿。我信任你，你也该信任我。我很快就回来！"

他没跟所长请假，直接去了火车站。他说坐火车去北京。我木然地看着他的身影，随手将钥匙扔到垃圾箱。我也不清楚后来干吗又把钥匙捡了回来，而且没有等到三天之后，而是立马开车去了他家。

我知道他和小柔同居两个多月来，根本没在家住过。看到地下室昏黄的灯火，我有点意外。木门紧锁，我拿出那串钥匙一把一把试过，直到最后一把时，我才终于听到锁眼里传出"啪"的一声。我推开木门，一股屎尿的恶臭扑鼻而来，我慢慢地顺着台阶下行，大抵二十步处地窖拐了个生硬的弧线。我的视野立马开阔起来，我觑着眼俯瞰着昏暗的地下室。

地下室杂乱无序，我先看到了一辆破三轮车，然后是煎饼锅、铁锹、跑步机……最后，我看到了宗建明无数次提到过的那张木床。他们曾经在这张床上度过了一个无比美妙的夜晚。他甚至说过，他想永远把那条男人的东西插在曹书娟温热的洞穴里，永不离分。现在，这木床上安静地躺着这个女人。她披头散发，嘴里塞团脏兮兮的棉布，双臂反绑，两腿蜷缩，套着棉袜子的脚踝不时抽搐两下。她显然是在熟睡，而且在睡梦中噩梦连连。我摸着潮湿的墙壁匆忙往后缩了几步，一个空易拉罐不小心被我踢着，顺着台阶叮叮当当滚落到床边。我吹了吹手上的灰尘，惴惴不安地坐到台阶上，再次盯望着她。她的身体蚯蚓般缓慢着蠕动。很明显，她听到了我的脚步和我粗壮的喘息。当她嘴里咿咿呀呀抬起头睃巡四周时，我没敢正眼看她，而是将目光投向窗外。唯一的一扇窗户用旧报纸糊得密不透风，可仍有几缕温净的阳光静谧地破窗射进，在地板上打了明明灭灭的亮格子。春禽静肃，杨花浮游，热濡的风不时从门缝恹恹吹进，卷着大朵大朵蒲公英的碎屑。我用手按捺住胸腔，大口大口呼吸着。如果还待在地下室，我知道我肯定会窒息。

在宗建明家的院子里我站了五分钟。在这五分钟里，我想点支香烟抽，可最后还是没能点着。

后来，我离开宗建明家，开车去桃源镇的广场喝了瓶百事可乐。再后来，我将百事可乐瓶扔进花圃，看着孩子们放风筝。这段日子我睡眠不好，经常无休止地做梦，梦里我牵着个面孔模糊的人，不停地飞，不停地飞，飞过石榴树，飞过屋顶和烟囱，飞过喷气式飞机，飞过月亮，飞过一切能飞过的，仿佛能飞到时光以外。我干吗做这样无聊的梦？说实话，那天，我真不知道该去派出所，还是该回家睡觉。

2007年12月25日　于唐山

献给安达的吻

1

　　我是一九九三年酷夏认识的安达。那个夏天除却北方跟南方集体性质的肆发洪水，也没有别的特殊纪念物。当然对我而言则是革命性的，它标榜着一个时代的终结和另一个时代的粉墨登场：夏天时我结了婚。婚后我和丁兰搬进西城区的机关家属楼，白天泡单位，傍晚时，我们骑着自行车跑我父母那头蹭饭。饭后如果不出意外，丁兰会陪我父母欣赏冗长拖沓的台湾肥皂剧。两位老人时常被台湾人拙劣的舞台剧式表演刺激得失去分寸，而我，则总是很难平静地看着我父亲的眼泪从他一直没有治愈好的酒糟鼻上，毫无节制地流淌下来。

　　饭后我通常穿着着拖鞋四处游荡。夜市嘈杂如牲口市，这是因为清水街有座纪念馆。本来是纪念评剧创始人成兆才老先生，后来被开发利用，演变为桃源最火爆的娱乐场所：跳狐步的、唱评戏的、开卡丁车的、弹蹦床的、卖冰激凌的，总之，除了卖肉的小姐，什么都有（孩子们还是在成先生的墓碑下捡到些许避孕套）。后来连成先生的白玉石雕像也派上用场，有个卷毛小伙子往成先生的脚踝上挂了个飞标盘，号召围观者玩一种赌博游戏："两标中红心的，我给一盒石林烟！没中的，给我五块钱，"他郁郁寡欢地教唆道，"你们干吗光看不练呢？"

本来中红心不易，概率极小的事，但人与标盘的距离相当诱人，胳膊稍微舒展就能触摸到，于是有位光头男孩试了两把，可每次都偏，偏得不离谱，就一厘米左右。男孩掏出五元钱狐疑地说："我瞄得贼准，干吗老失手？"

摊主狡黠地笑笑："小孩子总是让大人们失望。"

我忍不住问："你身上带了几盒烟？"

摊主大大咧咧地怂恿道："投吧哥们！还怕我说话不算数？君子一言既出驷马难追。我可是个标准的大老爷们，什么零件也不缺。"

我投下，红心。

又一下，还红心。

那个卷毛当然不会知道，我上大学时曾和一个校飞标冠军打赌，结果赢了他一块罗西尼手表。开始有人叫嚣鼓掌，他们的掌声刺激了卷毛。他只得赔笑问："再玩两把？"

我拒绝了他的邀请。他感激地乜斜我一眼，亲昵地塞我两盒烟。这时，第一次投飞镖的光头男孩踱过来问："你说，人死了会去哪儿呢？"

我盯紧他。他也正满怀期待地凝视着我。他的瞳孔有点散。有那么一会儿我妄图装聋作哑。后来我改变了主意，我说："人们常说，人死后，好人上天堂，坏人下地狱。"然后将香烟麻利地塞进他裤兜，"你是好人。"

2

第二次遇到光头男孩，是在濡湿的夏夜。我吃了点蚬子，接着肚子就叽里咕噜闹腾开了。也许和蚬子没有关系，我妈、丁兰也吃了不少，都没事儿，我只好撒欢似的往厕所蹿，跑了两步就缓冲下来。弄堂里乘凉的人多如蚂蟥，都是居委会的老太太，我裸着脊梁骨套条肥裤衩露出脚丫子的德行很不雅观，毕竟是上班的人，不仅上了班，还结了婚。想到这些我强忍着慢行。也就在这节骨眼，我似乎晃着了小刀。小刀是我弟朋友，个子极纤细，走起路来像条散步的热带鱼。我就说："小刀吃了吗？"

那人走出有五六米，可能耳朵极尖，恍惚着站停，扭过身晃我。我只好说："小刀散步呢？"

那人犹豫着走过来。路灯下我们彼此打量着，都很认真吃惊的样子。我根本不认识他。可他欢愉地攥住我的手迫不及待地说："知道吗？上次你赠我的石林烟是假的！抽一口嗓子直冒烟！我们都被卷毛给骗了！"

我突地念起这人是谁。我虚色地笑笑："我要上厕所，你有急事吗？"

他紧握我的掌心说："你怎么管我叫小刀？小刀我可不认识，我叫安达。"

翌日晚餐后，丁兰待厨房里洗碗，我听见她扯着嗓子喊："张楚！你外甥找你！"

我小跑出来。丁兰不耐烦地嘟囔说："有个叫安达的，说是你外甥。刚才吓我一大跳。扒着窗户，晃着张挺糙的脸管我叫舅妈。"她将碗堆摆好，"真是什么样的舅有什么样的外甥。"

我打开门，是光头男孩。他套着鸡心领T恤，一条漂白水洗棉单裤，还戴着副蛙式墨镜。

"我没别的事，"他说，"我只是想跟你上街溜达溜达，想请你喝点……啤酒。去吗？"

我说我刚吃过。他耸耸肩膀："吃过可以再吃嘛，跟人似的，离了婚可以再结婚。"

他笑得很纯朴，我不知道该如何拒绝他，只好说："我请你吧。"他露出开心的表情，前言不搭后语地问："你猜猜我干吗戴墨镜？"

我说这是时尚。年轻人都爱前卫、时髦、个性张扬的物品，比如一副别致新潮的蛙式墨镜。

他说"不对"，然后略带神秘地安抚我："难怪你猜不到。其实——"他摘下墨镜。我这才看清他长的什么模样。眼睛亮得像坟场里隐约可见的磷火。"其实我戴着墨镜，不像头蠢驴吗？发情期的一头蠢驴。"

我默然地盯紧他的嘴角。他唇线很深，说话时夸张地弯蜷滑垂，给人一种不着边际、暧昧甚至剑拔弩张的暗示。"我……说错了话，"他慌张着补充说，"一般人都讨厌我讲话，可我老忍不住……我控制不了。有些事我总控制不了。"

我搞不懂他到底想说点什么。夜凉得突然。这个夏天眼看就要湮灭，像盘蚊香，对我而言并无任何意义。对面的男孩一杯连一杯地喝着扎啤。我有点精神恍惚，在日常生活中我是个沉默寡言、严肃有余而活泼不足的人，可在这个夜晚，我跟一个蹊跷的陌生人喝了酒。这对我而言有些不可思议。本来我希望他是个开朗，说话连篇累牍、海阔天空的天才，那样或许气氛要松懈一些，至少能将这顿沉闷荒诞、毫无理性可言的晚餐点缀得亮丽生动。

"我管你叫舅，你不会生气吧？"他木然地问。

"不会，"我问他，"你多大？"

"十九。"他的嘴角沾悬着白色啤酒泡沫。

"十九。是十九。七四年生的，属虎，今年刚好十九岁。我长得很老吗？"

"不，"我说，"十六七的样子，眼睛有点特殊，像……像《ET》里的外星人。"

他有些不好意思地咧咧唇线，然后问："你有三十岁吗？"

我说："二十四了。"

他茫然地停顿了几秒后问道："你认为上班怎么样？"不待我回答他就强迫症患者似的解释说，"我……只上过两个月班。可从心里讲……我多么热爱我的工作！可惜……他们后来把我解雇了。"

我问："你真喜欢上班？"

他吃惊地望着我："喜欢还有假的？"

我撇撇嘴说："当然有。什么事都有假的。"

他点点头："也许有。你比我老，比我有经验，"他说，"可我真喜欢我的工作。我曾经是名工人，我在春煦黄板纸厂第二车间第三小队上班。我的任务是每天把一吨的稻草推到制浆室，然后把它们倒进滚筒，当液体从滚筒里出来时，就变成那种昂贵的包装纸板——你还不知道吧？海尔家电的包装箱，都是我们工厂的产品呢。可是……我挣了两个月工资后，他们把我解雇了……"

我说："我跟你相反，我讨厌上班。"

他伸着脖颈问："你也被他们解雇了吗？"

我不知道喝了多少酒，事后我对自己当时的夸夸其谈有点怀疑。我从来没有和一个陌生人说过那么多的话。

我说，没人炒我鱿鱼。我说，我干得相当出色，我是名不赖的电脑专家。我们局里的一百多台微机除了我，没有第二人会修理。我说我们局长非常器重我，虽然我不是办公室的人，但他参加宴请总是顺便把我捎上……因为我还挺能喝。一顿喝个一斤二两衡水老白干，还能若无其事地开奥迪回单位。别人就屁了，喝得脸红脖子粗喝得管服务小姐叫妈喝得尿裤子喝得胃出血喝得将酒店当洗头房，可我不，从来都不，当然局长也没事，局长没事，我也没事儿，局长就不拿我当外人。他们管我叫"大总管"，有时局长不听副局长的，但对我言听计从。所以他们又叫我"大秘"。说实话，这是个暧昧的绰号。

安达有些厌倦。他的神色像只迷路的蚂蚁。我搞不清这只蚂蚁思考着哪种性质的问题。他客气地嚷道："小姐，拿点餐巾纸！"餐巾纸递上来他就细致流畅地擦手，擦完手又擦嘴唇、额头跟耳朵，"你是那种……春风得意的人，"他总结道，"你不能身在福中不知福，不能——不能……"他似乎刹那间患了失语症。我注意到汗珠子顺着他的太阳穴油腻地滴答，无疑他焦躁不安，找不着恰如其分而又符合身份的词语安慰我。我被他的神态感动了，于是斟酌着说："我不能人心不足蛇吞象，不能一山看着一山高，不能骄傲自大，不能自以为是，不能小人得志，不能忘乎所以，不能轻狂放纵，不能猴子屁股红得不伦不类。应该夹紧尾巴做人。"

"对，"他干渴得咽口吐沫，"就这样子。像我。我又找了份干净体面的工作。我很喜欢，是真喜欢。你想知道我的近况吗？"我随便点点头，他激动着兴奋起来，"我给你敬个礼，"他说，"你是我舅舅，我给你敬礼是应该的！"他真的挺直腰板给我来个标准的陆军式敬礼，"我要站着向你汇报！我妈上班后，我穿戴齐整也去上班。你见过我的吊包吗？包里藏着照相机，啊！我是多么喜欢我的照相机啊！那可是一架三点宽区、自动对焦的EOS50照相机！它有一个完美的十字形感应器，观景器和垂直感应器分布在左边和右边，像人的左手和右手。照相机可以自动选择对焦点，也可由使用者手动选择。手动选择程序非常简单，只要轻轻按下焦点选择钮，然后转动主调节盘。照相机会根据选定的对焦点立刻对焦，简单快捷易举，对焦绝对准确无误……"

我有点头疼，他似乎注意到了我的情绪。"对不起，"他低着头说，"有时候我真的控制不住自己的嘴……好了。该谈谈我的道具了。我的道具很容易得手。你猜，我的道具是什么东西？"

我摇摇头。

"是巴西月季!"他耸动着眉毛讲,"我忘记提示你,我的吊包里还有张小泉剪刀,磨得又光又快,然后我就上西环。西环路边种植着巴西月季,我喜欢白色和黄色的巴西月季,"他咬住嘴唇,"直到我的吊包鼓鼓囊囊的,里面盛满了花儿。"他眼神放射出美丽的光芒,"工作终于开始了"。

"你是……小偷。"

"是啊。我觉得我很喜欢当小偷。我特别喜欢那种偷偷摸摸的感觉。就像我待在地窖里一样,谁也看不到我。"

我话锋陡然一转问:"难道你不想知道我讨厌上班的理由吗?"

他平静审视着我,"你先说吧。你是我舅舅。大人们总是压制孩子。我早习惯了"。

我说,我讨厌上班只是发生了一件让我极度灰心的事件,也许称不上事件,可它对我个人而言确是致命的。本来我特别热爱我的本行,它体现了我的价值,人都希望有种成就感。我们局长说过,世上没有懒惰的年轻人。单位里我总是不闲着,就是蹲厕所也揪张《电脑报》溜两眼。这是跟局长学的。局长是少见的工作狂,他是属于那种被"文革"戕害的人,十四五岁光顾着贴大字报斗私批修,二十啷当岁忙着上山下乡的最垮的一代。所以他现在拼命补救，像台满负荷运转的机器，晚上学习到子时。这相当不易，尤其对一个有点成就的人来说，简直就是不可思议。县城里出现这样的科级干部有些可笑。我尊重他敬佩他，我不佩服比尔·盖茨，可我宾服我们局长。可两个月前——"

安达笑了，他仿佛注视着一个大舌头的孩子在漫无边际地夸其谈："你的故事讲得很好，你应该当个小说家。"

我摆摆手，示意他别打岔。我说两个月前，市局人事处处长来我们局考察，市局想在我们局提拔个副局长。毫无疑问局长推荐了我，市局考察得很满意。局长的推荐词比莱温斯基指证克林顿总统的证词还富于说服力。他赞美我血气方刚，有本科学历，有研究生能力，有资深党员的魄力，总之把我夸得不温不火的同时，又让人觉得我是最具竞争力的人选。他把我捧得天花乱坠。

"这很好啊，"安达说，"他是个很会做人的局长呢。"

本来一次考察后，再来个二次考察，这件事就基本确凿。也就是不出意外，我将在次月底当上副局长。我将成为全桃源县各机关党委各企业事业单位最年轻的副科级干部。可两个月过去了，没有半点消息，对这事局长也只字不提。我很纳闷。可没有后果也无所谓，我还年轻，还有的是机会，我的香蕉鱼的好日子还长着呢！关键是——后来我接到了一个致命的电话。电话是我朋友打来的。他是我校友，毕业后又跟我分到同一系统，只不过他在市局人事处管理档案。他问我，我跟我们局长是否有过节儿？这怎么可能？简直是笑话！我们好得跟亲爷俩似的！然后他提示我，在市局打算对我进行二次考察前，接到了我们局长的电话。他说张楚这位同志虽然素质不错，但年轻狂妄、眼高手低、好高骛远，冲劲有余而耐性不足，根本不适合上任这么重要的职位。事情就这样彻底扯淡了。

安达睁着双亮晶晶的眼睛问："你感觉——被人出卖了？"

我说是的。一次考察后，局长得到消息说，如果任命我当副局长，根据流动制原则，只能分配至外县。这就意味着，他将失去一条胳膊。没人愿意失去一条胳膊。更何况他要留这条胳膊对付那些老奸巨猾的副局长。我难过的地方在于，我不幸知道了内幕，而你知道，内幕虽然吸引人的好奇心，同时又会折磨人的好奇心。我们局长以为我被蒙在鼓里，对我还像从前那么好，可你知道——我对他的感觉——很难受的——总是……

"像吞了一只油腻的绿头苍蝇，"安达温和地说，"你心里很不安，是吗？"

他接着说："可是我并不这么认为，也许他的话是确实的。你并不适合这位子。你这么年轻，让你干你也会干得很不遂心。你像只刚会飞的鹰，总想逮只肥硕的老母鸡。可这是多么笨的想法。我这样说，你不会不开心吧？"

我迟疑着摇摇头。我警惕地发觉，我沉郁许久的心情舒畅很多。这多么不可思议。安达仍挺脱地站着。他纹丝不动伫立在桌的边缘，像株独立思考的向日葵。他还戴着墨镜，T恤的拉链敞着，露出干枯苍白的脖颈。我突然明白我在哪儿，我在跟谁讲话，我在表达哪种心境。这多意外。我不得不正视我谈话的对象。我突然问他："安达，你知道他们解雇你的原因吗？"

"……"安达夹了块猪肝，捅进嘴里机械咀嚼着，"我方才忘记告诉你"，他喝口啤酒，体贴地睃巡着我，"它们……它们……这群疯狂的瞎蝙蝠认为，我是个精神病患者。你相信吗？张楚舅舅？"

3

那顿晚餐之后，我很长一段时间没有见过戴蛙式墨镜的光头男孩。夏天滑了过去。秋天也快被埋葬。秋天没有什么诱人的风景，只是风黯然地紧，天空吊着粗糙的雨，梧桐树秃得仿佛患了溢脂性脱发的病人。我的生活没甚改变，也就是说，我的生活没有脱轨或脱臼的地方，单位里我还是那只不停旋转的皮猴，家里则是个喜欢做爱的正常男人，唯一不顺心的在于，我跟丁兰的关系比较松弛，或者具体来讲，我发现我并非像想象中那样爱她：这是关键性的矛盾。我越是否认我的厌倦，我越是发掘出我对她的冷漠。

　　我开始后悔结了婚，她面目可憎，浑浑噩噩地吃喝拉撒睡，既没有特殊的爱好也没有哪怕高尚那么一点点的理想，这对一个年轻女人来说是恐怖的陷阱：我很快想象出她年老以后的悲惨面孔——衰老、迟钝，呈现出帕金森综合征的模糊表情。我试图改变她，可我缺乏革命的信心和铁腕政策。我后来想，当初恋爱时她可不是这个样子。她勤快、温柔、体贴，不仅喜欢织美国大平针，还喜欢读玛格丽特和乔治·桑的小说。总之我认为她是个有品位的女人。可事实是，她既不热爱工作（她经常设想着办退休手续，尽管她才二十一岁），也不钟情小说，她迷上了香港电影。她开始整日整夜地看那些粗制滥造的恐怖片、功夫片以及僵尸片和鬼怪片，甚至总结出些许无聊的知识：比如月圆之夜是僵尸出棺的时辰，比如屈死鬼怕糯米而恶鬼惧关公老爷的神像——总而言之，我对她彻底失望了，即便是我们过夫妻生活的时候。我这才发觉婚姻的可耻之处：我变成一只作茧自缚的蚕，这么年轻就慌里慌张冲进围城。可是，当时我为什么要结婚呢？我总是事后总结经验。可这经验已经没有丝毫的用处。

　　我甚至开始怀念起我的初恋女友。她是个个子高高的姑娘，春天时喜欢穿着牛仔裤，套着那种露肚脐的紧身背心，肩膀上披着件薄羊毛衫，身上散发着橘子香水的味道。那时我在乡下工作，每天早晨我去等班车时都会遇到她。每天早晨她都会到我等车的附近去健身。那是家新开的健身房，我见到她时，她总是汗水淋淋地站在车站牌下朝着我笑。我喜欢那种被人等待的感觉。我很快爱上了她。可是接下去的事情改变了我的想法。夏天的时候，我们去成兆才纪念馆跳舞，有个男人老偷偷跟着她，后来问她，小姐，一宿多少钱？当她咯咯笑着把它当作笑话讲给我时，我心里很不是滋味。还有一次我和她去书店，我挑了本《发达资本主义时代的抒情诗人》。结账时，听到两个收银员嘀咕着说，瞧见没有，那个抹着黑色唇膏的女人，肯定是个小姐。另一个说，是啊，只不过和她一起来的那个嫖客倒是很斯文呢。夏天还没过，我就和她分手了，我想我不能和一个老被人当成小姐的姑娘结婚，因为我不想老被人误以为是个嫖客。可是如今想起来，我倒是怀念她身上那种橘子香水的味道。

有天下班时，我在街头遇到了一对母女。那个母亲是清水街最著名的疯子。她的头发扎成红卫兵年代那种意气风发的羊角辫，还插缀着黄色蝴蝶结。她女儿是个正常的小女孩，天天跟在疯女人屁股后头，她妈上哪儿她上哪儿，像疯女人无法逃脱的影子。那天一群男孩正咯叽咯叽地傻笑，他们不停朝疯女人投掷石块，有的击中她的脸，有的击中她的乳房，可她还是温和、讨好地痴笑。事情的转折点发生在她女儿身上。她女儿不可避免地出现了。她目睹了整个恶作剧的过程。开始时她只是冷眼观瞧，像沉默的局外人。没谁料到在神秘愕然的刹那，这位六七岁的女孩仿佛一头热情洋溢的猎犬蹿了出去。她的动作果敢、野蛮而富于冲击力：她一把就抓住了投石子最多的那个男孩，然后熟练地攥紧了他的裤裆。男孩像野猫一样尖叫着拼命挣扎，可是他所有的行为都无济于事，当他发现这条事实时，他哇啦哇啦地号哭起来。而女孩则顺势收手，扶着她母亲蹲蹴屋檐下，颇有兴致地欣赏男孩的哭声。

我的心被马蜂蜇了一下。我想，这个安静的秋天，安达做着什么样与众不同的梦呢？

4

再次见到安达时我正在粉刷客厅。丁兰说她不喜欢那种米黄色，于是我把墙壁按照她的意图换成了粉红。我从来不知道丁兰竟然喜欢这种恶俗的颜色。等我刷到一半时，我点了根香烟。我突然不想继续干了。我最喜欢米黄色。当我为自己的决定有些迷惑时，门铃响了。

我开门时，看到了一个染着黄头发的男孩。他说："舅舅，你好吗？"

我说："你……怎么跑这儿来了？"如果我没有记错，他应该是安达。

安达抿抿嘴唇。他套着件鸡心领的厚毛衣，红色，特别撩拨人眼。他得意地说："我属猪。猪的嗅觉比狗灵敏。你不知道吗？"

我让他进屋。他说不必了。他问我舅妈在家吗？我说她回娘家了，这时间我们关系恶劣，如果不出别的转机，开春时就去打离婚。

"打离婚不好，"安达说，"喝酒好。我请你喝酒。你还认识我吗？"

我笑着说"不认识了"。他的笑容有点僵，显然他很快就调整了情绪，"不，你认识我，我是安达。我是你外甥安达呀。"我只好按了按他肩膀，他欢快地笑出声，他说，"我浑身是痒痒肉，我真担心小敏要是亲我，我该接受呢，还是拒绝？"

"小敏？你女朋友吗？"

"不。不算是。"安达说，"到今天她还不认识我。这真有意思。"

我们去吃涮羊肉。安达提出喝白酒，我满足了他。"你过得还舒服吗？"他说，"我的意思是说……我过得挺不错。近来我很忙。"

我问他："你找着别的工作吗？"

他说："还是以前那份。"

我说："推稻草？"

他回答说："不，"他吃惊地睃巡着我说，"你忘了吗？"然后结巴着分辩，"剪——剪子、巴西月季、书——包、照——照相机。"

我说我真的忘记了。最近我记性很差，总是突然想起某些人，又突然遗忘某些人。

"那可不太好。你应该多睡觉。保持十个小时的睡眠。"安达说，"可无论如何，你不该把我的工作忘了吧。"

我说我还是记不清楚。

安达说："我把巴西月季捆绑成束，插在别人家的门缝里。"

我狐疑地凝视他。他的眼睛燃烧着微微了了的烟花："如果是你，下班时在门缝里发现了一束鲜花，会不会很害怕？"

我想了想说，会的，我们老渴望着生活有点意外，但当意外真的发生时，我们会不知所措。

"嗯。"安达说，"英雄所见略同。我通常变成一只蝙蝠，飞到某户人家的屋顶，等待着主人回家。然后等他们看到我的礼物时，把他们的表情偷拍下来，"安达嗫嚅地说，"这有点不正常，是吧？就在他们东张西望、左顾右盼时，我将他们内心的慌张不安拍摄下来。你瞧，"安达掏出一沓相片，摔上酒桌。他的动作自然流露出某种成就感，"我欣赏别人的恐慌，但他们却看不到我，我……我……有种疯狂的安全感。真的，很安全……我拥有你所

不能理解的一种……一种……"他瞅着我，鬼魅地笑起来，"我
总是词不达意，我……有语言障碍。我说话喜欢用书面语——这不
好，"他低头说："你想获悉关于你的秘密吗？喏。"

他麻利地抽出其中的一张，迟钝着递给我，"这是关于张楚的
部分。"

我笑了。这是我的照片。照片中的张楚捏着束硕大丰满的月
季，放在鼻下陶醉地嗅着。"一个例外，舅舅，"安达说，"你对
生活中的偶然好像一点不吃惊。正因为这样，你可能已经忘记了这
码事。"

"不，"我说，"我记得这回事，我还把这事写成了一篇日
记。我幻想是爱慕我的姑娘们心血来潮的小把戏。"

"你还写日记？"

"有时候而已。尤其是我比较开心时。"

"哦，"他有些吃惊地说，"我以为只有小学生才写日
记呢。"

我笑得不伦不类，"这么说在我投掷飞镖之前，你——就认识
我，不仅认识我，还自以为了解我？"

"随便你怎么认为。"

"你跟踪过我？"

安达摇摇头，有气无力地争辩说，"你怎么产生这么无聊的念

头？你跟小敏就是不一样。你们是两种脾气的野猫。"

安达不说话了，开始望着涮锅里滚烫的汁水和羊肉。我张了张窗外，竟然飘了鹅毛雪，不是很肥，相反，在高脚路灯昏黄的笼罩下，一朵一朵轻盈冷静的雪花飞旋着，映衬得酒店格外暖和。

"唉……小敏……"安达略带悲愁地说，"自从我看见她后，我的心就乱了，她长得不漂亮，很朴素，留着学生头，像只田鼠那样土里土气，"安达不相信似的说，"可我喜欢上她了，多么不可思议啊！每天七点半，我盘旋在她家的附近，候着她。她推着一辆26型森林牌公主车，猫悄猫悄跨上去，目视前方，跟个忧郁的中学生要去上课去似的。中午十二点十分她准时到家。她对每天中午出现的巴西月季已然习以为常，总是随手扔进垃圾箱——她想象不出，为了大冬天买巴西月季，我得省吃俭用多少天！有时迫不得已，我还昧着良心偷窃我妈的钱，我为了道具已经到了堕落的地步。可是小敏……小敏再也不像第一次那样，对贸然出现的花儿表现出惊喜——她怜惜地闻了又闻，后来竟将巴西月季别在衣领。我想只有那次，她被意外彻底打动了。"

"你可以追她，"我说，"你是个不错的男孩。你跟别人一样。你甚至比他们聪明得多。"

"不，"安达说，"我不能。小敏已经结婚了。她丈夫又高又帅，工作也好，是县委办公室的副主任。"

我们都沉默了。我续上一支烟，安达哭了。我没料到他会在酒店里像蜂鸟那样嘤嘤地哭泣。我安慰他说他不该这样。

"他们说我……是精神病患者……一个神志出毛病的……笨蛋，"他抽噎着讲道，"不过，有时候……我确实有点犯糊涂。"

我不知道该如何安慰他。他盯着我说，"舅舅，我想走到墙上去歇会儿，我喜欢站在墙上睡觉。"我觉得说什么好像都不是真实的了，我甚至怀疑起，现在是做梦呢，还是真的和一个奇怪的男孩喝酒。就在这时我的手机响了，我看也没看关掉了。安达的声音听上去很疲惫："舅舅，你知道吗？每天晚上，我都走到地窖的墙上，再从墙上走到地窖的屋顶睡觉。我现在走给你看看吧。我想要是有一天失业了，我可以到马戏团走钢丝，我可以在线绳那么细的东西上走，而且保证不会摔下来。我会成为世界上最优秀的走钢丝大师。你知道哪里有待遇好点的马戏团吗？"

我突然害怕他真的走到墙上去。我想我必须先稳住他。我拍拍他的肩膀说："我也是个走钢丝的高手。"安达狐疑地问："是吗？"我说："是啊。我走给你看好吗？"安达摇摇头说："我不想看到你从房顶上掉下来。我问你，你喜欢过我舅妈以外的女人吗？"

我说："有的。"安达说："我的那只猫要是知道我喜欢上别人，肯定会杀了我。"

"你喜欢猫？"

"不喜欢，可是，我必须和它一起生活啊，因为它才是我真正的女朋友。"

安达盯着我问："你不舒服吗？"我说我没有，我只是想起了一个女人。是不是每个男人的生活中，都会有一只不属于自己的野猫呢？安达摇摇头说："我想听听你的婚外恋。我还是个孩子，你们大人的事情，我还没有机会了解呢。"

于是我说，今年夏天，也就是我刚结婚不久，我去参加朋友的婚礼。酒桌上我遇到了一个陌生女人。她是浅水湾某家房产开发公司的经理，看样子三十多岁，不年轻，也不是很老，更谈不上漂亮。你知道所谓的女强人从本质上讲更需要安全感。我们眼神互相扫射时，我的心竟"嘭"地动了一下。她不是很健谈，对一群陌生人来说，也没有健谈的必要。我们的生活中经常出现此类不可或缺的聚会。可我确实没料到在这个夏天，我的生活将被一个大我十多岁的女人打扰。她自我介绍说，她是新娘的表姐。酒过三巡时，我再也忍不住，她似乎也在暗暗审视着我。我于是壮胆走过去说，我想敬她一杯酒。她笑着说好吧，我先干为敬。说完她就喝了一盅。这是件不一般的事情，女人一般来讲是不和陌生人喝酒的。接着她说我再反敬一杯，还是先干为敬。这样在不到三十秒的时间里，她意外地喝了两盅白酒。

"她在引诱你，"安达说，"这女人很会调情。当时你应该……"

"我们把酒喝完后，彼此对视一笑。我并非是个喜欢拈花惹草的男人。可她确实从骨子里吸引了我。我震惊的地方在于，她很大方地告诉我，她也是夏天结的婚。她比我早半个月结婚。她的名字叫苏棉。苏棉。"

安达依然恢复了平静，他对我的故事似乎很感兴趣："你们……做……做爱了吧？"

我笑得很暧昧，我说："第二天我呼她，她自己开着车过来了。我们去了我的办公室，非常刺激。"

安达说："第三次呢？"

"第三次我们去了一家国营旅馆。"

"第四次？"

我叹息着说："没有第四次。"

安达抽着烟。他似乎猜到了故事的结局，兴趣反而不大，只是敷衍了事地说："没劲啊。"

我咳嗽两声，我并非故作深沉，"第三次她来时，飘着大雨，但是那天苏棉却骑着辆单车来的，也没有带伞。苏棉说她的车借给了朋友。我们本来约好的，晚上七点一刻，花满楼国营旅馆。但傍晚突然下起的疯狂大雨阻止了我们的兴致，或者说，那天的天气起到不可忽略的副作用。苏棉是抽雨歇的空来的，我一看到她，一股从未有过的柔情席卷了我……我们纠缠着跌跌撞撞冲向房间。房间里只有一张床。"

我接着说："苏棉走时，仍下着雨。我劝她雨停后再走，或者干脆跟我住宿旅馆，可她固执地拒绝了我。她说她丈夫在家等她。"

我说："晚上十点钟，我估计她到了家，就call她。第一次没有回电话，我就继续呼，第三次、第四次、第五次、第六次、第七次、第八次……总共call她十三次。这是个不吉利的数字。"

安达冷漠地问："你是不是疯了？"

我说："我没别的意思。我只是想知道她是否已经安全到家——就这么简单的愿望。她干吗不回电话呢？她没带伞，穿身套裙，肯定被拍得像条鲇鱼，极有可能要感冒，一想到她会感冒，我的心就'怦怦'地跳！第二天我又call她，还打了手机，可就是没有消息！我更担心了，会不会昨晚回家时，天黑地暗的，不留心遇到车祸？这个念头折磨得我彻夜未眠，于是在那个星期天，我租了辆桑塔纳去浅水湾找她。"

安达宁静地呼吸着，脸上浮现出痛楚的表情。

我说："我按照她给我的地址翻遍了浅水湾，也没找着苏棉。"

我："说实在的，我可能爱上了这个神秘的女人。从那次以后，我再未见过她，直至今天。后来我干脆厚颜无耻地向我朋友的妻子询问苏棉，可是她说，她从没有叫苏棉的表姐。而且她强调，更没有一位女亲戚倒卖房产。

"我相当痛苦。这痛苦是具体的，它叫我吃不香睡不熟。我甚至到电视台登寻人启事，寻找一位离家出走的女精神病患者——我相信苏棉要是从电视里看到那条寻人启事，她会明白我的意思。可这管狗屁用！我只想得到她的纪念物。后来，我在我的办公室，床底下，发现了一根体毛。那是一根卷曲的黑色的体毛，顶端细小，闪着幽幽的光。"

安达的脸在灯火下抽搐起来，他慌张着问："你真的试图抓住些实在的纪念物吗？有时候，纪念物是虚的，一根体毛代表不了苏棉，相反，这会加剧你的毁灭感。你是疯子。"

我像条不能停止游泳的金鱼，我说："可毕竟是实物，有了这根苏棉的体毛，我就拥有了一切。有时我在灯光下研究它，它让我的生活很充实……真的，我触摸它时，仿佛就在触摸苏棉。你不相信吗？"我掏出钱包，打开，从里面掏出一个精巧的米黄色的塑料袋，"我把它藏在这里，你想看看吗？我不介意你看，因为你是我外甥。"

安达突然对我说："你……你……是我舅舅吗？……我要回家了，我忘记告诉你，我逮了一只野猫，就关在我们家的地窖里。我觉得，你的故事对我很有启发性。再见，张楚舅舅。"

5

年前这段时间我没见到安达，这段时间我并不幸福。最本质的理由便是丁兰偶然怀上了身孕。这很嘲讽地刺激了我的自尊心。再说我的本意也并非如此，本来我打算到了春天就办离婚手续，可人的意志总要被某种偶然力量瓦解，同时派生出噩梦似的结局：腊月二十二的晚上我跟同事喝了点红酒。关键性的失误出场了，丁兰那天对我出奇的温柔，而且在我莫名其妙的怂恿下放了段欧洲一级，这样问题明朗多了：我们在外诱下导致了内诱的爆发，我们很随便地上了床。我至今闹不懂这是否为一种毛骨悚然的阴谋，夜晚、欲望端倪的氛围、酒精、黄片、房间的气味、服饰（丁兰套了件粉红色睡衣，看起来比莎朗·斯通还性感），甚至呼吸的频率都变相地成为帮凶。这让人心碎。孩子就在那个迷人而破烂的夜色诞生了，这是上帝开的狗屁玩笑。

关于我跟丁兰本应大书特书，可它是如此乏味，我相信任何关于它的语言都味同嚼蜡。从本质上讲，丁兰是爱我的，当然这爱中性爱占了很大的比重，其余的爱我想只是附加成分，也就是说，把我换成另一个男人，只要两天陪她做爱一次并使她达到高潮，她照样像从前那么快乐。可她并没有意识到这一点。她宁可做张楚的妻子，只是要幼稚地报复他，她的话很深刻地说明了她是个感性、愚昧、认死理的人，她是这样描摹我们的关系的："你为什么嫌弃我？我知道你外面有了别的女人，我就是不离婚，我就是不给你自由，我就是死皮赖脸拖住你！拖一辈子。让你一辈子活在监牢里！"

她使用"监牢"一词让我伤心不已。听上去我真的成了一个囚徒。她让我体验到什么是恐惧，什么是选择的失败。另外，她患了自虐狂和虐待狂，她经常当着我的面，神情抑郁地用剪刀把过去的衣服铰成一缕缕碎片，有一次她说想吃白条鸡，于是她一刀就把鸡头剁了下来。她干净麻利的动作让我怀疑她以前是个屠宰场的熟练工人。我甚至怀疑起结婚前我所认识的温柔女孩和现在的丁兰是否为同一个人。

这样的日子贫血而贫穷。我总是抽空回忆那个苏棉。苏棉的形象很大程度上安慰了我。我想起那个大雨之夜，我们在花满楼国营旅馆的204房间的谈话。我激动地抚慰着她，她很快就湿了。我抑制不住满天飞旋的幸福感，我在黑暗中甚至看不清她的表情，而我却是多么渴望欣赏到她陶醉的、飞翔的嘴唇、牙齿、耳垂、瞳孔……我甚至想，如果能一辈子这样拥有她，该是多么快乐的事！哪怕是偷偷摸摸的偷情，哪怕是卑贱肮脏的幽会，我都不会在意。

然后我于情理之中地对她说，我打算跟她要一张照片。我以为这是很正常的请求。可是她很随意地拒绝了我。她拿着惊奇的腔调说："不行。照片是随意给别人的吗？"我立刻就崩溃了。原来在她的眼里我只是跟她性交的陌生人，除此之外，我们不具备深层意义上的交往。现在我细细琢磨起苏棉，我会发觉，我真是一名可耻的求欢者。至少，她会这样评价我，没准她还会把这位小情人可笑的请求告诉第三者。她会对另一个人说，瞧，他多无聊，多卑鄙，还想拿着女人的照片单相思，或者手淫。

夜里我经常黑暗中行走。或站到阳台，像猫头鹰那样淋漓着怪号，虽然这无济于事，丝毫减轻不了我的忧郁。我快疯了，日子也快疯了。然后在星期五的清晨，当我在办公室里发呆时，警卫递给我一封信。信竟然是安达的！他的字非常小，像一窝蚂蚁在草丛中爬过来爬过去。我在冬日的艳阳下读了封不知所以然的信：

张楚：

我是安达。想念你！近来我的工作忙得要命，没空去探望你。因为我逮了只野猫，就囚禁在我家的地窖里。每天我都坐窖口守候着，怕它逃跑。它长得像婴儿那么漂亮，有条粗黑黝亮的尾巴。它力大无穷，我喂它食物时它经常像老虎抓伤我的皮肤。可它又很温柔，懂得体贴我。比方说它会亲吻我的嘴唇，使用它的舌头搅拌我的舌头，还会用耳朵蹭摩我的手背。更多时候它粗暴狂妄，我只好用条麻绳捆绑紧它的四肢，迫使它像蜜蜂那样纯情、安静、甜美，我很爱它，我想跟它结婚，你高兴吧？你外甥要同一只野猫结婚了，你来当我们的证婚人吧！结婚没有坏处，虽然你跟我舅妈关系恶劣，可这并不否认婚姻的完美，你不该因为炒鸡蛋时该不该放花椒面而同丁兰大打出手。这不好。这只能证明你的虚伪，你不爱她干吗跟她结婚？好了，不再噪舌，你打算什么时候来看我？我将和你外甥媳妇迎接你！它近来体质有些虚弱，我们可能做爱做得过于频繁，可这构不成威胁。我还买了副猫式墨镜，黑暗中我戴上它，跟我的妻子跳上屋脊看星星。

安达

一九九四年正月十五

我没有给安达回信。给莫须有的外甥写信只能加深我的痛苦。安达可能疯了，他变得面目全非。我怀疑那只猫也是他杜撰出来的，根本不存在这样一只性感的野猫。他的工作也同样乏味乖张，守住地窖看管母猫？我将信揉巴揉巴捅进炉坑。纸很快燃焚成憔悴的黑蝶，上面的字仿若囚徒的眼神消失在黑暗阴凉的水面。我没烧信封，上面有安达的地址。

我有个打算，等我离了婚，就去看看安达。毕竟，他是我天赐的外甥。

6

《晚报新闻》一九九四年三月二十八日第六版

《一消费者被骗》　　近日消费者高女士面部红肿来到市消费者协会，不等询问，她开口道出从使用"自由女神牌二十天祛斑"的化妆品后，造成面部伤痛的经过……该商品包装既无厂名厂址，也没有任何使用说明，更没有任何中文标志，违反了《产品质量法》有关规定……精神补偿费500元整……查处。

《一熟睡户被盗》　　三月二十六日晚，家住新月居民楼二层的居民刘胜利之妻王翠花临睡前随手关上了北厨房内改造后的推拉式窗户，一时疏忽未插窗闩，之后上床就寝，第二天晨起发现刘胜利的皮衣不翼而飞……周围居民说，屋内一家三口俱在，贼竟敢下手行窃，真是胆大包天……

《一妇女被杀》　　三月十四日，桃源县清水镇一清洁女工打扫职工俱乐部垃圾箱时，发现一条塑编袋，袋内鼓鼓囊囊，女工怀着好奇心打开，却是一具女尸，清洁女工当即昏倒，醒后立即报110。经公安部门初步调查，死者身份已经确凿，系桃源县手套厂女工岑小敏。其夫周京福为该县县委办公室副主任……系下夜班途中被人以绳索勒颈窒息而死，此案正在进一步审理之中，望广大上夜班的女工注意人身安全。

7

立春之后我的生活发生了点小小的变化。这变化或多或少影响了我的判断力。我被提拔为县局信息科的科长，对于一个有点想法的年轻人来讲这是不错的兆头。我跟局长又恢复了那种鱼水关系，这并不意味着我老于世故，说实话，我打心底讲已彻底原谅他。我总是陪局长外出巡游，我的酒量又上层楼，连我自己都有些担心，这样喝下去会变成一条酒精密度严重超标的虫子。然而这忧虑远构不成威胁，丁兰的肚子也构不成威胁。我留意到那个我的未来的孩子像绽放的花瓣在她的子宫中自然伸展，萌发出牛奶纯净甜美的乳香。丁兰对我的战略发生了革命性的改变，可能出于她矫揉造作的母性荷尔蒙。她不再留心我的感受或者想法，她认为只要有了一个健康活泼的孩子，我们的生活多多少少要平静和幸福一些，另外她目前的主要任务就是实施胎教，这关系到孩子的远大前程。报纸上的信息提醒了她，未来的神童在母亲的子宫和羊水中浸泡时，就应该学习线性代数、美学理论、英语和韩语、氧气的分子结构和平衡大定律。她对我的态度也大为改观，比如说炒鸡蛋时她不再将蛋羹捣碎，而是按我的口味煎成蛋饼。春天到了，一种沉渴惺忪、沉淀着碎银子的鳞爪阳光笼罩了清水街，墙脚匍匐着婴儿似的野菜，孩子们则拽着风筝缠绕着麦子地颠簸流淌。我陷入了熟稔的松动，正过来说，我的脑子似乎出问题了。

我再没见过女房产商，她的沉淀物（她的生理结构／肢体语言／……）稀释成一枚金币，安静地躺在火炉边缘。只有当回想性质的阳光照耀房间时，她才点射出黄色的、跳跃的、诱惑性感的火焰。对她不经意的思念构成了我生活的组成部分。这是不道德的，当我办公时也要回味关于她的标志符，而且，说老实话，我身体的某部分器官随机张牙舞爪地膨胀。这样的状态持续着。我极力做出模范丈夫的嘴脸，我试图以理性压倒欲望本质的感性。我跟丁兰不再上我父母那头和她父母那头蹭饭，我们放弃了打游击战的权利。自己做饭派生了些小乐趣，丁兰的饭量呈阶梯状上升，她的胃似乎昼夜间就变成了超级储存室，或者说是艘航空母舰。有天傍晚她吃了一只"张飞熏鸡"，另外还搭两根"佩而森"火腿肠。她丰润圆美，手指一碰就冒出油腻的汁水。我们经常偎依着睡过去，或者像两只腥气的蜗牛慢慢吞吞地做爱。尽管这受制约，可快感不言而喻。我把自己弄得疲惫不堪。我想象着某些价值连城的东西就悬挂在触手可及的天空，可当我真的像拳击手那样挥舞臂膀时，我发现，我想要的只是比锡箔还脆弱的、肉眼看不到的东西……我说不出的难过。有天我抠着墙角发愣，然后我目视了我爷爷伸着空荡荡的舌苔像爱因斯坦那样睿智的笑容。

这样我患了妄想症。我竟然晃着了我爷爷，而他在十三年前就已经去世了。后来我到了医院时，那个精神科的医生推推眼镜对我说："以我多年的经验，你患了妄想症。你必须积极主动地配合我，进行科学治疗，我会给你开一些镇定性药物。如果你想早日康复，必须保持充足的睡眠和愉快的心情。你知道，世界上有些事情，是你自己控制不住的。"

他的话让我想起了安达……安达……我把医生开给我的药物扔进马桶里，随着"轰隆隆"的水流声，那些白色的黄色的药片被我打发到了下水道。

我的生活继续充塞了各式奇形怪状的奇迹和无稽之谈。我骑着自行车上班时，我感觉到地球正以锐角23.5度围绕着地轴"咯吱咯吱"地转悠，而我若想保持平衡，根据力的平衡定理，就必须命令车轴左倾23.5度。在岗楼转弯处我发现愚蠢的交警正同肇事者谈判，他肥硕的双腮像庸俗的大丽花迸发出瓷器的褶皱，我幻想他发觉我闯红灯时，举着三十万伏电压的电棒放马过来，当他靠近我时，我则像刘易斯那样朝霍利菲尔德挥出毁灭性的拳头。而观众席则爆发出惊天动地的绯红色掌声。在办公室我闻到了背叛的气息。三个副局长像老猎狗私下议事，神态缜密而又不折不扣延伸出黑帮开会的神秘感，我在他们瞳孔里则变幻成克格勃间谍，为局长打探各种非官方重大信息。拆电脑时我甚至目睹了基努·李维斯从保护屏里缩退而出，仿佛一条自由状态下的鲇鱼蹦跳出河面，戴着一副美轮美奂的蛙式墨镜，赫然竟是《二十一世纪杀人网络》里的男主角……我无限悲伤地总结道，蜜蜂跳舞了，泥土疏松了，野猫交媾了，日子被幻象机械而完美地诱奸了。

血淋淋的绝望并未摧毁我，相反我似乎被涂抹了进口润滑油惯性地旋转起来。我的工作已上正轨，科长并不难当。这说明一切都事在人为。我领导着六名下属，五男一女。他们表面上都很尊重我，丝毫显露不出瞧不起我或者跟我摆资格的意思，尽管我比他们要年轻将近二十岁。如此看来这世界四平八稳总有些公平之举。他们"嘿嘿"着替我点烟，晨起时还替我打两壶开水，并用墩布把大理石地板擦得油光锃亮。没人猜度出我老气横秋地笑着，心里却盘算着歇斯底里的、具有阴暗纹络的突兀结局。所以说，当我决定这么做时，我不得不佩服我的勇毅。

我打开保险柜，取出一个绛红色信封。我晃住刺眼的阳光，朴素的毁灭感蜂拥而入：一行蠕动的汉字：

桃源县清水街鹌鹑巷183号　　　安达

8

事实是，我确实找过安达。清水街节略干瘪，像老女人空洞忧伤的乳房，可这并不妨碍它迷宫似的掌纹。一处处被分割成豆腐块，野鸽子似的眼神引逗着春情勃发的商品楼，看上去幢幢房屋犹如座座雄浑单调而违心诞生的水库。它们纸币似的刮得满眼为患，骑着自行车上班的工人甩着铃声急促赶路。后来我绷直身体打个懒惰的哈欠。我似乎管窥到了安达清澈燃焚的瞳孔。我终于安详地按了门铃。

"找谁呀？"一位老太婆探出头颅瞄住我。

我说："安达住这儿吗？"

她极迅速地否认道："这片儿没有叫安达的！街那头倒是有个叫马达的。"

我诱导她说："安达，个子挺高，双眼皮，大眼睛。过年就二十岁了。"

她狐疑着说："让我想想。"

我失望起来。我很想回家，要不就去喝点酒，总之我极力想否认我真的寻找过安达。我疲惫地最后一次盘问道："你——真的不认识安达？他喜欢戴副蛙式墨镜，夏天时剃着光头。说话有时结巴。"

她好奇地审视着我，摆显出一名老人应有的耐心说："这片儿全是保险公司的房，我在这儿住了十八年，打一九七六年大地震后就住这儿，从来就不知道还会有夏天留光头的男孩子。再说了，这片儿没有姓安的。"

"这怎么可能！"我大声嚷道，"安达！一个患精神病的小伙子！"

老太婆拉开铁门。她套着件旧夹袄，眼睛麻冷得仿如春夜里的坟场，她的手指滴答着鲜血。"我在杀猫，"她局促地笑了笑，"猫有九条命。吃猫肉福大命大。很香的。"

我辞别了鹌鹑巷。这里没有安达的家。安达到底住在哪儿呢？

9

我承认有一段时间，我忘记了那个女房产商，相反，我对安达的思念超出了自己的想象。一个陌生人占据了我生活的中心位置。我从来没有如此想念过一个人。我极力回忆我和安达交往的点点滴滴，以此证明安达的真实性。比如，安达和我初次喝酒时，戴着一副黑色的蛙式墨镜，他形容自己是头"发情期的愚蠢的驴"，当他提到他的EOS50照相机时，使用了晦涩的专用术语，为了保持谈话的顺利性，他还把观景器和垂直感应器比喻为人的左手和右手。这一切似乎都证明了在我的生活中，安达确实存在过。另外，他还吹嘘自己是个走钢丝的高手，他甚至说，他能走到墙面上。第二次喝酒时，他提到一只野猫——就是后来和他结婚的那只猫吗？答案也许是肯定的，当时他就提到那只野猫是他的"女朋友"。可是这些能印证什么？我只是怀疑，在医生验证我确实患了"妄想症"之前，我已经就是个妄想症患者了。

我多么想再次见到安达啊！我多么想和他再次喝喝酒抽抽烟说说话。有一天我甚至捏着安达的信封哭了起来。望着他歪歪斜斜的字体，我甚至产生了一种把安达抱在怀里亲吻他的念头。这个念头让我羞愧不安。后来我自己喝了半瓶劣质白酒。酒精让我变得思维异常清晰起来。我想起了很多我似乎已经遗忘的事情。而这些事情是多么重要。比如我曾问过安达是什么学校毕业的，他说他只上过小学二年级，"我八岁的时候就休学了，以后再也没有进过学校"。而根据他的叙述，他曾经在一家国有大型企业当过工人，而那家工厂的工人，最起码也要中专毕业，一个小学没有毕业的人不可能胜任那里的精密仪器和车床。我还问过他父母是做什么职业。他当时是这么回答的，"我爸早死了，我妈是个疯子"。我当时留意到在提到他的双亲时，他眼睛里有种诡异的神色，后来他又支吾着解释，"我妈……我妈……谁知道她活着，还是死了……我已经有一个月没有见过她了"。

对于父母的冷漠曾经让我怀疑安达是个喜欢撒谎的问题少年。

而且他在谈话中几次提起过他的地窖。"我在地窖里生活了十一年，"他曾经笑着说，"地窖是个多么美好的地方啊。我在里面吃喝拉撒睡，看不到太阳和星星。地窖里只有一个书柜和无数的藏书。真是美好的日子呢。"如果我没有记错，他还承认每天晚上，走到地窖的屋顶睡觉。我的头脑又无休止地恍惚起来……我的思维总是在似乎即将揭示问题真相的刹那短路。安达纯净的眼睛开始在放大镜下由远及近地逼近，而我在他的瞳孔里，却一无所获。我想到了《晚报新闻》上那则震惊桃源的凶杀案。

或许，这个臆想的结局，正是我妄想症的极致：是安达杀了小敏。

10

一九九四年之后我再没遇见过安达。岑小敏被杀一案仍是悬疑。他的丈夫不久前倒是一夜成名。岑小敏死后，他娶了名化妆师。故事的起因缘于化妆师的敏感和嗅觉。晨起时她不见了丈夫，于是直接到一名理发师家找寻。如某些节外生枝的桃色新闻必需的情节一样，理发师家的门没有关。理发师是个刚离婚的女人。化妆师透过玻璃窗发现了男人跟理发师躺在一个被窝。"于是她失去了理智。'捉奸捉双，捉奸在床'的念头刺激了她，她立刻报警。

110来了人，破门而入，发现两人中了煤气。只好又打120。救护车来后，抬了两人就走。男人被救醒后爬起来，竟发觉自己赤身裸体。生殖器露着，被一帮人抬过来抬过去！多丢人！县委办公室的主任呢！才二十八岁！大好前程就毁了！再说了，找个什么样的情人不好？偏找个三十六岁的！又老又丑！理发师后来裹条被单光着脚回家了。"丁兰笑着说，"她打的回去的，一个裹被单的裸体女人！"她满意地总结说，"世间自有公道。"

我的儿子张安达是个语言天才，这对我和丁兰来说是致命的打击。我们两个平庸无趣，肚里盛不下二两油，张安达小小年纪竟压榨得我们似乎患了失语症。他天生好吃，喜欢一切甜食。如果他要"娃哈哈ＡＤ钙奶"，他会直着嗓门嚷："张楚！丁兰！我的胃在唱《空城计》！"如果他想吃牛奶味儿的"德芙"巧克力，则会安慰我们说："我现在需要六百卡路里的热量。"我怀疑是丁兰的胎教起到了意料中的作用。

一九九八年五一劳动节，我牵着张安达漫游星河广场。这个新建的广场很大程度缓解了成兆才纪念馆的卓越功能。广场人满为患。广场中心是座后现代雕塑：我拉着张安达狐疑地转了三圈后，我仍没辨认出它的象征意义，这令我紧张地抽了根香烟。这时有个套皮裙的女人走将过来，把一个精致的标盘麻利地挂在雕塑突兀的肌体部分，扯着嗓子嚷："你们干吗老家雀似的围看？嗯？谁插中红心，我就输谁十元钱！"

她得意扬扬的表情惹得我很不开心。我接过飞标，然后它张开翅膀飞了出去。它的姿势完美坚韧，毫不吝啬。女人呆瞪着说："你再投两把！"

我投下，红心。

再投下，还红心。

人群喧嚷骚动起来，他们的嗡嗡声像是飞机盘旋着掠过广场。这时有个男人犹豫着踱过来，揪着我的衬衫问："你说，人死了以后去哪儿呢？"

我仔细地看着他。这男人留着络腮胡，戴顶漂亮的棒球帽，正热切而犹豫地凝望住我。我只好说："安达，我是你舅舅。你好吗？"

他滑稽地耸耸肩头，拍拍我的臂膀说："哥们儿，认错人了吧？我可不认识你。不过你的飞标技艺，当真是天下无双了。"

我慌乱着抱起张安达对他说："这是安达哥哥，亲亲安达哥哥。"

张安达甜蜜地搂紧了男人坚硬的头颅，咬着他的耳朵深情地吮吸两口。后来张安达扒着我的耳窝小声嘀咕说："爸爸，这个小孩很甜，有种月季花的香味。"

1999年12月20日

在云落

1

那年春天格外的漫长。清晨六点半，和慧准时按响我家的门铃，门铃声和卖牛奶、灌煤气的吆喝声此起彼伏。通常铃声第五遍响起，我才趿拉着鞋睡眼惺忪地去开门。和慧总是嘟囔着说，猪啊睡吧，猪啊睡吧，再睡就出栏了……我摸摸她箍在头皮上的短发，然后继续昏睡。那个春天，我的睡眠保持在十二个小时左右。也许，对一个无所事事的男人来说，睡眠是最得体最省钱的休闲方式了。等我九点钟起床，和慧已煮好黑米粥。毫无疑问她是个烹饪天才。当我嚼着黑米粥里的百合、桂圆和枸杞，我便恍惚觉得，漫长的一天有顿甜美的早餐是多幸运的事。

如果不出意外，此时和慧差不多能看完两部电影。那些碟片零零散散堆在客厅，我不清楚她怎么就挑选了埃里克·侯麦。对于她这个年龄的孩子来说，侯麦的片子难免过于沉闷晦涩。当她把《克莱尔的膝盖》、《飞行员的妻子》和《我女朋友的男朋友》看完，我极力向她推荐岩井俊二和佩德罗·阿尔莫多瓦。在我看来，忧郁和狂欢的叙事可能更对她的口味。可是她皱着眉头反问道："这个导演，一辈子只拍了这几部片子吗？"这样，她又看了"四季"系列和"道德"系列。和我想象中不同，她说她最喜欢的是《冬天的故事》。我不知道她为何这样说。她应该更喜欢《秋天的故事》。里面有一座迷人的葡萄庄园。

她的头发比我刚搬来时长了，黑了。我记得冬天时她戴顶黑色雷锋帽，就像刚下火车的东北人，浑身笼罩着针叶林带的沼沼寒气。如果不看她的眼，你肯定以为这是个孤僻的男孩。我上一次见到她，她还是嗷嗷待哺的婴儿，整天蜷在姑妈怀里喝奶。当她犹豫着把帽子摘掉，我发现她剃了光头……到了春天，她的头发才根根耸立，毛扎扎犹如初生刺猬的酡刺。"别碰，"当我忍不住伸手摸时她警告我，"爪子拿开，小心本姑娘甄你。"

她总称自己为"本姑娘"。

我怀疑用不了多久，她就把我的一千多张碟片看完了。从北京搬到这个叫云落的地方，除了这些碟片和几件衣物，我什么都没带。不是不想带，而是压根儿没什么可带。北京住了八年，除了干燥性鼻炎、胃溃疡、慢性咽炎、颈椎增生和几任女友，我最大的收获就是这些电影了。当然，这和我的职业有关。我在一座大学教授影视写作。当了几年讲师后，我的失眠症越来越严重。刚开始我并没在意，等到最后连大剂量的安眠药都无法让我的双眼闭合时，我辞掉了工作，来到了这座小时候曾客居过的沿海县城。在我印象中，这里的空气终年是那种海蛎子味的膻腥气，既催情又暧昧。夏天遍地都是粉红单瓣的大丽花，粗茂的花蕊栖着小蜂鸟，它们的灰羽翼扑满了花粉颗粒。我是冬天搬来的，让我遗憾的是，这里的冬天和北京的冬天没有区别：天空犹如一条风干的巨型水母，伞帽罩住陆地上所有的树木、河流、人畜以及它们的影子，只有它的触手变成雪霰时，云落才在午夜变得明亮、温润。你能听到植物的根茎在静穆地呼吸。

还好，我的失眠症到这儿不久就不治而愈。来时我带了两部还没剪的纪录片，一部《恋曲》，一部《我十八岁时也打过老虎》。我先剪的《恋曲》。让我意外的是，每晚剪两个小时的片子后我就哈欠连天。我再也用不着大把大把地吞食药片了。那些曾经离我远去的甜蜜夜晚，现在以一种慷慨馈赠的方式还给了我，让我在这座并不熟稔的县城里独自享受着黑夜重又带来的荣耀。

2

"哥你发现没？"和慧皱着眉头问我，"侯麦的电影里，人们总是不停地说话。"

"是啊，"我想了想，"那是他们心里的秘密太多了。"

和慧不屑地撇撇嘴，然后跟我下五子棋。我们的规矩是下五盘，五打三胜。多数情况下，我们只要三盘就结束了棋局——我一盘也赢不了。"你应该找位老师学围棋，"我说，"这种小儿科的游戏太浪费你的天赋了。"

"好吧，等我的病好了，我就拜个师傅。听说县委有个姓张的秘书，曾经赢过马晓春。"

她得了再生障碍性贫血。我来这儿之前，她刚在北京紫竹潭医院做完入舱手术。据说她被关进无菌舱里待了二十八天。她身体里的白细胞都被杀死了，然后医生往她的血液里注入兔子的细胞，让它们形成新的抗体。她曾跟我说过在无菌舱里的事。她带了一本《心经》和一台收音机。《心经》是姑妈送她的。姑妈在她得病后就成了一名居士，每日烧香拜佛。和慧白天读经书，晚上听午夜谈心节目。她说她最喜欢一个叫马克的男主持人，他总是劝导那些丈夫出轨的女人学会忍耐，这是让她失望的地方，可是他的声音就像"春夜里的黄莺"，这样，马克又成了一个可以让她忍耐的男人。

"你的意思是，这个男主播的声音很娘？"

"喊，"她白我一眼，"你怎么这么损啊？我是说，他的声音老让我想起云落镇的春天。河呀芦苇呀翠鸟呀什么的，还有七星瓢虫。"

"你……有没有喜欢上他？"

"怎么可能呢？本姑娘心静如水。佛曰，无挂碍故，无有恐怖，远离颠倒梦想，究竟涅槃。哎，你这种没有慧根的人，跟你说你也听不明白。"

下完五子棋，我们就都不知道要干些什么了。有时我们手挽手去街上逛逛。姑妈叮嘱过我，和慧最怕感冒。通常我们只从住所溜达到一家叫"司马川造型室"的理发店，然后开始返回。她看上去一点儿都不像个病人，我们都相信，她体内真的形成一种全新的白细胞了；犹如上帝重新创造了万物。

"等我痊愈了，我就没空陪你了，"她总是快快地说，"我要去读高中了。可是你怎么办啊？谁来照顾你？"

大抵她把我当成了她的弟弟或者她未来的儿子。除了给我做早餐，还学会了用双桶洗衣机洗衣服。她最喜欢没事了，光着脚躺在客厅的地毯上晒太阳。那块地毯是我一个学生从新疆克孜勒苏柯尔克孜自治州带回来的，上面绣着紫葡萄和肥绿的叶子。她穿件绛紫色的毛衣蜷缩在上面，仿佛就是缠绕的枝蔓间一粒饱满的果实。她的脸在初春阳光下依然是没有任何血色的瓷白。有时我给睡着的她悄悄盖上块毛毯，然后抽着烟，凝望她嘴唇上面细细的绒毛。

"我都二十七八了，不用你这个小毛孩操心，"我安慰她，

"况且，没准儿哪天我就撤了。""去哪儿啊？"她急急地问，"还要回北京吗？"我点点头。她撇着嘴说："喊，北京有什么好的？就是个巨大的坟场。"

我不清楚为什么北京在她眼里会是个巨大的坟场，我斟酌着说："不一定回北京啊……我有个导演朋友，带着孩子老婆去湘西养鸡。他们的房子盖在一棵大榕树上，没有屋顶，晚上一睁眼，就能瞧到满天的萤火虫。"

她不吭声了。她的嘴唇若是抿起来，上帝都别想撬开。

见到那个男人时我跟和慧都有些吃惊。这是我第一次见到我的邻居。从搬到这儿开始，我对面的这家住户一直静悄悄的，仿佛他们从来都不用外出上班、采购和散步。只有深夜，我常常听到楼道里传来若有若无的脚步声，接着是窸窸窣窣用钥匙开门的声响。而这次，我跟和慧看到一个男人正扶着防盗门呕吐。楼道里很静，我俩默然地盯着他佝偻着腰起伏，每当他稍稍直起腰身，涌喷就无可抑制地重来一次。到了最后他不得不缓缓蹲跽下去，两只青筋暴起的手颤抖着抵住防盗门。

"你没事吧？"我忍不住问，"你稍等，我去给你倒杯水。"

男人这才扭过头看我。这是张虽然痛苦却仍显英朗的脸。"不用，谢谢你。真的不用了。"他重重地摆摆手，刚想说什么马上又紧紧扼住喉咙，片刻才慢吞吞道："这样蹲会儿……就好了，就好了……"他说的是纯正的云落方言，"真不好意思，让你们见笑了，"他挤出一个微笑，然后自嘲似的说，"可是，谁没喝多的时候呢，对吧哥们儿？"

我跟和慧进屋，和慧去拿纸巾，我去倒水。等我们出来男人已然不见。楼道里除了那堆难闻的呕吐物空无一人，只有阳光从北面的窗棂隐约着筛进，温吞地覆着爆皮的、酱紫色的楼梯扶手。

"为什么男人喝酒非得要喝吐？"和慧躺在沙发里喝着橙汁，"我爸有时也这样，恨不得连心肝肺都吐出来。"她把橘子皮撕成一小绺一小绺，随机扔在沙发靠背上、电视柜旁的角落，要么将橘子皮汁水挤滋到书页上。她说，这样的话房间的每个缝隙就全是橘子味儿，毫无疑问，天然的橘子味儿是世上最迷人的气味，在这样的气味里躺在床上看一本同样散发着橘子味儿的书，就是人生最大的乐趣了。

这孩子喜欢使用诸如"世界""人生""美好"等一干词，仿佛这些词汇一旦从她嘴里说出来，她就真的享受到了美好的世界和人生。

"哥，你喝醉过吗？"和慧问，"你喝醉了是不是也这样丢人？"

我盯着这个女孩。她的瞳孔是浅棕色的，瞳孔与眼白的边界有些模糊，像是海与天没有清晰的、大刀阔斧的界线。这让她看上去总是副混沌、茫然甚至蔑视的神情。"我当然喝多过。每个男人都喝多过，"我一本正经地说，"没醉过的男人，是没有梦想的男人。"

和慧"咯咯"地笑，连肩胛骨都抖起来。

这个晚上，我接到了仲春的电话。说实话，我未曾料到她给我打电话。她说，她下个月要结婚了，结婚前她想见我一面。我告诉她，我离开北京有段时间了。她沉默了会儿，然后问我到底在哪儿？当我犹豫着告诉她在一个叫云落的县城时，她马上以惯常那种不容置疑的口吻说："把地址发过来。这个礼拜六我去看你。"

3

我和仲春是去年秋天分的手。我们分得很干脆，大有老死不相往来之势。分手的原因也简单：她坚信我有了外遇。我极力辩驳，但屁事不管。她是那种认死理的人，光认死理也罢，问题在于她自以为智商比朱迪·福斯特还高。也许真的是吧？从合肥一家娱乐小报跳槽到上海某家大媒体，她只花了四年时间就混成新闻部主任。我们见面是在一次酒会上。我曾经的导师、现在的系主任经常带我参加这种文化人的酒会。在酒会上你会遇到很多这辈子你再也遇不到的人。我总是保持着一个年轻人应有的礼貌和谦卑，只有离开时才有种冲完马桶的快感。那天我一直感觉有人盯着我，可我不清楚那人是谁。这让我很不舒服，也让我有点小小的得意。

七天后我的导师告诉我，他的挚友，某国驻华使馆夫人想给我介绍女友。"你也老大不小了，"他说话时并没瞅我，而是盯着墙上的一幅海报，"伍迪·艾伦不是说过嘛，善是一种被动的美德。结婚也一样。"我知道这句话肯定不是伍迪·艾伦说的。我的导师喜欢杜撰名人名言。他喜欢把自己腐朽的人生箴言套上华美的外衣，就像蔡明亮总喜欢用那种乏味的、黏稠的长镜头一样。

这个女人就是仲春。我们谈婚论嫁是两个月之后的事。矛盾也出在这儿：她想结婚，而我不想结婚。她可能是这辈子最适合我的女人。她把工作从上海调到了北京，甘愿从新闻部主任退居驻京记者站的记者。对她而言这是不小的牺牲。她总认为自己走的每一步都是最好的那一步。她先劝导我，不能再拍纪录片了，拍纪录片的过程就是一个破产的过程。那时我拍了四部纪录片，有一部是关于卫星发射残骸的问题。新拍的这部《恋曲》是我用了一年时间，跟踪拍摄的夜总会"公主"的私生活。"你过了愤怒的年龄了，"她看着我，"我们马上就老了。现在的人，不是闲得像宠物，就是忙得跟牲口一样。我们要争取当牲口。不是有个赞助商，请你拍一部关于密室的电影吗？你干吗不接啊？"

她说得没错。独立纪录片打娘胎里就开始赔本，都是导演自己掏腰包。整个行业处于一种单打独斗、散兵游勇的状态。片子拍完了，只能参加国内外的独立影展，或者到咖啡馆、书店、高校去点映，然后被专业研究机构研讨收藏……这就是独立纪录片的命。可是，我喜欢纪录片，我喜欢这样的命。去年我从阿姆斯特丹回北京后，就跟她分了……

　　第二天上午，我正琢磨着是否给仲春回短信，以及用如何的口气来劝阻她的云落之行，门铃响了。我知道不是和慧。清晨时她给我打过电话，说有点感冒，不能给我做早餐了。那么不是收水费的就是收物业费的了。我打开门。是个陌生男人，穿件板正的白衬衣，恍惚哪里见过。

　　"我是你邻居，不认识了？"他笑着说，"昨个……昨个……谢谢你啊……"

　　我才想起，他就是昨天扶着门框呕吐的男人。

　　"有事儿吗？"对于这位邻居，我并没有交往的热忱。

　　"哦。我是来谢谢你的。"他提了提手中的塑料袋，"我给你买了些美国大樱桃。"

　　"很贵的，你太客气了。"

　　"你不是本地的吧？"他把袋子放到门口，随手递给我一支香烟，"在这里做什么生意？"

　　"哦，我……"我不知该如何介绍自己，"我嘛，无业游民，从北京来的，瞎混。"

"无业游民？我看你倒像是搞艺术的，"他突然有板有眼地说起了普通话。他的普通话说得跟云落方言一样流畅自然。他觑着眼瞄我两下，烟圈从苍白的嘴唇里慢悠悠地飘出，"搞音乐的吗？我知道北京有很多搞地下音乐的。你们啊，确实不容易。"

也许，他以为所有梳辫子的男人都是摇滚歌手？我没有辩解也没有否认。他将烟扔掉，搓搓手，然后直愣愣地伸出来。我这才意识到他要跟我握手。"我叫苏恪以，在'郝大夫门诊'上班。以后有什么事儿直接找我。不过，那种地方和火葬场一样，最好一辈子别去。"

我漫不经心地点点头，同时闻到了他指间淡淡的酒精味儿。他下楼的速度很快，转眼间就在迂回的楼梯间消失了。这个走路猫一样的男人仿佛脚上长了肉垫，没有一点儿声息。

那天中午我考虑再三还是没有给仲春回短信。她来云落干吗？这个当口她该忙着布置婚房，去颐和园拍结婚照，或去婚庆公司试穿华美的婚纱……我迷迷糊糊地啃着冷馒头，接到了姑妈的电话。姑妈说和慧有些发烧，而且烧得越来越厉害……我听得出她竭力控制自己的情绪。这是和慧做完入舱手术后第一次发烧。也就是说，入舱手术其实并没有彻底成功，或者说，入舱手术失败了……姑父去市里培训，她让我一起送和慧去县医院。

和慧的各项指标都很糟，医生建议输血。姑妈跑前跑后地办理各种手续，我就在病床前守护着她。她平躺在床上，双眼紧闭，眼球突兀地鼓出来。我就说和慧啊，没想到你还长了双金鱼眼。和慧"扑哧"一声笑了。她还能笑出来。她睁开眼直勾勾盯着房顶："世界上有本姑娘这么漂亮的金鱼吗？"我说有，你没看过宫崎骏的《悬崖上的金鱼公主》吗？她探出左手掐我的胳膊，气呼呼地说："不许侮辱本姑娘的绝世美貌。"

"我是由衷地赞美啊，本姑娘。"

她不吭声了，过了好久才睁开眼，喃喃自语道："侯麦的电影里，为什么人们总是不停地说话呢？"

"他们……心里不想藏着太多秘密。"

"他们走路时说，上床时说；跟朋友说，跟陌生人说；在地上说，在飞机上也说。"

"他们只有不停地说话，才有安全感。"

"你发现没有？他的每部电影，都有书和书架出现，女人们无聊时拿出本书看，几个人谈话冷场时，其中的一个人就从书架上拿出一本书来读。不同的房间里更是放着或大或小的书架。在《春天的故事》里，几乎每个场景都有书。"

"书和书架……是侯麦电影的一种'姿势'，这姿势就像一个人拍照时，手没处放，只好插在兜里或抱在胸前。你可以去考我导师的研究生了。"

她终于闭嘴了。她的嘴唇比曝光的底片还模糊。

后来，我盯着血一滴一滴流进她的身体。她睡着了。她不饶舌的时候，真的比金鱼公主好看多了。

4

和慧三天后出的院。出院后第一件事就是跑到我这儿看电影。这次她迷上了大卫·林奇。我觉得对一个刚出院的虚弱女孩来说，大卫·林奇实在不是最好的选择。可是有什么办法？她先看了《象人》，然后快进看《我心狂野》。她这个年龄的孩子，其实更适合看《绯闻女孩》《真爱如血》之类的美剧。当她拆《穆赫兰道》的封皮时我一把攥住了她的手。我说我饿了，你想吃什么？她懒洋洋地说，听说捷克街新开了家羊汤馆，里面的牛肉饼据说是世界上最香的。

我们就去吃牛肉饼。如果没记错，那天她总共吃了三块。当她用餐巾纸擦拭着油腻的嘴唇时，我突然很难受。她这次总共输了六袋血。

"如果不是我的胃太小了，我还想吃一块，"她伸了个懒腰嘟囔着说，"世界上为什么有这么香的牛肉饼啊？让本姑娘如此失态。"

"你妈不是嘱咐过你吗？要吃清淡的。比如菠菜啊、芥蓝啊、空心菜啊、木耳菜啊……"

"本姑娘老老实实做了这么多年尼姑，偶尔沾点腥吃点荤，也不是什么大罪过。"

"尼姑，你的牙缝里有根韭菜。"

她就卷了团餐巾纸扔过来。

我们回家时，楼梯口停着辆红色跑车，在跑车旁边我看到了一个女人。女人穿着件柔软的咖啡色长裙，嘴唇猩红，发髻高高绾起，鼻翼两侧粘着几粒细小的沙粒。云落的春天总是迂回刮舞着从遥远的内蒙古吹来的黄沙，这里的女人们总是裹着黑白相间的碎花纱巾和臃肿的风衣，看上去就像一群哺乳期的奶牛。她定定地看着我，半晌才叹息道："张文博啊张文博，小日子过得不错嘛，都成相扑运动员了。"

这是我跟仲春分手后第一次见到她。有那么片刻我恍惚起来，仿佛我还住在回龙观，我们正要坐13号线地铁去中国大剧院看演出。她最喜欢王晓鹰导演的《哥本哈根》。这是部奇怪的戏，没有正常逻辑的时空概念，只是三位鬼魂科学家在破碎、颠倒、重复的时空里絮叨着清谈。他们谈一九四一年的战争，谈哥本哈根九月的雨夜，谈挪威滑雪场的比赛，还谈纳粹德国的核反应堆；他们谈量子、粒子、铀裂变和测不准原理，还谈贝多芬、巴赫的钢琴曲……
我记得我们在小剧场看了五遍。仲春总是喟叹说，有时她真的想不
清这世界是否真的有绝对的对与错。对她这样轻微的不自信我倒有
些莫名的窃喜。

"你哑巴了？"仲春笑着说，"我还没吃饭呢。我特想吃重庆
火锅。"

这样，我们又吃了第二顿晚餐。仲春像条饥饿的豺狗，很快将
三盘肥牛一扫而光，我只好又给她点了两份五花肉、一盘基围虾和
半份黑鱼滑。我很想问问她是怎么找到这儿的。可是看着她略显疲
惫而又饕餮恶食的模样，我想我最好还是保持沉默。后来，她放下
手中的筷子，用纸巾将手指和嘴巴擦了又擦，从包里掏出一管口红
不慌不忙涂抹起来。当她把葱绿色的围裙解下来时她叹了口气，木
木地凝视着我，心不在焉地说："这里的火锅真难吃啊。"

和慧一直默视着她，就像母亲怜惜地注视着自己的女儿。也
许仲春留意到了，她笑着朝和慧晃了晃手，说："和慧长得真好看
呢。像俄罗斯套盒里的姑娘。"

和慧羞涩地笑了，缩头缩脑地问："你是谁呢？哥哥的同事
吗？"仲春瞥了我一眼，又瞥了和慧一眼，朝我眨了眨眼睛说：
"我是谁呢？这个问题我真的要好好想一想。"

那天晚上，送和慧回家的路上，三个人谁都没怎么说话。我

和仲春回返时，仲春说："你这个小表妹，真是古灵精怪呢。"我"嗯"了声，对她说："走吧，我陪你去旅馆办手续。带身份证了吧？"我记得我们当时站在一棵西府海棠下。仲春向前跨了一步犹豫着抱住我。她身上的香水味道很淡。我闭上眼大口大口呼吸着她脖颈间熟悉的香水味，一双臂膀始终没将她揽入怀中。如果有路人经过，会看到一个女人紧紧拥搂着一个男人，而男人的手臂却弯曲着举向空中，犹如不得不缴械投降的俘虏。后来她猛地推开我，用一种极度厌恶的眼神剜着我，似乎要把我所有的骨肉剔下来。"我想喝酒，"她不耐烦地说，"我真的想喝酒！""这里没有卖二锅头的。""放心好了，我自己带了！带了一箱扁二。""……你还带了什么？"

她沉默了。我听说她找了个雕塑家。我知道这个雕塑家。他在798挺红的。他最有名的一组作品叫《时光的种子》：所有人，无论男女，都长了一尾蝌蚪般的圆润头颅，胸部犹如得了巨乳症般耸然隆起，而他们的双手总是漫不经心地护住私部，仿佛在这个世界上，时光从来就没有流逝，而是被人类秘密储藏在精囊或者子宫里。他很有钱，据说在昌平有几套带温泉的房子。看来，那个使馆夫人真如我导师所言，是个"有着原子弹般爆破力"的女人。

那天晚上我和仲春在客厅里喝酒。她没带一箱红星二锅头，而是带了两箱。我们先就着鸭脖子喝了一个。喝完后她久久地看着我。她的瞳孔在嗡嗡的静电流动声中变成了幽碧色。"再来一个吧!"她随手扔给我一瓶,"我记得你能一口气喝五个来着。"我拧开瓶盖灌了一小口,解释说,自从搬到这里我就很少喝酒了。一个人喝酒很傻×。"你干吗来这儿呢?"仲春恍惚着说,"连直达的公共汽车都没有。"我没有回答她。我确实不知该如何作答。等我们把第二瓶喝完,我踉跄着站起来走到她跟前。她仍在沙发上骗腿坐着,这样,我只能把她的脑袋紧紧搂在日渐隆起的小腹上。她的身体开始被电击般抖动,如果没猜错,她一定在嘤嘤地抽泣。我将她搂得更紧,像搂着自己的影子。她挣扎着直起腰身将灯灭了。她一向不喜欢在明亮的光线下做爱。

那天晚上她比任何时候都疯狂。当我们从吱吱呀呀的木床滚落到地板上,我发现快要下雨了。耀眼的闪电在污秽的白色墙壁上劈开一朵又一朵诡艳的波斯菊。我流着汗顺手将棉被抻到潮湿的地上。在一阵紧似一阵的雷声中,我们仿佛两条垂死的鲇鱼纠缠厮打在一起。日后想起那个夜晚,我唯一的感觉是她是一个男人而我是一个女人。当我试图将她压倒在身下时她猛地扑倒我,重又稳稳坐上我黏糊糊的身体。她最喜欢我的六块腹肌。当另一簇闪电在漆黑的房间瞬息盛放时,我看到她睁着眼死死俯视着我。我闷哼一声,将仿佛不再属于我的身体挺动得更勇猛……最后几秒来临时,我惊讶地发现我们已从卧室滚到了厨房。在一波一波的痉挛中,我凝望着餐桌上黑魆魆的面板、刀具、电磁炉和半盆吃剩下的萝卜牛肉汤。

她一声不吭地从我身上爬起，半晌方才商量着问："不如……我们再喝点？"我疲惫地说好吧。她拿了两瓶二锅头。这样，我们坐在冰凉的地板上裸露着身子继续喝酒。窗外的雨点也终于落下来。我们听到噼里啪啦的雨滴嘹亮急促地击打着屋顶。夏天就要到了。

翌日醒来时我的头还在眩晕，只要一睁眼世界就急速地旋转，同时喉咙里异物上涌。等我终于镇定下来大声喊着"仲春仲春"时，突然听到一个男人的声音："哎，终于醒了啊？"我耸身而起。一张方正的脸淡淡扫视着我。除了那个叫苏恪以的邻居还能是谁呢？"你怎么进来的？"我愣愣地乜斜他一眼，随后大声喊着仲春的名字。

苏恪以搓着手说："我上楼时，你的门敞着，等我浇完花去上班，你的门还敞着。我怕你家来了小偷，就进来瞧瞧。结果瞧到你在沙发上裸睡。"

我慌乱地拽了条被单盖住下身，磕磕巴巴问道："你没有看到……那谁吗？"

"没有啊，"苏恪以说，"你这儿经常来女人吗？"

我支吾着说我女友从北京来看我。"很高，很瘦，"我用手比画了一下，"像根甘蔗。"

苏恪以摇摇头说："那我就不知道了。我要去上班了。喏，给你瓶云南白药喷雾剂吧。"看我狐疑地盯着他，他咧嘴笑了，说："你去照照镜子吧。"

我这才感觉浑身疼痛。镜子里的男人还是把我吓到了。浑身淤青，尤其是胸脯上有条渍着血痕的印记。我极力回忆昨晚的每一处细节，然后忧伤犹如河水漫过干旱的荒地。我在屋子里转了一圈还是没找到仲春。往楼下观瞧，她那辆红色跑车不见了。打她电话，关机。于是我知道，这个做事从来不出差错的女人，已经回北京了。我茫然地盯着墙上的钟表。时针和分针正好指向十二点。

我颓坐在沙发上，直到和慧按响门铃。

5

"我早晨起晚了，就没过来，"和慧打着哈欠说，"昨晚好大的雨啊。雨是最好的安眠药了。咦？仲春姐呢？你们不会还没吃早饭吧？"

我说仲春走了，她有很重要的采访赶着做。和慧"哎"了声："我还想待会儿给你们炖鲫鱼呢，"她扬了扬手中的塑料袋，"鱼鳞都刮好了。"

"你今天感觉怎么样？"我摸摸她的额头，好像还有点热。

"没事啊，"她掸开我的手，"本姑娘好着呢。"

她的脸还是白，眼圈有些黑肿，只有那双大眼依旧往日般骨碌碌乱转。"你们喝了这么多酒？"她收拾着躺在地上的空酒瓶，"不过，这瓶子倒挺可爱，当花瓶不错呢。"

她把鱼炖上后开始看电影。她这次看的是《蓝丝绒》。这部电影是从一朵朵缓缓初绽的玫瑰开始的，有人在草地上发现了一只耳朵……我记得中间有一个镜头，是那个黑社会老大——一个干枯如死神的男人戴着吸氧罩强迫女人做爱……我把播放机关了。

和慧一愣："干吗？"我说我想和你谈谈。和慧问："谈什么？"我说就是随便谈谈，比如你住院的经历，比如你做过的最有意思的梦，比如你最喜欢的男生，比如你……"得了吧你，"和慧龇着虎牙说，"我可不是孩子。本姑娘什么大风大浪没经历过？你这种蹩脚的心理医生免谈。放心，我好着呢。"她沉默了会儿，倏尔笑着问："倒不如你谈谈你自己吧。比如你的电影，你电影学院的学生，比如……比如你那些女朋友……"她的脸有点红，"比如，仲春姐……"

"你个小滑头，"我弹了弹她脑门，"她是我前女友，早分了。"

"可是她……好像还喜欢你，"她咬着嘴唇笑，"你好像也还很喜欢她啊。"

提到仲春，我心里一动，忍不住再次拨她手机。提示音仍是无法接通。也许她在高速公路上，手机一直关着？她一直是个谨慎的人。

"鱼熟了吗？"我问和慧，"别忘了放几瓣菠萝。"

"本姑娘做菜，你只管出牙齿和舌头。"

那天下午和慧在沙发上睡得很甜。我抽着烟在屋里来回踱步。我突然想起，昨夜我和仲春在地板上翻滚时，她突然用手扼住我的喉咙气喘吁吁地问："你……还爱我吗？"在黑暗中根本看不清她的眉眼，我憋得一句话都说不出，还好她片刻就松手，咬着我耳朵继续问："你那次去阿姆斯特丹，到底搞没搞那个台湾女人？"我想也没想地摇摇头。她就饥饿的章鱼般缠住我水淋淋的四肢，仿佛终于在海草间逮住了一条钻出洞穴的石斑鱼。

她说的那个台湾女人，是我在阿姆斯特丹认识的。她也是个纪录片导演。这是个娴静的女人。回到北京后我曾联系过她几次。仲春怎么就发现了。也许女人的鼻子都如猎犬般灵敏，仲春自始至终只问我同一个问题：你们做爱时，有没有吻她？我不耐烦地说，我跟她连手都没碰过，更不谈上接吻！说实话那段时间我几乎被仲春搞疯了。每隔一天，无论是吃早餐还是洗澡化妆——只要我恰巧在她身旁，她都用一种淡然的口气问：你们做爱时，有没有吻她？她说这话时通常嘴里嚼着煎蛋或脸上敷着面膜。刚开始我还耐心解释一番，后来我只能盯着她古板的、犹如面具般阴霾的脸庞，内心升腾起莫名的厌恶……

"家里有人吗？"我听到门外有人喊，"是我！你们家门铃没电了！"

苏恪以又来了。他手里拎着个袋子，"我给你拿了些解酒的药，还有瓶红花油。哎，你们这些外地人，身边没个亲戚朋友，不容易呢。"

我这辈子从没遇到过如此热情的邻居。接过袋子时我思忖着说："晚上……有空儿吗？在这儿喝两盅吧。"说完我就后悔了。我们还没熟到一起喝酒的份儿。

他明显愣了片刻，随即爽快地应道："没问题！没问题！那我先去街上买几个菜。"没等我阻拦他就下楼了。我说过，他走路的声音异样安静，犹如脚上生了肉垫的猫科动物。

等苏恪以回来时和慧已经走了。他买了只赵四烧鸡，还有两斤驴肉。"天上龙肉，地下驴肉"，这是最好的下酒菜。虽是邻居，还是难免生分拘谨，刚开始两杯下肚，谁都没怎么吭声。等一瓶小二没了话才渐渐多起来。他说，他其实没住在这儿，房子也不是他的，而是一位哥们儿的。那哥们儿平时住在海南。不过房子里倒是有十几盆昂贵的植物，每隔一两天都要过来浇水。当然有时喝糟酒喝多了，也到这里打个盹歇歇脚。

"不过，"我打趣道，"带女人到这里约会，倒是个好地方。"

苏恪以的脸色似乎有些尴尬："怎么会呢……怎么会呢……人家的房子……要讲究的。"

他没否认带女人，只是否认带女人到这里。"你在诊所是不是很忙？"我有一搭没一搭地问，"生意好吗……"

"人吃着五谷杂粮，干着三十六行，哪儿有不生病的？"他说，"下午刚给一个建筑工人包扎好伤口，就来了个醉酒的小伙子，连呼吸都没了……"说到"呼吸"两字时，他的喉结在细长的脖颈上急速地做着活塞运动，"唉，天天混日子，真可惜了我这双手。"

为了证实自己所言非虚，他把左手静静地伸到我眼前。这是双修长、白皙到近乎透明的手。让我诧异的是，他的手指竟然没有螺纹，掌心也没有迷宫似的纹络。也就是说，这个叫苏恪以的家伙，是个没有掌纹的人。他根本没注意我好奇的眼神，而是继续自言自语道："你知道吗？我大学时最喜欢的课程是人体解剖……"他的中指和食指快速旋转了一百八十度，仿佛他的手指间夹着把锋利的手术刀，"我热爱解剖学，"他笑着说，"我们班的同学闻到福尔马林的味道都会呕吐，只有我……"他顿了顿，似乎想继续说下去，又似乎在犹豫。我就说，人的天赋是有定数的。他点点头说："也是。比如我，原来分在县医院的急诊室，干了几年，觉得挺无聊。恰巧我的哥们儿老郝开了个诊所，就到他那里帮忙，一晃也三四年，"他端起酒杯和我碰了碰，"我们这些人哪，总是和我们的梦想擦肩而过。"

他用了"梦想""我们"这干词，让我不得不重新审视他。他眯缝着眼看我，仿佛在等我郑重其事地说点什么。我什么都没说。我真的不知道该说什么。"你是个有意思的人，"他拍了拍我肩膀说，"一个外地人到这儿，什么都不做，整天睡觉喝酒。真是个有意思的人，啧啧。"他轻蔑甚至有些嘲讽的口吻让我很不舒服。于是我说，我曾是位大学老师，只不过辞职了。

"干吗辞职呢？"他将一只鸡翅膀撕下，牙齿轻轻咬住，"你是教什么的？"

"教什么……"莫名的沮丧让我后悔邀请他一块吃晚饭了，"哦，我在电影学院教戏剧影视文学。"

"多好的职业啊，"他笑着说，"那你拍过电影吗？"

他没有像普通人那样盘问我都教过哪些明星学生，以及那些明星的花边逸事，这倒让我有些意外，"没有，"我解释说，"大部分电影学院的老师，都不拍电影。"

"哦，纸上谈兵啊。"他似乎有些失望。有那么片刻他愣愣地盯着手中的鸡翅。他的牙齿像把手术刀，将鸡翅上的肉刮得一丝不剩，只有两根细骨节忧伤地绽着油光，后来他干脆把鸡骨塞进嘴里悄无声息地咀嚼起来，仿佛他已经饿了多少天，"要是你拍电影，我倒有个好故事，"他叹息了一声，重又眯缝着眼凝视着我，"我敢保证，你一辈子都不会听到这么好的故事，真的，"他举起杯自己喝了一大口，然后迟疑地问道，"你，见过天使吗？"

6

"你怎么又喝了这么多酒？"和慧不耐烦地说，"这么年轻，哪儿能这样混日子啊。"

我闷着头喝粥，一句多余的话都不敢说。我的头还很疼。我记不起昨天晚上我到底跟苏恪以喝了多少酒。说实话，他是我遇到的人里最能喝的。我记得他手里的绿色瓶子空了一个又一个。他只是稳如磐石地坐在那里。我还隐约记得他说了很多话，这个冷静的医生喝酒之后，舌头似乎就伸到云层之外，每一句都让人抓不住。他好像说他曾经在诊所给一个女人割过阑尾。这个女人的肩膀两侧长了两只翅膀……难道女人割阑尾还要脱光衣服吗？他还说过什么？他说，这个女人其实是个天使，当然，这是他跟她同居了一段时间后发现的……我使劲眨眨眼，想将昨晚的事想得更清晰。"快去洗洗脸吧，眼角都是眼屎，"和慧将酒瓶洗刷干净，放进袋子里。

"你见过天使吗？"我笑着问她，"昨天有人说，他曾跟一个天使同居过。"

"要是有天使就好了，"和慧严肃地说，"我们就可以趁机跟她打听一点上帝的消息。"

她这次没有看电影。她将那些碟片一张张翻过来倒过去，没挑任何一部。"今天的粥好喝吗？"她缩在沙发里望着窗外，"我忘了放百合。"

"是吗？不过，百合味寒苦，少了它粥会更甜。"

"哦，是这样的啊？"

"你没喝过自己煮的粥？"

"还真没有，"她有些不好意思地笑了，"这种煮粥的方法，是我从谷歌上搜来的。"

"你要是生在古代，就是御厨了。"

"嗯，本姑娘想做的事，还真没有做不成的。"她瞅了我一眼，慢吞吞地说，"其实……有个事想跟你说一下……"

我正给她盛粥，我想让她亲自尝尝粥的味道，"啥事？是不是有小男生给你写情书了？"

"给我写情书的小男生多了，架不住本姑娘心静如水啊。"

"说吧，什么事？"我把粥递给她。她漫不经心地接了，想了想又放到桌子上，"我想去安徽看病。"

"……什么时候去？"

"就在这个礼拜。"

"去多长时间？"

"没准儿……"和慧咬着手指甲望着我，"你说我要是走了，你怎么办呢？"

我就笑了。

"真的，你人生地不熟的，又懒，又宅，等我回来了，别就饿死了。"

我走过去，将妹妹搂在怀里。她的身上总是那种莫名的药片味道。她好像更胖了。

"不过，本姑娘会天天给你打电话的，"她说，"绝不能让你饿死，本姑娘还等着你拍出侯麦那么好的电影。"

我说："好。"

和慧去安徽时，我去汽车站送她。姑妈和她要先坐汽车到唐山，再从唐山坐火车到北京，然后转火车去合肥。姑父单位有事晚去几天，只能母女先行一步。那天和慧穿了件花裙子，头发毛爹着，看上去像朵向日葵。姑妈叮嘱我，让我把租来的房子退掉，去他们那儿住。我只是"嗯啊"地胡乱应允。姑父倒什么都没说，只闷头抽烟。汽车开动起来时，和慧从窗户里探出半个身子朝我大声嚷着什么，我没听清，就跟着汽车小跑了两步。这时姑妈将和慧拽了进去。我和姑父呆呆地望着远去的汽车，直到它彻底消失在越来越狭窄的国道尽头。

和慧走的那天晚上，我像往常一样剪片。《恋曲》总算要剪完了。对于《恋曲》我有种欣喜的厌恶。男主人公是开大排档的，泡上了歌厅陪唱的"公主"。"公主"是农村出来的，一直等男人离婚。我还记得"公主"经常深夜给我打电话。我扛着机子呼哧呼哧跑到她住处，调好镜头等她哭诉。等她嗓子哭哑了，我还是一句安慰的话都不能说。我还拍过男人哄她的镜头，哄着哄着他们就上床了，男人朝我挤挤眼，示意我可以把机器关了……剪片时我有种黏稠的罪恶感——眼睁睁看着女人一点点陷落，却不能提醒她……如果她醒了，故事结束了，我的片子也夭折了。也许我更信奉苏珊·桑塔格的话，如果必须在真相和正义间做选择，那么我就选择真相……那天晚上剪的是男人老婆（她在乡下养鸡）和"公主"一起吃饭的镜头。男人老婆狠狠嚼着麻辣小龙虾……我忘了当初为何给她的獠牙那么长的镜头……我站起来抽烟、上厕所，盯着静止的画面……我睡不着了。到了凌晨一点，我隐隐约约听到楼道里有脚步声，接着是钥匙开门的声响……难道是苏恪以半夜来了？我强迫自己躺在床上数山羊，一只、两只、三只……等山羊多得能开牧场了仍无比清醒。我意识到，我的失眠症又他妈犯了。

尖叫声是在凌晨三点响起的。这是所有正常人该酣睡的时刻。那几声突如其来的叫声尤其显得突兀空旷。我激灵一下耸身而起将灯打开，竖起耳朵细细聆听，然而声音却倏地一下消失，犹如晴天里一声闷雷后仍是艳阳四射的晴朗。我坐等半天，耳畔只是灯管静静的电流声。我没听清那叫声是男人的还是女人的。我昏昏沉沉地想，或许是野猫叫春吧。这样的季节，万物都在酝酿着膨胀的汁液。

7

第二天中午，我接到和慧打来的电话。她说，她和姑妈还在火车上。火车上有好多好多人。她一点都不喜欢这种蜗牛般的慢车，每隔半个小时就停一次。还好，她对面的魔术师挺好玩，给她变出了只斑点鸽和一只杧果。杧果她吃了，斑点鸽呢，又被魔术师变没了。她说话的声音有点疲惫。姑妈连卧铺也舍不得买吗？最后和慧大声问道："你是不是还没吃东西？我给你买了箱八宝粥，就放在厨房的柜子里。"

那天下午苏恪以见到我时似乎很吃惊。他还是老样子，一件白衬衣，修身暗格西裤，脚上是双尖头皮鞋。"你病了吗？"他上下打量着我，"你肯定生病了。"我正在倒垃圾。我懒洋洋地瞥他一眼说："没。只是睡不好……""失眠？"我点点头。"知道治疗失眠的最好方法是什么吗？"我有气无力地摇摇头。"不是吃安眠药。而是做爱。"我笑了。"真的，失眠者只有在荷尔蒙分泌正常后，才能睡个安稳觉。这是有科学依据的。""我每天左手换右手，还是睡不着。"

苏恪以狡黠地笑了："晚上请你喝酒吧？喝醉了就睡着了。就像早期治疗精神病时，只要把病人的脑叶白质切除了，病人就安稳了。"

"脑叶白质？"

"是啊。这是早期精神病人外科手术的一种，"他得意扬扬地说，"能让病人减少攻击行为，变得温和有礼。那个精神病学家还因此得了当年的诺贝尔医学奖呢。"

"哦，我想起来了。《飞越疯人院》里麦克·菲墨就做了这个手术，后来成了行尸走肉。"

"你要是有空，跟我去趟诊所吧，给你拿些安眠药，你也顺便溜达溜达。老在家里闷着会生蛆的。"

说不是很远，我们却足足走了半个小时。我住在云西，门诊在云东。我这才发现云落其实是个很大的县城。苏恪以走路的姿势很奇特。大多数人走路时双臂会自然地前后摆动，而他的上半身却保持着绝对静止，双手死死地插在裤兜里，只有臀部和双腿急促着行进，而且每当遇到白色地板砖，他都会灵巧地调节一下步伐，直接踩到红色地板砖上，看上去就像是孩子在玩"跳格子"游戏。这让我怀疑他有轻度强迫症的同时，自己的步伐也被莫名其妙地打乱了，一路走下来竟很累。

"郝大夫门诊"坐落在云东的城乡接合部，是座灰扑扑的二层小楼。那天病人不多，有个姑娘正在给孩子换液体。她看上去年龄很小，个子也不高，脸上泛着浅淡的肉桂色红晕。见到苏恪以她似乎有些吃惊，说苏大夫来了？好久没见到你了啊。苏恪以打着哈哈说，至于想我想成这样吗？我只不过一两个月没过来。姑娘"呸"了声说，你以为你是谁啊？金城武还是王力宏？他们斗嘴时，从里屋走出一位穿白大褂的男人，无疑就是郝大夫了。这是个瘦子，长脸，唇上蓄着抹黑亮的小胡子。见到苏恪以他眉头紧了紧，一句话都没说，径直朝我点了点头。他问我买什么药。没等我回答苏恪以就介绍说，老郝啊，这是我朋友，从北京来的，大学讲师呢！然后扭头问我，你是哪所大学的来着？北京电影学院还是中戏？他跟郝大夫讲话时用的云落方言，跟我讲话则用普通话。我讪讪地说，早辞职不干了，哪里还是什么老师？苏恪以就说，你这个人啊，最大的优点是谦逊，最大的缺点呢，也是谦逊。

苏恪以径自找了些药，三四种也有了，一股脑塞给我。我接了，窸窸窣窣地掏钱。苏恪以不满地说，客气了不是？我就去瞅郝大夫。郝大夫没有吭声，只是静静地盯着我。很少有男人用这种眼神看我。我朝他尴尬地笑了笑，他的嘴角礼貌地抽搐了一下，转身进了里屋。

　　从诊所出来，我忍不住问苏恪以，你不常来上班吗？苏恪以没有回答。我说，你这样吊儿郎当的，郝大夫会有意见的。苏恪以"哼"了声，他能有什么意见？我们是发小，多少年的交情了。当初他开了门诊，硬把我从县医院撬过来帮忙。我说交情这东西，跟瓷器一样脆，说碎就碎的，碎了后无论怎么粘补，还是要有裂纹。苏恪以支支吾吾地说，我嘛，只是这段时间有些私事，等我把事情解决好了，会好好帮他的。"没有了我，"他颇为自负地说，"他赚哪门子的钱呢？"我不好意思再说别的。

　　那天晚上我跟苏恪以每人喝了四个小二。我从没遇到过喝酒如喝水的人。他没有过多客套话，只是朝我晃晃酒瓶，咕咚咕咚灌上一两口，间或从盘子里捏两粒花生米，耐心地搓掉花生皮，慢慢腾腾扔进嘴里，腮帮子一努一努。我仿佛看到那些被嚼烂的坚果顺着他细长的脖颈滑进胃黏膜。"你来这儿多久了？"他漫不经心地问道，"干吗来这个破地方呢？"我犹豫着说，小时候在这儿住过一个暑假，很喜欢这里的空气。"哦，原来如此，"他瞥我一眼，"这里的空气不错，都是煤灰、碎纸浆和粉尘。"我苦笑了一下，他叹息着说："唉，这个地方，留不住人的。留不住人的。"

关于那个晚上我们如何跑到"天使"这个话题，我确实没有任何记忆。跟一个喝得酩酊大醉的人聊些荒诞的私事，是一种信任呢，还是一种蔑视？反正我记得他说，那个女人，就是长翅膀的那个天使，让他伤透了脑筋。至于为什么让他"伤透了脑筋"，他说得很明白。他说，为了让天使过上好日子，除了将工资全部给了她，他还不得不每个礼拜六跑到外地冒充专家，给病人做一种被医学界禁止的手术。至于是什么手术，他倒是没说。他给这个天使租了处房子。天使不会做饭，他就给她烧红烧排骨，给她炖乌鸡汤，给她煮海鲜一锅出；天使不会洗衣服，他就给她洗袜子，给她洗内裤；天使喜欢做爱，他就吃"伟哥"，好让她高潮迭起……总之，他从来没有对女人这么好过。当时我迷迷糊糊地想，这个恋爱中的医生活得真是不易。他叙述这些"让他难堪的事"时，他的表情貌似冷静克制，可我却窥视到他的眉毛在急促抖动，间或苍白的手指弹钢琴般在油腻的餐桌上用力敲滑几下。他安静地坐在椅子上，我却看到了一个被炙火煎烤着的人。

"你能猜到吗？有天晚上，我在外地就诊结束后，都十一点了，人家给我在酒店订了房间。可是……可是那天我特别特别想她，也许是那个病人长得太像她了。她们都有双看起来像麋鹿那样的眼睛。我连夜打车回来。司机跟我要了八百块钱。说实话，手术算是白做了……"他凝望着我，嘴唇仿佛两条刚吸完血的水蛭焦躁地蠕动着，"多庸俗的情节啊……到了她那儿，我看到她跟另外一个男人……在床上鬼混……"他冷笑两声，手掌紧紧捂住自己的脸庞，良久才缓缓松开，哆嗦着点上支香烟，"我当时差点用刀片割了她喉咙……没忍心……哎，真不忍心啊……我对她拳打脚踢，把她的一颗门牙打掉了。看她嘴角流着血沫子，我更难受……后来我就野狼那样嗥叫，可心里那口气还出不来，用头拼命撞墙……咚咚地撞墙……一个人……"他不可思议似的看着我，仿佛我就是那个用头撞墙的男人，"怎么能这么疯呢？当时觉得什么都碎了，什么都不信了。一切都他妈完蛋操了。完蛋操了。"

我木木地注视着他。他不像个说谎的人。他重新整了整衬衣领子，掸了掸栖在上面的苍蝇，"也许你觉得我神经有毛病，也许你真的不相信世上有天使。可是——"他哽咽着喝了口酒，"如果不是亲眼见到，我也不敢信！他妈的！谁信谁是神经病！"他小心着往狭窄的瓶口里弹烟灰，可还是有一截飘到他漂亮的西裤上，他不得不抖了抖裤子，没抖掉，就低头吹了吹，"有一次我们干完事，我很累，就睡着了。你也知道，我这个年岁的男人，比不得你们，"他讪笑一声，"当我醒来时她没在床上。我以为她去解手，就等她。等了半天也没动静，就蹑手蹑脚地溜达到洗手间，没人，又溜达到阳台。然后……然后……"他的声音和他的身体一并颤抖起来，"我在阳台上看到了她。当时我想，那根本不是她。她站在阳台的扶手上，那么稳当，像是用电气焊焊在上面的一个玩偶……只不过，玩偶的背上长了一对……一对白色的……白色的……翅膀，"他的瞳孔突然放大了若干倍，"那是多好看的翅膀啊，天黑得厉害，可那对翅膀却闪着荧光粉才有的磷光，就像……就像是白炽灯泡下，飞蛾的翅膀……"他用双臂将自己围抱起来，手指艰难摸索着自己的肩胛骨，仿佛在触摸即将从骨头里舒展着生长出的羽翅，"我盯着这个长翅膀的人，盯了很长一段时间。后来……"他长出了一口气，"后来……我想……我是真喜欢上这个长翅膀的女人了。"他快快地看着我，目光如婴儿般坦诚明亮，"真的……我从没这么喜欢过一个人，愿意为她生，愿意为她死……"他摸了摸自己铁青的下巴，似乎在质问自己，"你说，值吗？"

我只一味朝着他傻笑。说实话，这样的人我见多了。电影学院每届都有比他还富有表演天赋的学生。只不过他跟他们唯一的不同在于，他是位诊所医生。"后来呢？"我头疼欲裂，有气无力地问，"你们分了吗？你们这代人，最擅长用别人的错误惩罚自己。"

"没分。怎么会呢……"他的食指和中指来来回回蹭着自己的嘴唇，"分不了……"

"后来呢？"

"后来……后来……"他闭着眼睛，食指轻轻地戳着太阳穴，旋尔目光咄咄地逼视着我，仿佛在质问我一般嘟囔道，"是啊，后来呢？嗯？后来呢？"

我从椅子上章鱼般软软地滑下来。我困死了。我好几天没怎么睡觉了。当你面对一个喋喋不休的酒鬼说着鬼话时睡意会更浓。我是何时枕着沙发靠垫在地毯上睡着的？苏恪以何时辞别？全然忘了。我只记得那天晚上，一种屈辱的幻灭感紧紧攥住我，让我在睡梦里噩梦连连，汗水将地毯都浸透了。

8

醒来时才发现，和慧在晚上十一点打过五个电话。我赶紧回过去，和慧也没接。我猜她和姑妈已经安全到达合肥了。

苏恪以三天两头朝我这里跑。有时带份《新京报》，有时带些猪肚猪肺之类的熟食。更多时候只是过来随便坐坐。我对他带《新京报》很好奇，云落也有《新京报》卖吗？他挠挠头，有些不好意思地解释说，他订阅这份报纸很多年了，他不光订阅了这份报纸，还订阅了《南方周末》、《新民晚报》、《深圳特区报》、《羊城晚报》和《燕赵都市报》。见我诧异的样子，他就诺诺着解释说，他可不想闷死在云落这个破地方。他必须知道外面是什么样子，有什么样的人，说什么样的话，做什么样的事。后来他摸了摸鼻尖，

有些羞赧地说，他从年轻时就幻想离开这个地方。他曾经想去法国
当雇佣兵："你知道法国雇佣兵吗？你肯定不知道，"他有些轻蔑
地瞥我一眼，"法国外籍兵团有一百八十多年的历史了，由于英勇
善战而声名远扬。你从来没听说过？哎，大学老师也有孤陋寡闻的
时候。他们每年在巴黎、尼姆、马赛三地设招兵处，条件一点都不
苛刻，要求年龄在三十五岁以下，没有精神病史和传染病史，但是
要经过四个月的体能测试，要适应任何地方的气候。无国籍、无居
留证的，服役三年后能取得法居留权，五年后可优先申请加入法
籍。多优惠的条件啊。"

我看着他滔滔不绝的模样说，除了法国的新浪潮电影，我对法
国没什么特别的偏爱。

他有些不屑地笑了："据我的了解，雇佣兵里中国人海了去
了。有北京人、福建人、上海人、湖南人。到现在为止，华裔兵已
有四十多人复员了。他们有的参加过伊拉克战争，有的从来没有参
加过任何战争，只是戴着防毒面具进行训练。他们复员后大多数都
住在巴黎地区，当厨师或者当保安，过着体面优雅的日子。"

我很难想象巴黎的华裔厨师或保安过着如何"体面优雅的日
子"。我轻轻地打着哈欠。他说他为此还专门去市里学过一段时间
的法语，不过他最终发现，最大的困难不是语言问题，而是他根本
没有办法办签证去法国。

我盯着他一本正经的样子，想笑又笑不出来。

他似乎很忙，坐也是不安生地坐，不时站起来蹿到窗前定定地望着楼下。在我看来，这个神色匆匆的医生仿佛在干什么大事。有一天我实在忍不住，就跟他说，要是有棘手的事不妨告诉我，没准儿我能帮上忙。我以前虽然是个孤陋寡闻的教师，但在北京还是认识几个有权有势的朋友。他当时正在阳台上抽烟，半晌才转过身茫然地凝望着我，嘴唇被黄蜂蜇了般哆嗦几下，又默然闭上。

那天下午我接到一个国际电影节筹委会的邀请电话，让我携《恋曲》参展。他们专门设了一个纪录片单元。据打电话的工作人员说，他们的评委会主席就是拍纪录片出身，对我以往的片子格外钟爱。为了证实所言非虚，他一连串报出了我曾经拍过的几部片子，《天降》《有一种静叫庄严》……"下个月初把片剪好，然后先送到我们这儿吧。"他以不容置疑的口吻叮嘱说，"这绝对是个好机会，千万别错过。"

这样我又忙起来，失眠也无所谓了。经常是一做就是一个通宵。有时做着做着无端恍惚起来，只得盯着晨曦一层层迫近，听着云雀一声声叫起。和慧打过几次电话，她说，那边的医院环境很不错，有个烟波浩渺的湖，还有座山。山上全是翠绿的竹子和小野花，就像住在仙境里。她说话的语气轻快顽皮，我想起她胖乎乎的脸颊，她短短的黑发，心里一跳一跳着疼。

苏恪以还是副忙忙碌碌的样子。有天他过来喝酒，带了壶云落本地的散白酒。这酒是原浆，七十二度，喝一口能从鼻子里喷出蓝色火焰。他喝了一杯就撑不住了，脸色发紫，靠在沙发上愣愣瞅着房顶。我给他沏了壶碧螺春他也没喝。后来他舔舔爆皮的嘴唇温吞着说，他想跟我说件事。我说，我的耳朵早就洗好了。他"嘿嘿"着干笑几声，盯着茶杯说，其实，她早就走了，这些日子里，他一直在找她。

我不晓得该如何安慰他。我自己的事都处理不好。仲春回北京后一直没有任何消息。她也没有邀请我参加她的婚礼。当然即便邀请了我也未必参加。我拍拍苏恪以的肩膀说："信我的，最好的药就是时间。用不了多久，你就会彻底忘了她。"他晃了晃头，嘟嘟囔囔说了句什么。我没有听清，他也没有重复。我们就这样坐在客厅里。

"其实，她失踪很长很长时间了，"他终于开口说道，"有多久了呢……我都记不清了……可我还没法忘了她……"

我记得那次醉酒后他说过，他有个长翅膀的女人，他把她叫作"天使"。那么看样子是"天使"离开他了。"一个人不会无缘无故失踪的。"我说，"你得找自己的原因。"

"不是这样的，"他支支吾吾地说，"她……她……她连动都动不了，怎么说没就没了呢？打个比方，一个植物人会自己站起来去公园散步吗？"

"动不了？什么动不了？"

"嗯……可能是家族遗传原因。她这个年纪得了脑血栓确实很少见。身子动不了，话说不了。连吃饭都是我嚼碎了一口口喂她。她喜欢吃枇杷果，我就用豆浆机打成汁，一勺一勺喂她。"

我狐疑地望着他，"她家里人呢？也没她的消息？也许她只是回家了。"

"唉，她跟我一样都是孤儿。只不过，我父母是地震时遇难的，她父母是她十七岁时车祸去世的。"

"你没有报警？"

"没有，"他的眼神像骆驼那么疲惫，"我信不过他们。你怎么能相信警察呢？"

这件事本身透着某种诡异。我从不知道他有个卧病在床的女友。在我印象中，他只有个绰号"天使"的女友，她给他戴过绿帽子，他打掉过她一颗门牙。

"有空我跟你一起找找吧。反正我闲着也是闲着。"

"没用的。她真是从云落蒸发了。"他哽咽着说，"我都怀疑她是不是跑到了另外一个平行的宇宙里。"

我实在不晓得再说些什么。我说的已经够多了。我看着他从沙发上晃晃悠悠着站起来，晃晃悠悠着关上房门走了出去。

　　有那么一段时间，苏恪以骑着一辆破嘉陵摩托，驮着我在云落县城乱逛。这些街道他已经跑了多次，可是他说，以"天使"的身体状态，她根本不可能走远，没准哪天就突然出现在街头。就算她的身体有所恢复，她的精神状态也有些问题，要是被人拐骗到山里卖掉，或者被那些人体器官贩子碰到，她还有什么活路？我在后座上听他自言自语，往往就迷糊住了。我很难想象我在摩托车上睡着。有一天他突然把摩托车熄了火，我差点从上面滚落下来。他倒一点没有生气，也许在他看来，我肯陪他漫无目的地穿行在大街小巷，已然让他感激涕零了。

　　"你这样熬夜不行的，"他盯着我的黑眼圈严肃地告诫我，"分泌系统很容易出问题，尤其是肝脏。"我说我睡不着，又有什么办法，只能干点活儿，不然会更难受，可是越干活越睡不着，就这样成了恶性循环。他叹了口气说："我给你开的药没吃吗？"我苦笑着说，利眠宁天天吃，可越吃越兴奋。他说，哪天给你开些阿普唑仑吧，药劲大。你这样顽固的失眠症患者，我还是头次碰到呢。

　　有时候我们转累了，就到街边上的小吃摊吃点东西喝口啤酒。云落的小吃没什么特色，除了一种叫饸饹扦子的本地特产，全是米线、凉皮、肉夹馍、麻辣香锅这样的外地小吃。夜晚还有点意思，路边全是烧烤摊，散散拉拉坐着些臂膀文青龙的男孩。通常会有一个彩色电视机摆在烤炉旁，磨磨叽叽地放着足球赛。我和苏恪以每人点只羊蹄，或者烤鱿鱼，各顾各地吃着。吃着吃着我会催促他说，我们再到四周转一转吧？今天还没去捷克街和广宁路呢。我的语气丝毫没有讨价还价的余地，仿佛寻找失踪女友的不是苏恪以，而是我。这不仅让苏恪以感动，也让我自己约略着吃惊。我这才发觉，寻找那个我从未见过的女人，似乎成了眼下我最迫切的事。我感觉自己好像是在一个真实的世界里进入了一个游戏的空间，而且不知道什么时候进入的。苏恪以红着眼睑抓起啤酒瓶朝我晃了晃，面无表情地喝上两口。有一次他什么都没吃，只呆呆地望着路边的行人。后来他说："你知道吗，我跟她曾经商量过，等我们攒足了三十万，就开一家粥饼铺。我也想透了，去法国当雇佣兵太遥远了。再说了，他们很少招女兵。"

我说，我曾经跟女友商量过，有钱了就去丽江开家电影咖啡馆。玻璃上趴着花朵和壁虎，我磨咖啡，她在躺椅里织毛衣，银幕上呢，放着《四百击》。

"可是现在，连这么简单的想法都实现不了，"他说，"她走了……我觉得我现在就是一具行尸走肉。"他抬起右拳砸了砸自己的太阳穴，"《四百击》是什么，电影吗？"

云落县到处都在拆迁，无论走到哪儿都是股呛人的粉尘味，仿佛你无时无刻不穿行在一个肺病患者的体内，到处是不洁的气味和轻微腐烂的器官。有时剪片剪到凌晨三四点，还能听到打夯机哼哧哼哧的响声从暗夜的某个角落传来，那么空旷那么急促。

那天在街上我们碰到了郝大夫。苏恪以停了摩托车跟他打招呼。郝大夫"嗯"了一声后，目不转睛地盯着苏恪以。那种眼神我永远都忘不了，我无法用语言描述。那是怎样的一种眼神？丝丝了了的恐惧？不易察觉的忧伤？还有一点一点漾开去的怜悯？我听到苏恪以大大咧咧地跟他说些不咸不淡的话，郝大夫的小胡子偶尔上下攒动一番。后来苏恪以磕磕巴巴地说，忙完这些日子，就去接活。这件事结不了，心就没法安定下来，即便做手术，也怕出什么差错。郝大夫皱着眉头朝苏恪以使了个眼色，苏恪以才回头瞥了我一眼，然后讨好似的笑着说，自己人，自己人，没事的。又絮絮叨叨说起我的失眠症。郝大夫拍了拍他的肩膀，探着脖颈对我笑着说："把你手机号给我，我给你配些药。到时候联系你。"

郝大夫走后我对苏恪以说，你哪能这样呢？我当初为什么从学院辞职？就是因为我经常四处拍片老是请假。吃人嘴短拿人手软，活儿干不好，拿着俸禄心虚；活儿干得好，人家说你干得不好，你还是干得不好。苏恪以"喊"了一声说："我跟他什么交情？是小时候穿一条开裆裤的交情！我们都是在孤儿院长大的。何况我一年给他创多少收入？只有他对不起我苏恪以，没有我苏恪以对不起他。"

9

和慧早晨、中午和晚上都会给我发短信。她的信息都很短，"本姑娘在湖边钓鱼"，"本姑娘和小沙弥捉了一只凤尾蝶"，"采了捧蒲公英，上面的小蜜蜂睡着了"，"风从屋檐下吹过，像是诵经的声音"，"八宝粥喝完没？记得去超市买两箱"，"你是不是该理发了？"……这些没头没脑的信息让我在拼凑她的医院生活时有种错觉，那就是她根本没住在散发着酒精气味的医院，而是如她所言，住在一处仙境里。这让我多少有些安慰。这些短信我一条都没舍得删除。

电影节筹委会那边又催过两次，让我加紧剪片速度，他们要在开幕式前看样片。说实话，我的片子以前都由一个圈子里非常有名的专业剪片室做，自己剪还是头一次，多少有点心虚。最好先联系联系他们，然后抽空去趟北京。可翻遍了电话簿，也没有找到他们的手机号。后来我想起仲春曾跟我去过剪片室，没准她有联系方式。犹豫半晌后我打算给仲春打电话。也许她已经度完蜜月了。像她这样的女人，一直清楚自己到底要些什么。她肯定会给雕塑师当经纪人，陪着他鞍前马后，晚上则躺在温泉里读她最喜欢的女性时尚杂志……

她的手机无法拨通。我好像也预料到这样的结果，深深呼了口气，莫名的轻松。

苏恪以仍像只没头苍蝇东跑西颠。郝大夫给我打过一次电话，让我去拿配药。那天门诊上人很多，老人孩子一大堆，嗡嗡嚷嚷的。郝大夫把我叫到里屋，从抽屉里掏出个纸袋递给我，说按上面的配方按时服用就好。我说了声"谢谢"，他就摇着头说，你不要客气，恪以的朋友就是我的朋友。我说是啊，苏恪以是个义气中人，只不过……有些古怪。他就竖起耳朵目不转睛地看着我。他的样子有点像调查取证的警察，我只好打着哈哈说，比如……比如……比如他走路的样子……

"没错。他从小就那样走路，上半身不动，下半身动。知道为什么吗？"他扬了扬眉梢，"这种姿势来自他对PTU机动部队的崇拜，这会让他产生一种莫名的荣誉感和……安全感。另外，他初中时学过绘画，对颜色比较敏感，不喜欢把脚踩到白色地砖上，可是，步幅与地砖的长度不匹配，只好每走几步，就调节一下脚踩的位置，看上去就像跳格子。"

"你们……都是地震孤儿？"

郝大夫一愣，也许他没料到我会这么问。"是的……"他的声音听起来没有丝毫不快，相反倒有种奇异的松弛感，仿佛他很乐意回答我这样的问题，"那年死了很多人，云落县是重灾区，据说灭门的就有五百户。我爸妈、我祖父母和我哥哥全压死了。"他的头扭向窗外，似乎窗外就站着那些死去的魂灵，"苏恪以全家也如此……我们从两三岁起，就住进了孤儿院。我认识他都三十多年了。"

"他人很好……"

"没错，"他的目光迎上来，"他从小就稀罕人。院长给我们每人发两块压缩饼干，他舍不得吃，全送给别的小朋友吃。有一次来了个老乞丐，他送了乞丐一块馒头，乞丐就把他抱在怀里，用胡子扎他。那个老家伙浑身是股恶臭的味道，可是苏恪以却舍不得从他怀里下来。老乞丐走的时候，苏恪以就哇哇地哭，没完没了地哭，哭了一宿，结果我们院长用笤帚抽了他一顿。"

我笑了。我突然觉得，郝大夫大概是世界上最了解苏恪以的人了。

郝大夫又说："他打小就跟我们两样。上小学时，每隔三两个月他就失踪四五天。回来时灰头灰脑，脏兮兮的。我们问他去哪儿了，他仰着脖颈说，他去市里看亲戚，那里住着他的两个姑妈、一个舅舅和三个姨妈。"他笑了。这让我有点受宠若惊。我从没见他笑过。一般人笑时，眼睛会由于肌肉拉动变得狭长，而郝大夫的眼睑在瞬间由两侧向瞳孔挤压过来，让他变成了只有瞳孔没有眼白的人。"他从小就撒谎不眨眼。后来我们院长揍了他一顿，他才说了实话。其实他哪儿也没去，就在云落县城边上的几个破村庄闲逛，饿了偷人家东西吃，困了躺玉米秸里睡。可他总是一本正经地告诉我们，他姨妈给他炖的五花肉，他舅舅把家里的柴鸡杀了煲汤喝。他离开时表姐表妹们都抱着他哭，舍不得他走。"

郝大夫说这些旧事时眼角老忍不住滑筛出会心的笑，而当他把话说完，脸上立马像地窖般阴冷。

"不过，我劝你以后少跟他来往，"他的小胡子拱了拱，"不然你会后悔的。他总是让很多人后悔。"

我朝他点点头。我从来不得罪留小胡子的人。

大中午的，我还是吃了郝大夫开的药，吃完后躺在沙发上盯着房顶。我希望郝大夫开的是剂神奇的安眠药。不过失望也是意料中的事。我在沙发上翻过来覆过去，怎么就压到了电视遥控器。我极少看电视，那些粗制滥造的国产剧不会让人愉悦，只会让人对这个世界更失望。可那天我怎么就无意瞅了一眼，而且只这一眼就被吸引住了。

这是云落县电视台。云落县有两个电视台，一个全天二十四小时卖性药，另一个播完县城新闻后卖性药。一个明显带云落口音的男播音员正激情澎湃地介绍云落的风物。我晓得这几天县里好像正搞什么旅游节，看样子是应景的宣传片。我被吸引的原因不是解说词，也不是云落的景色，而是这部宣传片的拍摄手法。这是在一架小型飞机上拍摄的，飞机由高向低缓缓下滑，在下降过程中，大地上的绿色由朦胧的一团慢慢变成一棵棵的白杨树一片片的高粱地，大地上的浅蓝则由模糊的一摊变成一条条的河流一丛丛的紫云英……摄像师可能是用red epic加MP头拍摄的，效果看起来很棒。这套设备我曾经接一个广告活儿时用过，一天的租金是八千元。解说员有条不紊地介绍着这里的野生林，这里的天然湖泊和漫天遍野的金色麦浪。当他提起一个叫云次的乡镇时，镜头里是成千上万亩紫花地丁。他说，这个镇政府要把这里建设成冀东平原的"中药之乡"，随着镜头一晃，村落出现了，黑色屋顶和白色炊烟出现了，最后的镜头定格在一个农家院。一个院子里晒太阳的姑娘刚好抬起头仰望着从天空飞过的滑翔机。我听到解说员激昂地说，广大人民群众的心永远和党的心连在一起……

苏恪以敲门时宣传片已经结束了。我对他的来访有些愠怒。困意好不容易一点点弥漫开来。他一屁股坐在地毯上呼哧呼哧地喘息。我不晓得他去哪里了，我只想先睡上一觉。我跟他说，锅里还有些冷菜，要想吃就自己热热。他没吭声。随后我听到了熟悉的音乐声，原来，这部宣传片又开始重播了。我听到苏恪以好像点了支香烟……多年后我还记得在沙发上做的那个奇异的梦。梦里只有嗡嗡的声音，仿佛成千上万的蜜蜂在飞，仿佛小时候电影里看到的无数敌机来袭，但是什么形象都没有，只有令人窒息的声音。

"她！她！是她！！"

我激灵下醒来，或者说我不是醒过来，而是被苏恪以粗暴地摇醒。"她在那儿！我操！她在那儿！"他再次揉动我的肩膀，手臂颤抖着指向电视机。我从没听他爆过粗口，而且是用云落方言说出来。我不耐烦地坐起来，不晓得他抽什么羊角风。

"快穿鞋！穿鞋！我知道她在哪儿了！"

我迷迷糊糊地听他嚷道，刚才宣传片里那个仰望飞机的姑娘就是他失踪的女友。"踏破铁鞋无觅处，得来全不费工夫！"他哈哈大笑起来，笑着笑着旋尔沉默了。他蹦跳着跑进洗漱间洗了把脸，脸上沾着水珠凝视着布满灰尘的镜子。他对着镜子不停地嘀咕，怎么可能呢？怎么可能呢？这怎么可能呢？然后扭头对着我不停地嘀咕，怎么可能呢？怎么可能呢？这怎么可能呢？

我承认当我听到他说的好消息时第一反应是有点失望，仿佛预感到一件事要结束了。但是我还是拥抱了他。他的身体风寒病患者般时不时地抖两下。我记得当时的想法是，尽量让他放松一些，他的神经绷得再紧些就折了。我轻声安慰他说，这有什么奇怪的？前年我去越南旅行，在湄公河上，我乘坐的船和另外一艘船交错驶过时，我听到那艘船上有人大声呼喊我的名字。我当时就惊呆了，那个人是我初中最要好的同学。十五岁他随父母去了上海后就杳无音信。我怎么能想到十多年后，我们会在越南的一条河流上相遇呢？

苏恪以的眼睛忽闪忽闪的。他完全没有听我在说什么。他粗重的喘气声和游离的眼神让我相信，他在房间里待上一秒钟，不啻在地狱里煎熬一辈子。

10

坐在这样一个驾驶员身后一点都不安全。果不其然，还没有出云落县城那辆破嘉陵摩托车就熄火了，我们只好下来。苏恪以鼓捣半晌，摩托车仍然发动不起来。他朝我耸了耸肩膀，一屁股坐在马路牙子上，直勾勾看着过往的行人。他点了支香烟，只抽了一口就随手扔掉，从裤兜里掏出块洁净的蓝色手帕，俯身擦起皮鞋来。他的皮鞋本来很亮，现在简直能当镜子。擦完皮鞋他站起来，拍拍屁股上的灰尘，又伸出中指弹了弹裤脚。当发现白衬衣的衣角有块蜜蜂大的油渍时，他用食指蘸了吐沫洇湿，小心翼翼地抠来抠去。一辆满载钢轨的大货车从我们身边隆隆着行驶过去时，他用普通话一本正经地问道："张文博，我的发型，乱不乱？"

好歹我们打了辆出租车。他坐在司机旁边，随口说了个村庄的名字，之后就沉默起来。半晌他扭过头沉着眼睑对我说："他骗了我，婊子养的，他骗了我。他一开始就知道她藏在姨妈家。没准儿就是这婊子把她藏起来的！"

我不知道他口中的"婊子"是谁，也不知道那个村庄又在哪里。他一会儿让司机把正在听的音乐频道关掉，说这种噪声会让北京来的客人笑话，一会儿又让司机打开音乐频道，说气压太低他都喘不过气来了，好像音乐和气压有着必然的联系。司机师傅倒没说什么，也许在他眼里，我们俩就是一对醉鬼吧。

出租车在石子路上颠簸着行驶了很久。后半程里苏恪以闭着眼，一个字都没吐。一座又一座破落村庄被我们甩在身后。当苏恪以终于说"停"时，我看到一家小卖部的墙上用白灰歪歪斜斜地写了三个大字："谷水村"。苏恪以轻笑一声，继续指挥司机师傅往前开。看样子他对这个村子很熟，"我怎么没想到她会在这儿呢！"他龇着口白牙"嘿嘿"干笑，又小声着嘀咕："我真是世界上最蠢的白痴。就我这德行，怎配到法国去当雇佣兵？"

关于那个午后，我承认对我来说更像是场被肢解的梦游。也许我真的在梦游。我的眼睛都快睁不开了。看来郝大夫的安眠药还真是有效。苏恪以从出租车里钻出去，径自推开庭院的铁门。我晃晃悠悠地跟在他身后。这是座普通的农家院，院身很长，院子里种植着成片的紫花地丁。一个老太太坐在草垫上纳鞋底。见到我们时她慌张着站起来问我们找谁。苏恪以盯了老太太半晌，才叹口气说，哎，你不是姨妈。看来姨妈还在深圳呢。可是，如果你不是姨妈，你是谁呢？没等老太太应答，他朝她摆摆手，食指竖在唇边做了个"嘘"的动作，然后大摇大摆进了屋。老太太踮着小脚紧跟进来，嘴里叨咕着你们是镇政府的吗？我们家的提留款早就交了……

我跟苏恪以前后脚进了屋。屋子有点黑，一个女人正靠在炕上打盹。这是个白胖的女人，衣裳齐整，只是头发有些散乱，她躺在那里就像一尾在深海里熟睡的白鲸。苏恪以大口大口喘息着回头瞥我一眼，又去盯看那女人。

女人大抵是被我们惊醒了。她眯缝着眼睑巡着我们一番，然后目光死死锁在苏恪以身上。多年后想起那声突如其来的惨叫，我仍会忍不住浑身战栗，并时常将那叫声与安东尼奥尼的《红色沙漠》混淆到一起。《红色沙漠》里的女主人公朱丽安娜在孤岛的大海边看见浓烈的迷雾突然升起，漫进窗口，并瞬间吞噬了近在咫尺的同伴时，她发狂似的转身逃离，同时嘴里发出神经质的尖叫。那天，苏恪以无疑就是那团浓烈的迷雾，他让那个白胖的女人瞬息崩溃了。

我记得苏恪以连鞋也没脱，灵猫般蹿上土炕，一把将女人拽进怀里。也许不是拽进怀里，而是将女人整个臃肿的身体硬生生搬压到自己身上。女人没丁点声息，仿佛苏恪以怀里抱着的不是具鲜活的肉体，而是堆死掉的骨肉。我听到老太太拔着嗓门喊道："出去！出去！你们都给我出去！"没人理会她。苏恪以跪在炕上，纤长的双臂箍着女人的脖颈不停地嘟囔，"是你吗……是你吗……真是你吗……"他把女人推开，胡乱摸她的鼻子，摸她的唇，摸她的耳朵。女人只瓷着眼，任由他颤颤巍巍的手顺着她的小腹直抵浑圆的膝盖。

"哎，怎么会是你呢。"他郁郁寡欢地说，"如果真的是你，怎么会忘了我？是不是？嗯？是不是？"他将手指伸进牙齿间啃着，仿佛夜鼠在噬咬衣橱。当他忽然撕拽女人的衣领时，我和老太太全愣住了。可我们谁也没动，谁也没吭声。他修长的手指在女人的肩胛骨上蹭来蹭去，间或急速轻弹几下，犹如焦灼的钢琴师在黑夜里摸索着琴键……

他消瘦的后背前后耸动。他无疑是哭了。开始只是微弱的、沙哑的哽咽，慢慢地，慢慢地，一个男人歇斯底里的哭声终于在房间里肆无忌惮地炸开。他哭得那么专心，那么绝望，仿佛他终于意识到，他是这宇宙里唯一的孤儿。我茫然地盯着两个再没分开的人，困意又席卷而来。我听到我自己说，苏恪以，苏恪以！你冷静些！苏恪以似乎根本没听到，也许他那时已经变成了聋子。还好，他的哭声渐渐若有若无，屋内陡然肃静。我看到窗外的软光穿过纸窗流泻而入，变成斑点游在女人浮肿的脸颊上，犹如硕蛾扑棱着飞旋。

"我知道是你。除了你，谁还长了翅膀呢……"苏恪以柔声说道，"乖，我们回家吧。"

女人猛地推搡开苏恪以从炕上蹿跳下来。她动作矫健，像是短跑运动员在做最后的冲刺。苏恪以仿佛知道她要逃，看也没看一把就抓住她披散的长发，向后一拽，女人"扑通"一声仆倒在炕席上。他们都没说话，只听得衣服窸窸窣窣的微响和皮肉撞击土炕的钝声。我突然想起，苏恪以说过，女人由于家族遗传原因，年纪轻轻得了脑血栓，身子动不了，话说不了，连吃饭都是苏恪以嚼碎了一口口喂她。

有那么片刻，苏恪以似乎也很诧异。他将目光甩向我，我摇了摇头，他就去看女人。女人再次操开他从炕上跳下，晃悠着站在地板上。让我意外的是这次苏恪以没有阻拦她。她的脸即便在昏暗的房间里也白如细瓷，一双眼虽有些肿胀，却遮掩不住森冷的光。她看着苏恪以，一字一顿地说："你真的连做鬼都不放过我吗？"她声音轻柔，犹如羽毛悠然地悬浮在半空。

"你说什么？"苏恪以狐疑地看她一眼，又苦笑着看我一眼。

"蝎子……蝎子……"女人说，"世上有你这么毒的男人吗……"她的声音干燥瘪瘦，像孩子用砖头机械地蹭着毛边玻璃，"蝎子……别蜇我……"

我不禁去瞅苏恪以。苏恪以本来跪在土炕上，此时他仍然保持着这个姿势。他的胳膊在女人说话时直愣愣地伸出，仿佛想捂住她的嘴。

"我什么都知道……我什么都忘不了……在床上躺了半年

啊……你都忘了吗……"女人似乎也恍惚起来，她喃喃道，"你真的忘了吗……怎么会忘呢……"

我呆呆地看着苏恪以。苏恪以脸上的器官紧紧蜷缩着，极力回忆什么却又回忆不起来，犹如一个垂死的老人在回忆他诞生时的样子。他的身体本来处于一种紧绷的、临战的状态，此时也松懈下来，仿佛一头猎食的鬃狮饕餮后无聊地躺在草地上。

"……你给我洗脸，给我刷牙，给我喂饭，给我接屎接尿，像饲养一头宠物……我什么都记得……"她用一种商量的口吻轻轻问道，"你觉得很舒心，是吧？"她好像说累了，或者说，她不想再说了，只是怔怔地看着苏恪以。

苏恪以突然笑了："老虎有打盹的时候，我也有失手的时候。"

有生以来我遇到过三件让我无法理喻的事。第一件是我们家的邻居离婚后，妻子嫁给了鳏寡多年的公公。他们在操办简朴的婚礼时，儿子操着菜刀砍死了自己的前妻和父亲，结果那场婚礼变成了著名的葬礼；第二件跟仲春有关，我们第一次做爱时她竟然是处女……第三件事关我的导师，有一天我突然发现，二〇〇三级表演系最爷们的东北男孩竟是他的地下情人……可是那天，昏昏欲睡的我仿佛观看了一场离奇的话剧。我似乎正在跟仲春一起在小剧场看《哥本哈根》……我仿佛知道他们说什么，又仿佛根本不知道他们说什么……

　　"累啊，真累啊……"女人的语速慢下来，"我以前只有九十斤的……我是我们公司最漂亮的业务经理……"她一点点蹲蹴下去，犹如每秒四十八帧的慢镜头。最后她几乎坐到潮湿的地板上，粗壮的双臂圈住大腿，脑袋缓慢地钻进两腿之间，皱巴巴的衬衣往后面撅着，犹如一只哀伤的鸵鸟……

　　苏恪以从炕上跳下来，走到她身旁，试图去摸她，快要摸到她时手又触电般抽回。这时老太太把灯打开，屋内瞬息罩了层暖黄的光。我看到苏恪以的眉头一会儿皱起，一会儿舒展。当女人抬起头再次剜着苏恪以时，苏恪以哆嗦了一下。我听到女人有气无力地说："你……不……是……半年前……钓鱼的时候……淹死在湖里了吗……你干吗还不去你该去的地方……我已经不爱你了……求求你，你放过我吧……"

　　那个一直没吭声的老太太忽然攥住苏恪以的胳膊咬起来。苏恪以漠然地瞅了她一眼。老太太咬了良久才松开，蹒跚着后缩几步，满目惊愕。我们，我，女人，老太太就这样瞅着苏恪以。苏恪以扫了我们一眼。我看到他的眼泪"吧嗒吧嗒"地掉在白衬衣上。我犹豫着递给他张湿纸巾，他咧着嘴角晃晃手。

　　门外传来嘈杂的响动声。我和苏恪以忍不住朝外面看去。我们这才发觉，原来过堂屋里早黑压压挤了一圈人。那些人的面孔在阴仄的空间里犹如黑暗中湿漉漉的花瓣上的露珠，看不清他们的眉眼，更看不清他们的表情。他们只是在那里伫立着，有的挽衣袖，有的抽烟，还有的时不时轻抚下怀里睡熟的婴孩。无疑都是附近的街坊邻居，听到这里的哭闹循声来看热闹的。苏恪以背对着我瞅着他们。他似乎被他们吓着了，慢慢地往我身上靠。他已经碰到我了，但是好像没有感觉到，就像我不存在似的，他转身走了出去……他白色的衬衣在人群里煞是醒目，左右闪了几下就不见了，我大声地喊道："苏恪以！苏恪以！"他并没有回头。也许他根本就没听到，也许他听到了却没办法回头。我又瞄了女人一眼，女人"咯咯咯咯"地大笑起来。我这才发现，女人只有一颗门牙。"他走了……他走了……"她喃喃道，"别再来找我了……别再来找我了啊……"

我扒拉开人群小跑着到庭院，院子里空空的。我又呼哧呼哧着小跑到门口，那个出租车司机正跷着脚吸烟。我问他有没有看到苏恪以。他不耐烦地说，谁是苏恪以啊？你们有完没完？大兄弟，我都等了半个多小时了！好歹多加二十块钱吧。

我打苏恪以的手机，没人接听。我打了十三遍。最后一遍的提示音是，你拨打的号码无法接通。我晕乎乎地上了出租车。司机打开音乐频道，噪乱的歌声又响起来。我跟司机说，送我回云落县城吧，我困死了。我真的快困死了。当我的头靠上肮脏的椅套时，我感觉自己躺在棉花般的云层上。当我的眼皮随着出租车的颠簸缓缓合上时，我似乎又听到了那种嗡嗡的漫天漫野，令人心悸的声音，我赶紧睁开眼睛，声音没有了。

11

接下去的几天，苏恪以再也没有出现。我不晓得该如何解释这件事。这个女人，难道就是苏恪以曾经说过的“天使”吗？他为何把“天使”像宠物般“饲养”起来？那个“天使”是如何逃走的？我还记得女人说过，苏恪以半年前淹死了。按照她的说法，苏恪以早已不在人世，那么，这个“苏恪以”是谁呢？可是女人的神经看起来并不正常，相对于苏恪以，她更像一名精神病患者。我有理由相信一个精神病患者的话吗？我从来只相信，这个世界上，从来就没有所谓的灵魂，有的，只是死去的灵魂。

三天后，我还是联系不到苏恪以。

那些天我一直吃郝大夫给我开的药，我的失眠症有明显的好转，可是深夜里我还是常常惊叫着醒来，浑身汗水涔涔。我知道，我需要一个真相。我必须弄清楚，苏恪以跟这个姑娘到底是怎么一回事。这也是我真正喜欢拍纪录片的缘由：这个杂乱无序的世界，总有些事是可以说明白的。后来我灵光一闪：怎么忘了给郝大夫打电话？在云落，他是苏恪以的哥们儿，也是苏恪以的老板。这么想时我隐隐兴奋起来。我在手机里跟郝大夫说，苏恪以不见了。你知道他去哪儿了吗？郝大夫半晌没有应答，后来我听到他慢条斯理地问，你的失眠症……是不是好多了？我无端地替苏恪以愤怒起来，我说，苏恪以不知道跑哪儿去了，不会出什么意外吧？！我听到郝大夫重重地叹息一声，依然慢声细语地说，哎，他已经是成年人了，脚长在他腿上，他爱去哪儿就去哪吧。没准儿哪天，他又出现在云落了。他小时候，不也老喜欢玩失踪吗？

又过了两天，我去云西派出所报了案。我说我的朋友苏恪以失踪了。那个正在玩手机游戏的小警察"嗯"了声，磨磨蹭蹭找笔录纸。我说，我的朋友，苏恪以，已经五天没有音信了！他白我一眼说，你那么大声干吗？我又不是聋子。然后他问苏恪以的民族苏恪以的婚史苏恪以的直系亲属苏恪以的工作单位……我恍惚起来，盯着一只花脚蚊在他的元宝耳朵旁嗡嗡地飞。他竟然没察觉他耳旁飞着一只肥硕的花脚蚊。

也就是报案的那天中午，我接到了电影节筹委会的电话，他们说，电影节主席这个礼拜会从意大利飞过来，这一两天就把片子送过去，我拖延的时间够长了。我只得诺诺着说，好的，好的，我这就去。

当天晚上我回了北京。那时都晚上十点了，站在蚂蚁般涌动的人群中，我茫然起来。我干吗心急火燎地回来？参加这个影展对我来说真的那么重要？这一切真的有意义吗？我在惠新西街南口下了地铁，就近找了家旅馆。躺在床上发呆时姑妈的电话打过来了。姑妈说，和慧这几天情况不太好，情绪也不稳定，你有空给她打打电话聊聊天。我才想起，我已经好些天没联系她。

和慧的声音还是嫩嫩的，我说我回北京办点事。

"你真回了啊？哎，也难怪。本姑娘不在，你也成了孤家寡人。那些碟呢？"

"还在那儿啊。你要喜欢，就全送你了。"

"这么廉价的礼物我才不要。不过真后悔啊，"和慧叹息一声，"本姑娘该把侯麦的片子带几张过来。我发现看了那么多电影，最喜欢的导演还是这个法国佬。"

"我给你邮几张吧。把医院地址给我。"

"哦……不用了。"和慧想了想说，"这样想里面的细节，也很有意思。"

我总共在北京待了七天。晚上从剪片室出来我通常跟和慧聊几句。她状态似乎不是很好，说两句就歇一会儿，也很少开玩笑，有时讲到一半姑妈把手机接过去，轻声细语地跟我解释说，和慧身体有点虚，少说两句吧。

临别北京前，我思忖半晌还是拨了仲春的号码。我特想告诉她，我跟那个台湾女人真的有一腿，也许不是一腿，而是两腿三腿……在阿姆斯特丹那几天，我无时无刻不在搞她。我不但亲了她的嘴，还亲了她的私处，不但亲了她的私处，还亲了她的脚趾……我从来没有对一个女人有如此强烈的热望。她柔软潮湿，犹如河蚌将我紧紧夹在内里，最后连我的灵魂都吸了进去……我甚至想，我要跟这个女人结婚，跟她生一堆属于我们的孩子，那该是世上最美的事……这就是全部的事实，也是全部的羞耻……这该是我送给仲春最好的新婚礼物。

让我失望的是她的手机仍然无法接通。我怔怔地想，或许她出去旅游了吧？这个季节马尔代夫会是最好的选择。没准儿她和她的雕塑家丈夫正躺在细软的沙滩上边吃生蚝边晒太阳……这么想时我一点儿都不难过。我为我的一点都不难过有点儿难过。

我是在北京站对面的胡同里接到姑父电话的。他火烧火燎地说，让我立马赶往北京机场。"晚上七点半的飞机！带好你的身份证！"我本想多问几句，可他很快挂掉了。我只好小跑着去坐地铁。我想，如果与和慧无关，姑父不会急成这样，肯定是和慧出了什么问题。我给姑妈打电话。姑妈没接。

两个小时后我与姑父在北京机场会合。没有直达合肥的航班了，只得买了去南京的机票。他们单位开警车送他来的，据说连保险杠都跑掉了。他一直铁青着脸左顾右盼。当飞机倾斜着起飞时，我才在嗡嗡的耳鸣声中怯怯地问他："和慧怎么样了？"他扭过头瓷着眼久久盯看我，半晌才哑着嗓子说，和慧从昨晚就一直发烧……他没再说下去，我也没敢再问下去。那天晚上，一出南京机场我们就直接打了辆出租。和慧住的那家医院离南京还有五百里。

等我们到了医院时已凌晨四点半。我这才发现，所谓的"医院"，原来是九华山底下的一座寺庙。那么，和慧根本没有医治，只是在这里静养吗？住持、姑妈和几个和尚正等着我们。姑妈脸上没有任何表情。她说，和慧从前天晚上就发烧，烧到昨天上午。她要带和慧去县里的医院输血，可和慧坚持说，她跟方丈打了个赌，她这次肯定会赢……"她现在在哪儿？"我望着姑妈。姑妈垂着眼睑说，和慧已在镇上的殡仪馆……姑父蹲在墙角呜呜大哭起来……

那大晚上我和衣睡在禅房里。没有空调，只有两架吊扇吱吱呀呀地响。姑妈把和慧来寺庙后写的日记拿给我看。第一篇写的就是我：

> 哥哥是个典型的理想主义者。这样的人，在银河系都快绝迹了吧？这个自以为是的家伙肯定不知道，我有多担心他。他那么懒，也不怎么会做饭。难道他不知道，要想拍出侯麦那样的好片子，必须有一个好胃吗？

第二篇写的是个叫"司马川"的人：

> ……每次去理发，我都会找他。他说，我的头发是全镇最
> 长、发质最好的。他笑起来的样子有点像羞涩的鼹鼠。入舱手
> 术时，我的长发全剪掉了，与昂贵的手术费相比，这算得了什
> 么呢……什么时候，我能再让他理一次发呢？

翌日，我们先去镇上的殡仪馆。和慧在一个透明的玻璃容器里
睡着了。她的眼睛紧闭，嘴唇和鼻翼间全是冰碴儿。姑父姑妈给她
买了条藕色连衣裙，我给她买了双凉鞋。我记得她以前问过我，为
什么侯麦的每部电影，都有书和书架出现？我跟她说，书和书架是
侯麦电影的一种"姿势"，这姿势就像一个人拍照时，手没处放，
只好插在兜里或抱在胸前。现在，她的姿势就是这样：双手抱在胸
前，脸色苍白，犹如唱诗班里忧伤的少女……他们在给和慧换衣服
时，我听到姑妈说，别哭！别哭！眼泪不能掉孩子身上……不能延
误她轮回的路啊……我闷闷地在庭院里踱步抽烟……后来我们又拉
着和慧去火葬场。那是世界上最静的地方。我记得那天很热，衬衫
很快湿透了。当姑妈大声招呼我时，我才发现一个胡子拉碴的工人
正用铁锹往外铲骨灰。他把骨灰直接扔在水泥板上，就像一个熟练
的水泥匠将沙子随意堆在一旁。散发着热气的骨头旋转几下就静止

了，姑妈和姑父蹲蹴着往盒子里一块一块捡。开始，我一直离他们远远站着，后来才强迫自己走过去。我犹豫着拿起一块。那么温热，我不晓得是和慧的肋骨还是和慧的胫骨。我突然再也忍不住，拼命地抽泣起来。我不愿姑妈他们看见，只能间或小声咳嗽一两声，仿佛在提示他们，我很好，我跟他们一样镇静，我正跟他们一起埋头拼凑和慧的身体。

回来的火车上，姑妈姑父一直沉默。我们买的是硬座，三个人轮流着趴在狭窄的桌面上睡觉。我从厕所回来时，姑妈倾斜着身子趴在姑父腿上睡了。姑父只是望着黑漆漆的窗外。后来，我看到他在火车玻璃上不停哈气，然后伸出手指，在哈气上一笔一画地写字……我木木地盯着玻璃上歪歪斜斜的"和慧"两字……后来我不得不再次跑到厕所，用拳头用力砸着墙壁，直到黏稠的血顺着手指滴下来……我就是这时接到导师电话的。他肯定做梦都想不到我正做什么。

"我跟你说件事，"他开门见山地说，"仲春失踪了。"

"失踪？你说什么？"

"是的，失踪了，都二十多天了。"

"怎么可能？她不是结婚了吗？她不是嫁给那个雕塑家了吗？"

"你是不是见过她？她曾经跟我要过你在云落县的地址。"

"见是见过，可是她……她只待了一晚就走了。"

"……你可能是最后一个见过她的人，"导师郁郁寡欢地说，"她真的没跟你提过，她要去哪儿吗？"

"没有。"

"没有？"

"你知道，我从来不撒谎。"

"希望她没事吧。不过，你要做好心理准备。她丈夫已经向派出所备案了。她丈夫虽然是搞艺术的，却是少有靠谱的人。警察肯定少麻烦不了你。拉尔斯·冯·特里厄曾经说过，告诉那些傻×警察，你一向清白善良，蚊子吸你的血，你都舍不得一巴掌拍死它。"

12

回到云落县时，和慧家的亲戚们都到齐了。我们从车上一迈下来，铺天盖地的哭声就蔓延开去……我悄悄地转身离开。

路过那家"司马川造型室"时，我忍不住进去瞅了瞅。一个金发小伙问我是理发还是烫发？我没吭声。后来我问司马川在吗？小伙子说，找我们老板啊？喏，正忙着呢。他努努嘴。我顺着他的目光看过去，一个长相文静的男孩正跟顾客窃窃私语，边聊边"呵

呵"笑两声。和慧说得没错，这孩子笑起来的样子，真的有点像
鼹鼠。

从理发店出来，我的右手隐隐疼起来。我伸出舌头舔了舔凝固
的血渍，突然想起了苏恪以。他到底去哪里了呢？

我从诊所买了瓶云南白药，杵着腰一步步往家蹭。躺在客厅的
地毯上觉得骨头都散架了。可我还是强忍着坐起来，收拾那些散落
在沙发和墙角的光碟。我要离开这儿。可是去哪里呢？我能去哪儿
呢？我一直固执地拍纪录片，我喜欢真实，喜欢真实的肉身和他们
卑微的灵魂，可我怎么又能知道，镜头里的他们并非是虚假的？其
实人最好的归宿，就是做深海里的一块石头，或像苏恪以所说的那
种精神病人，被切除了脑叶白质，安安静静混沌一辈子……当我再
次想起苏恪以时，我骤然想起，那天早晨睁眼见到他，曾问过他，
有没有见过"那谁"，我之所以印象深刻，是因为出于羞涩，我并
没提起"那谁"是男人还是女人，可他当时随即反问道："你这儿
经常来女人吗？"如果他没见过仲春，怎么知道来的是女人？那个
女人逃脱后，他一直在来这边给所谓的昂贵的植物浇水，那么，有
没有可能……

我忍不住打苏恪以的手机。我知道一切是徒劳，可我还是
打了。仍是一个女人冷冰冰地说着"没有这个号码，请查询后再
拨"。我越想越毛骨悚然，我想起失眠时楼层里传来的莫名的凄叫

声……我猛地推开房门。

苏恪以常来浇花的屋子就矗在我面前。我曾无数次背对着它窸窸窣窣地掏钥匙，然后拧开我家的房门。可我一次也没进入过它。苏恪以总在我这儿喝酒，或者说，他好像从没邀请过我去对面喝酒……我试着拧了拧房门，一动不动。我在房门前静静地站了半晌，然后猛然用脚狠踹起房门。我不晓得当时为何如此愤怒，似乎这些日子以来所有的忧悒都化成了一股火焰在我腿上燃烧……当我最后一脚踹开房门时，楼下的一位大妈闻声颠跑上来。她呼哧带喘地问我出了什么事？我说钥匙忘带了。她狐疑地打量着我说，咦，我好像记得你住对面呢……我没理她，也没在意她半信半疑随我进了屋。

这间房屋的格局跟我住的房子一样，两室一厅，一厨一卫。只不过，这间房子更干净些。看来苏恪以是个有洁癖的人。不过我并没有看到他所说的昂贵的植物。那位大妈跟我转了厨房和卫生间，又转了书房。一切都很正常，当我如释重负般叹了口气时，我听到大妈的喊叫声。她肯定是个热衷小道消息的闲妇，总想窥视点街坊邻居的隐私，不然也不会先我一步跨进卧室。我疾步进了卧室，然后跟这个满脸老人斑的肥胖女人一起愣愣地看着……看着那个让我们讶异的东西。

毫无疑问，这是件石膏雕塑。只不过雕塑的人肯定是个非凡的艺术家——如果不是午后刺眼明亮的光线暴晒着房间，我肯定以为这具雕塑是位真人。她的眉毛、她的眼神、她嘴角浮起的笑容和身上紧裹的旗袍，都提示我她是位漂亮贤惠的淑女。我眼前马上浮现起那个臃肿不堪、说话颠三倒四的女人。当然，雕像跟她的不同之处，就在于苗条的身材和那对云翳般飘逸的翅膀。

"真漂亮呢，"大妈"啧啧"着走到雕塑后，不停抚摸着那对从肩胛骨长出的翅膀，"是你自己雕刻的？还是买的？"

我朝她笑了笑。她说："不过有点可惜，翅膀上怎么这么多印啊？是不是蛀虫咬的？"

我顺着她的目光睨去，才发现那对羽翼之上全是一道道伤痕，有的深些，有的浅些，不过可以确定的是，全是用利刃砍割而成。我又想起了苏恪以。苏恪以是在女人失踪后请人雕的雕像吗？那么，女人是否曾在这个洁净的房间里躺了半年？我仿佛看到她犹如肥硕的婴儿一动不动，苏恪以举着勺子给她喂枸杞果……

那位大妈嘟嚷着走了。我关上门蹑手蹑脚进了我的房间。我饿了。从坐上火车到现在，一口饭都没吃。我想喝粥。后来，是的，后来，我满脸秃噜着泪水和鼻涕，把桂圆、红枣、枸杞和姜米一把一把泡进水里，用电饭锅煮起来。遗憾的是，百合只能等下次再买了。在等着熟悉的香气味弥漫厨房前，我泡了杯浓咖啡，没放奶昔也没放糖。喝着喝着我就蜷缩在沙发上睡着了。

13

我再也没有见到苏恪以。仲春那边也仍然没有任何消息。有一天我在大街上看到个女孩，戴着一顶不合时宜的黑色雷锋帽。我盯着她的背影盯了许久。在大街上哭很丢人，可我还是忍不住号啕大哭起来。我想，是我离开云落的时候了。

我给郝大夫打过一次电话。除了苏恪以，他也算是我在云落认识的熟人。我想告诉他，我要回北京了，谢谢你给我配的安眠药，这是我吃过的最管事的安眠药。他很快接了电话，还没等我开口，他就说，不要再烦他了，他真的不知道苏恪以干吗去了……他的语气是那种居高临下的揶揄。让我意外的是，我并没有生气。我倒是想起了他微笑时的样子：眼睑在瞬间由两侧向瞳孔挤压过来，让他变成了只有瞳孔的人。

离开前姑父姑妈请我吃了顿便饭。在他们香火缭绕的房间，我喝了很多云落自产的那种原浆大曲。姑父也喝多了。我们什么都没说。我觉得这样挺好。吃完饭姑妈点了香烛，跪在蒲团上诵读《金刚经》。诵读完毕，她拉着我的手说，她把和慧的日记留给了寺庙的方丈。方丈会把这些文字复印成册，发给到庙里烧香的居士。我说这样也好。本来我跟她提及过，想把和慧的文字整理成一本书，分发给亲戚朋友。

从姑妈家回来的途中，我接到了郝大夫的电话。他先客套几句，询问我回北京的确切日期，然后幽幽地说："你现在有空吗？过来坐坐吧。我还在门诊上，就我自己。"

到了他的诊所时，我才发现还有几个病人挂点滴。他有些不好意思地把我请到里屋。和大多数大夫的房间一样，很干净，桌子是白的，椅子是白的，床单是白的，就连电脑，也是一台白色的苹果牌。我们东拉西扯地说了点云落县城的话题后，必不可免地谈到了苏恪以。我说苏恪以是我认识的人里最能喝的，也是我认识的人里最有个性的。然后我说起那个匪夷所思的下午，那个肥胖的女人，以及苏恪以离奇的失踪。

郝大夫一直都没有吭声，只是低着头一根接一根地吸烟。后来他抬起头，我发现他的眼眶里竟然全是泪水。他说，他跟苏恪以是发小，青春期互相打过飞机的那种发小……我对郝大夫提起他们的隐私有些意外，不过我很快镇静下来。我说，我能看出来，你是世界上最了解他的人了。郝大夫的手不停抖着，烟灰"噗噗"地掉到他笔挺的西裤上，他也不管不顾。他说，你见过的那个姑娘……是我的表妹，在北京一家上市公司当白领。那时她刚失恋，来云落散心，在我的门诊上认识了苏恪以……说到这儿时他沉默起来，我只在越来越浓的烟雾里看到他觑着双眼盯着白色墙壁。

"……他们同居了很长时间，她没回北京。不怕你笑话，那个时候，我们的门诊生意并不好……"他停顿了一下，"苏恪以技术没说的……尤其是做外科手术。我们的邻居是个蹬三轮的大爷，他有个得精神病的儿子，经常拿着斧头跑到街上砍人，又没钱治……后来苏恪以突发奇想，跟大爷商量，想给他儿子做脑叶白质切除手术，大爷当然求之不得，现在哪里还有不花钱就能治病的呢。手术效果很好，那个狂躁的疯子成了云落县城最安静的男人。再后来，我们就去外地接这样的病人，生意很不错，你知道，那些穷人，宁愿出五千块钱一了百了，也不愿意一到春天就送病人去住院……苏恪以帮我赚了很多钱，这是真的。"

我突然意识到他后面要说什么了，莫名地慌乱起来。

但他这时站起来说：你喝茶吗？没等我应答，就起身倒了一杯普洱递给我。

"这个世界上死亡的方式，没有一万种也有九千种，"他清了清嗓子，我才发觉他的声音是那种很悦耳的男中音，"你知道吗？有一个笑话，说美国一年约有三人被鳄鱼咬死，十人跳伞时意外身亡，四十二人被蝎子螫死，一百五十三人被雷劈死。但最令人惊讶的是，每年都有三百多名美国人死于自慰：不是因自慰过度精尽人亡，他们或是心脏病复发，或是使用错误的道具助性，例如，一名中年男子用吹风机自慰，因此触电死了……"

我诧异地看着他。他省略了我们共知的东西，而且因为讲了一个好玩的东西变得很平静。

我说："是啊，世界真是无奇不有。"

"是的，"他看着我，欲说还休地说，"如果我说我约他到湖边钓鱼……"

湖边？像闪电照亮了黑暗里模模糊糊的东西一样，那些零零碎碎的片段一下子全部粘连在了一起，像一堆拼图慢慢呈现出一个完整的图像来，我几乎觉得脚下的地在变软，像传说中地陷一样。所以我很突兀地站起来，仿佛想到什么重要的事情似的，我说，我明天一大早要赶汽车，今天晚上必须好好休息，很抱歉我该告辞了。他仿佛早有预料，平静地看着我。然后爽快地说，好好，以后有机会，再来云落玩，这个县城还是很不错的，有山有海有湖泊，过不了几年就能建成一座中等城市了。

从云东到云西，至少要走半个小时，走着走着我就累了。后来，在人行道上看到那种红白相间的地板砖时，我的腰板下意识地挺起来，我将上半身保持完全静止，只两条腿铿锵地迈动，由于地板砖的长度和僵硬的步伐不能完全吻合，我只得每隔三两秒，就像跳格子那样滑稽地小跳一下。

2012年10月7日　于滦南

因恶之名

1

郑京东一绺一绺撕狗肉时怎么就忘了葛二家到底有几只羊。明明记得是三只，一转念又觉得是两只，觉得是两只，忽而又觉得是三只。油亮的脑门就沁出冷汗，不禁扯着破锣嗓子嚷："小琴！先把狗杂碎煮了！我出去一趟！"揉巴揉巴围裙摔在灶台。出了厨房也未见小琴，这嘴就嘚啵开了："妈拉个巴子，跑哪儿野去了！"

小琴正在饭店门口跟一个小伙子唠嗑。小伙子穿身绿军装，手里拎着一大捆香菜，郑京东也没顾上多瞅两眼。半路上他还遇到了西厢房卖水豆腐的。这卖水豆腐的是个磕巴，也是个老婆嘴，有事没事最喜欢扯住熟人闲聊。见到郑京东时他远远地打着招呼："我……我……我说老……老……老郑啊……"郑京东才没空听他瞎咧咧。他现在只想搞清葛二家到底有几只山羊。

整个冷水镇只葛二家没筑围墙，是用玉米秸扎起的篱笆。篱上栖着几只老灰雀。郑京东扒拉开条缝儿，歪着粗脖朝里细细观瞧。没错，委实是三只山羊，一只乌黑，一只奶白，还有一只是花的，都小舌头卷着干草茎懒洋洋地晒奶。郑京东这才长出口气，呼哧带喘地回赶。多年前他是个胖子，如今仍是个胖子，只不过以前是肚子上顶着一袋米，如今是屁股上也驮着一袋面了。

小琴还在跟那兵蛋子有一搭没一搭地聊，他竖起耳朵听了听，也听不出个四五六，忍不住问："小琴！狗杂碎下锅没？"

小琴朝他吐了吐舌头，摇了摇头。

郑京东皱着眉头说："那你还有空扯闲篇？"

小琴翻着白眼说："人家帮我买菜，我给人家找钱，怎么就扯闲篇了？"

郑京东没顾得上理她。他可是冷水镇最忙的厨师。

锅里的水开了八遍，案板上的狗杂碎还摊着，郑京东咬着后槽牙喊："大老王！大老王！大老王！"大老王慌里慌张地从茅厕颠跑出来，毛裤还耷拉在膝盖上："大白天的叫啥魂儿？肉包子上屉了，你消停会儿吧。"

郑京东家的饭店连老板带员工总共仨人。郑京东是老板，兼墩子大师傅，老婆大老王是面点和凉拼，闺女呢，除了端盘子还要洗碗择菜。郑京东"嘿嘿"笑着将狗肺入了锅，撒了花椒大料，这才迟疑着问大老王："喂，外面那个小子，是谁啊？"

这是郑京东第二次见到这个当兵的。前几天他恍惚来过一趟，也是给小琴送菜。大老王说："他呀，是架电缆的通讯兵，从秦皇岛来的。都住半个多月了。"

郑京东问："奇怪，一个当兵的咋还卖菜呢？"

大老王说："人家是帮小琴买菜。"

郑京东又问："小琴有啥忙的？还专门找个跑腿的。"

大老王"喊"了声："你个大老粗！这不相国出点事，孩子闹心嘛。"

相国是小琴对象。相国这孩子不是一般的牲性。这也是郑京东最稀罕他的一点。话说回来，在冷水镇能让郑京东瞧得上眼的年轻人有几个？前几年相国求爷爷告奶奶地搞了个指标去当炮兵，未满一年就被部队遣散回家。据说训练时炮弹上了膛，有个新兵跟他开玩笑，说，相国看见没？山上有座破庙，你敢不敢来上一炮？相国说，操，那有啥敢不敢的？二话没说炮弹就飞了出去……相国挨了处分回了家。回了家也没闲着，怎么做起配狗的行当。这些年冷水镇养狗的人家越发多起来，尤其是腰缠万贯的纺纱厂老板们，仿佛不养条专门从西藏运过来的纯种藏獒，就对不起他们讨了八辈子饭最擅唱"莲花落子"的宗祖。相国配狗讲究，腊肠狗牧羊犬拉布拉多萨摩耶什么的都不配，专配藏獒，配一次收八百。这让郑京东很艳羡，私下跟大老王嘀咕：妈的！多简单的活儿！是个人都会干！

不就扶着卵子一进一出一进一出吗？怎么就那么贵？大老王说，你以为是配猪配马，扶两把踹两脚就完事？你没见郑京文家那条藏獒？瞅人时小黑眼抹搭着大尖牙龇着，跟阎王爷似的。

前两天相国配狗时出了点事。公獒被逗得起了性，母獒却心不甘情不愿，猛然回头咬了相国一口，整条臂膀被撕扯下半条肉。相国急了，急了的相国二话没说掐住狗脖子死不松手，没承想硬是把母獒给掐死了。主人家连哭带号，让相国赔两万块钱，又要五千块钱的精神损失费。后来郑京东出面说和，看情看脸还要了九千块。小琴因这事跟相国生气，私下跟大老王说，狗只不过咬他一口就被掐死了，这日后要是结了婚吵架斗嘴，那么黑的手，我这么细嫩的脖子，得死多少回？

郑京东撇着嘴说："真是不知好歹！男人有劲还不好？病秧子好？"

他老婆说："哎，世上有几个你这样的老爷们，一身贼劲只用在正经地方。"

郑京东最爱听大老王说话，他认为大老王是整个冷水镇最会说话的女人。冷水镇会说话的女人多，譬如王桂华，一张小片嘴能把死人说活，可她嘴里的吐沫都是恶汁毒液，最擅倒人是非挑拨离间；还譬如郭金花，拉着草驴脸鼓着鲇鱼嘴龇着大金牙说上一天一宿没句重样，可惜她前年得肺癌死了。

"你咋说那么对呢，"郑京东说，"喜欢打女人的男人，除了阳痿就是二尾子。"

小琴蹑手蹑脚到了后厨。郑京东漫不经心瞥她一眼说："你给我听着，郑小琴，以后别老让那当兵的买菜，非亲非故的。"

小琴笑着说："谁让他买菜了？他是部队的大师傅，菜买多了，送我一捆。军民鱼水一家亲啊。"

郑京东说："一家亲？呸！他咋不跟葛二亲？他咋不跟王桂华亲？他咋不跟'老小子'亲？偏就跟你亲？一看就没安好心。以后少给我勾搭他！"

小琴掰着青椒不吭声，半晌才诺诺道："说什么呢你啊爸？"

郑京东一字一句地说："你给我记着，郑小琴，我吃了五十多年的咸盐，走了五十多年的石桥，还从没碰上天上掉肉包子的好事！"

2

说起冷水镇，在桃源县也算是名镇。二十世纪九十年代，冷水镇有七十多家线头棉厂，专门回收烂棉花破被褥，机器里转两转，转出来的就是炫目的雪花棉，走俏东三省和内蒙古。后来国家说这是"黑心棉"，必须关停并转，这些线头棉厂一夜间改头换面全变成纺纱厂，产出的纱布细嫩光滑，照样行销华北诸省。郑京东没干过这行当，只是开他的饭店。他的店有一大特色，那就是狗肉。铁笼子里常年圈着十多条本地土狗。煮狗肉的汤是几十年的陈年老汤，百米开外都能闻到香味，郑京东秘制的蘸料酸、辣、咸、鲜，吃一口半辈子都忘不了。镇上的商家来了客，无论贵客白丁，都愿带着来这里吃顿狗肉喝斤烧酒，所谓尝本地特色品冷水风俗。郑京东的买卖不是一般的好。店面虽破（是以前大队部的老房），更谈不上装修，只十多张油腻腻的木桌一字排开，却往往需预订才能占上一张。有一次小琴跟相国去北京旅游，回来后跟郑京东说，爸啊，咱这店比北京的"海底捞"都火，什么时候咱们也去北京开分店？郑京东不知道"海底捞"是什么，他只知道，镇上其他几家饭店的老板，恨他恨得是牙根痒痒。

郑京东在冷水镇第三次见到那个当兵的是两天之后。都立春了，冷水镇却下了有史以来最大的一场春雪。这雪下了两天一宿，将刚拱芽的蒲公英淹了，将猪圈淹了，将菜窖淹了，将老板们的奥迪A8淹了，也将郑京东家的狗窝淹了。郑京东呆呆地看着冻死的两条肥狗，气就不打一处来，扯着嗓子吆喝大老王将死狗剥皮，又吆喝郑小琴去屋顶扫雪。大老王大气也不敢出，只管猫着腰洗锅烧水；小琴呢，则在院子里晃荡来晃荡去。郑京东说："你死螃蟹没沫啊？"小琴说："爸，你少说两句行不？我这不是在找梯子吗？

没梯子我飞屋顶上去啊？又没长翅膀。"说完掏出手机又给谁打电话。郑京东摸了摸下巴上的胡楂，没再吭声。

郑京东有两个女儿。小琴是老大，还有个二闺女叫彩琴。姐俩相隔了四岁。彩琴从小脾气蔫，说话家猫般喵声喵气，不像小琴这般虎威，有一敢说二有二敢说三。郑京东打心眼里喜欢小琴。郑京东喜欢小琴扯着嗓门唠嗑、发牢骚、骂人、撒娇。他觉得这才是他的女儿，他的女儿就该是小琴这模样。小琴高中没毕业就不念了，非要跑到饭店帮忙。彩琴则不同，从小就爱写字读书，如今还在秦皇岛上大学。郑京东最遗憾的事，就是这辈子没个儿子。后来他也想通了，小琴就是他儿子，只不过，这个儿子没长那杆枪。

郑京东攥把铁锹铲菜窖上的厚雪。铲着铲着听到背后有人轻声细语地说："叔，我帮你。"回头一看是个当兵的，裹件脏兮兮的棉大衣。再定睛一瞅，正是前几天给小琴送菜的小伙，"哼"了一声没理会。当兵的站在他身后，走也不是不走也不是。这时便听小琴喊："国勇啊，过来搭把手！"叫国勇的小伙子"哦"了一声，仍站在郑京东身后来回搓手。郑京东回头瞪他一眼，他就笑了。这孩子笑时有点羞涩，像姑娘家，郑京东更不待见了，劈头问道："大雪天的不好好猫着，跑我们饭店来干啥？"小伙子支支吾吾地说，是小琴给他打的电话，让过来帮忙扫雪。郑京东这才将手里的活计停了，转身去看小琴。小琴正在搬梯子，梯子晃晃悠悠，眼看要斜倒下去。郑京东说："你咋这么没眼力见，快去扶一把！"

郑京东叉着腰板看他和小琴嘀嘀咕咕，然后顺着梯子攀上屋顶。他瘦，虽裹着军大衣，还是看着瘦，肯定从小营养不良，哪儿像相国那般麒麟臂公狗腰？不过倒也机敏，弯腰拿把大扫帚左右开弓，片刻将房上的雪清干净。后来他站在屋顶上朝檐下笑。无疑是朝着小琴笑。他的脸颊不是被风吹出的紫红，而是那种粉艳的桃红。多年后郑京东还能忆起这一幕：天上细细碎碎落着春雪，这个叫李国勇的人叉着腰站在屋顶上傻笑。

"下来吧！"小琴柔声说，"去屋里暖和暖和。"

国勇入屋，跟小琴在火炉旁说说笑笑。郑京东从窗户外乜斜着他，不时冷笑一声。大老王端着盆狗肉从他身旁挤过，问他在看什么。他说，能看啥，看戏！大老王好奇地问，看什么戏？郑京东嘟噜着腮帮子说，凤求凰！

不几日雪融成冰，便常有顾客不留神摔倒，嘴里骂骂咧咧不说，还要让小琴端茶倒水去赔不是。郑京东就抓空让全家人铲冰。铲着铲着叫国勇的又来了。这次他只套件葱绿色毛衣，脖子上套件围裙，脚上跐拉双翻毛军勾鞋，看样子是从灶台旁疾奔过来的。见了郑京东低低唤声"叔"，二话没说接过小琴手里的镐就埋头刨起来。这孩子看着瘦，劲儿却不小，冰碴子四处飞溅，很快通出一条甬道。

"干活倒是把好手，"大老王捅捅郑京东，"人看着也不赖，知道疼惜人……"

郑京东知晓大老王要说什么，"你懂个毛！"他将线绒帽檐低低拉下遮住眼，"真是头发短，见识也短！"

溅起的坚冰碴儿一块块落进铁栅栏，惊得栏里土狗"汪汪"狂吠。狗这牲畜向来好热闹，一只开叫，其他的也不肯闲嘴。叫着叫着突然都打蔫了，一只只耷耳蜷身夹尾往后缩，有几只甚至腿肚子直打战。

如果没猜错，是相国来了。

相国好些天没来了。

相国没来的缘由只一个，那就是小琴不让他来了。

相国说："叔啊婶啊，这几天都好？"又转身对小琴说，"打你手机怎么不接？耳朵聋了？"小琴还未还嘴相国就摆摆手，上上下下打量国勇一番，问："哥们儿，哪个部队的？"国勇刚要应答，相国狠狠吸口烟，慢悠悠问道："你，知道小琴，是我什么人吗？"国勇的嘴唇翕动了一下，相国就自言自语说："没错，小琴是我女朋友。知道啥叫女朋友吗？"国勇绷脸点点头。相国说："你妈×的！知道她是我的人还泡她！脑子缺根弦吗？是不是肉皮子痒痒了？！"蒲扇大的巴掌就呼呼扇了过去。

关于那天相国和当兵的打架的事，事后全冷水镇都知道了。

据郑京东的邻居王桂华跟人家说，郑小琴的对象相国想揍一个当兵的，没承想当兵的撒丫子就跑。当兵的駒尖着呢，谁打架能是相国对手？相国发狠时能掐死一条纯种的藏獒。相国先跟当兵的在郑京东饭店的后院跑了三圈，相国粗壮，当兵的细弱，相国后边追，当兵的前边跑。如果不知底细的瞧了，还以为是部队的士兵在搞体能训练。第三圈跑下来时相国撑不住了，双手扶膝呼哧带喘地歇了片刻。当兵的只在一旁探头探脑观瞧，他的肝火就又噼里啪啦焚烧起来，指着人家鼻子七大姑八大姨痛骂一通，随后摆头晃尾犯了羊角风般去追打。这回当兵的跑着跑着怎么就顺着梯子三两下蹿上屋顶。相国仰头愣住，旋尔也拱着狗熊般的身子顺梯小心翼翼往上爬。那条榆木梯子瘦，中间还缺了条挡板，看起来像老人般豁牙漏齿，相国爬起来显得异样艰难。当兵的等了会儿，见他还未上来，干脆在屋顶上坐了，双腿悠闲地垂到檐下来回荡着，嘴里吹着轻佻的口哨。这让相国更为难堪。他咬牙切齿地咒骂着当兵的祖宗八代，每骂一句梯子就颤颤巍巍倾斜一点。等相国好不容易扭着水桶腰撅着大屁股蜗牛般蹭上屋顶，当兵的起身小碎步后腾两米，然后，袋鼠那样轻盈地从屋顶上纵身跳了下去。

跳下来？人家瓷着眼问王桂华，大队部的老房矮说也有三米吧？王桂华皱着鼻子说，何止三米？四米也有了！那小子从上面跳下来，就像是狸猫从炕沿上跳下来那般轻松。人家又问，相国呢？

相国又顺着梯子缩下来？王桂华伸出手指点了点人家额头，说相国是那脾性吗？他好不容易爬上去，怎会乖乖下来？人家不懂了，说，那他是怎么下来的？王桂华"咯咯"笑着，他呀，也学当兵的样子，"咕咚"一声从屋顶上跳下来了。人家"哎呀"一声说，他那大身坯，举重倒是把好手……王桂华说，可不是嘛！右腿当场就骨折了！人家又"呀"了一声，埋怨道，小琴怎么不劝架？她好歹能镇住相国。王桂华盯着人家眉眼，半晌才说，小琴肯定想拉架，只不过她的胳膊被郑京东攥住了。郑京东什么货色？他那双长了粗汗毛的大黑手，真比老虎钳子还管用。

3

　　小琴从医院回来后也没顾上跟郑京东说话。郑京东上赶着问了问相国的病情。小琴淡淡地说不碍事，骨头接好了石膏打好了嘴也缝好了，躺几天回家静养就是。郑京东讨好似的说，你一半天再去医院的话，顺便给相国带条狗腿。这狗腿可不一般，我可是杀了最肥最壮的那条苏联红！小琴撇嘴说，要去你去吧，我没闲空伺候他。郑京东说，你没空谁有空？你可是他女朋友，年底你们可是要结婚的。小琴扬着眉梢说，谁说跟他结婚了？啊？谁说跟他结婚了？要结你去跟他结！你们倒真是般配得很！

郑京东晓得小琴生气了。小琴生气是应该的。小琴若不生气就不是小琴了。她肯定猜到是他把相国叫过来闹事。那天郑京东倒没像大老王那样一惊一乍连喊带叫。活了胡子一把，这样的场景他经历过何止一次？当年他表妹喜欢上一个打井队的，学校里的一位体育老师则暗地里喜欢表妹。那体育老师是武林高手，常在操场上像羚羊那样腾跃，像陀螺那样旋转，像武生那样侧手翻，还像雄狮那样怒吼。有一天他终于忍不住去找打井队的小伙决斗。两人也是跑着跑着怎么就蹿上屋顶。他那天刚巧去给姨妈送狗肉，眼瞅着体育老师手拿把寒光凛凛的大刀在屋顶上飞追，那个打井队的小伙穿着牛仔裤在前面奔逃……话说回来，他自己也干过这样的事。刚跟大老王处对象时，两人去集市买棉花种子。走着走着大老王捅咕他一下，悄悄地说，瞧见没，前面那个男的是我以前的对象。大老王话音未落郑京东就蹿了出去，一把揪住那人衣领狠狠扇了俩耳光，又脱下脚上的胶鞋照那人头颅一顿猛搂。那人被打傻了，血顺着嘴角吧嗒吧嗒地流，却不晓得还手。半晌大老王也缓过神，跑过去死死抱住他腰身喊：你打错人了！这人我根本不认识！我说的是那个戴前进帽的！……

他倒不担心小琴这厢。她能使什么幺蛾子？过不了几天气顺了，还不是该端盘子端盘子，该洗碗洗碗，该去看相国就去看相国？他担心的还是那个当兵的。如果他还有事没事老往小琴身边凑，他总不能脱下脚上的皮鞋去揎他吧？

医院那头还是去了次，难免说些体己贴心的话。毕竟是准姑爷，日后结了婚都是一家人，人老了，牙掉了，瘫炕上了，话不会说了，不得姑娘姑爷端屎端尿刷锅煮饭？相国其实不光腿折了，连嘴也磕破了，缝了四五针不说，还涂了一大圈紫药水，大鼻孔翻翻着，看上去像头跌进了陷阱的豪猪。相国噘着嘴哼哼着半句话都说不出。不但话说不出，连饭也吃不下，虽然饭也吃不下，郑京东还是给相国留了一条热乎乎香喷喷的大狗腿。他紧紧握着相国的手说，相国呀，吃啥补啥，等嘴消了炎症就狠狠吃，要是一条狗腿不够，我就再去杀一条苏联红！相国仍旧哼哼唧唧，小眼皮子眨巴眨巴，耳根子一耸一耸，也不晓得到底想说点什么。

小琴后来真的一次都没去过。相国出院后也没探望过一次。郑京东和大老王这才意识到哪里委实不对劲。两口子在被窝里商量，是否要去相国家里瞅一眼。商量来商量去，还是觉得小琴出马才最稳妥。郑京东让大老王去劝小琴。大老王摇摇头说，你去劝吧，小琴那犟驴脾气也只有你治得了。郑京东睃了她一眼，没说去，也没说不去。

这一拖就拖了七八天。小琴每日在店里瞎忙活，话也不多，空闲了搬马扎坐檐下蔫头蔫脑地择菜。当兵的也没再来过，仿佛枝头的一只骚蝉，聒噪两声夏天湮灭，他也就隐匿不见。那天郑京东杀狗时忙不迭地喊了句，小琴，帮我拿把剪刀！小琴愣愣地瞥他一眼，转身取了递他。郑京东斟酌着说，这样吧，晚上我忙完了，你把相国接过来，我把这条狗崽清炖了给他补补身子。小琴在他身旁蹲蹴半晌，瞅着郑京东的大手娴熟地将一张狗皮剥下，这才喃喃道，好吧，好吧。

那天晚上相国没来，倒是"老小子"来了。

"老小子"是相国和小琴的媒人。"老小子"不单是冷水镇最老的媒人，也是冷水镇最老的光棍。年逾古稀，身上全无半星老态，腰板新疆杨那般直，瞳孔玻璃球那般亮，连下颏的山羊胡都乌炭般焦黑。他慢慢腾腾地卷支旱烟，窸窸窣窣点着，这才对郑京东说："相国让我给你捎个信。他想黄了这门亲。"

郑京东在看电视。他最喜欢看《新闻联播》。他认为不看《新闻联播》的男人算不得男人。一个男人不关心国家大事，跟裆里没货的女人有何区别？七点钟饭店最忙，他都看九点钟的重播。那天播音员字正腔圆地播报动车出轨的简讯，郑京东听得两耳直冒凉风，根本没听清"老小子"说什么，后来只得歪着头问："老哥，你说啥呢？"

"老小子"又把话重复一遍，为了让自己口齿更清晰，他甚至用了北京话。这么多年来"老小子"走南闯北，各地方言学得惟妙惟肖，北京话自然更是不在话下："相国说了，要黄了这门亲事。

吃饺子时给小琴的彩礼钱他也不要了。"

郑京东瞄"老小子"一眼，说："老哥坐下喝两盅？"

"老小子"说："有什么喝头啊！你劝劝小琴，别让她心窄。这么好的姑娘，虎背熊腰的，家里又有钱，求亲的肯定踏破门槛。"

郑京东说："你让相国来我这儿一趟。"

"老小子"说："相国说了，他本想亲自过来趟，可架不住腿脚不灵便，一瘸一拐。他还说，就是黄了这门亲事，你还是他亲叔，日后要是配个狗啥的，不收你半毛钱。"

郑京东依旧盯着电视机，间或喝盅白酒，等"老小子"那锅烟抽完，他才欠欠屁股说："你回去告诉相国，这门亲先不黄。"

"老小子"没听懂郑京东到底想说什么，看着郑京东问："你啥意思？"

郑京东怒目圆睁，酒盅猛地朝地板上摔去："这门亲黄不黄得我说了算！他相国说了不算！就算是悔亲，也得我们小琴悔！轮不到他！"

"老小子"身子一哆嗦，愣是没敢接话，过会儿才挑门帘转身走出去。大老王忙抻住他袖口说："大哥你可别生气。小琴他爸说话向来这么臭，你多担待……""老小子""哼"了一声掸掉她的手："别人惯着他我不管，我可不吃这一套！"

"老小子"走后大老王唠叨起郑京东。这"老小子"也是个难缠的主儿，冷水镇有头有脸的都惮他三分。一个光棍什么事做不出？敲寡妇门挖绝户坟，更何况一个七十多的老光棍？据说去年桃源镇的国三聚赌时被公安逮个正着，每人罚了五千块不说，还蹲了十几天拘留。后来国三听说是一个绰号"跳蚤"的报的赌，扬言要派人收拾他。有人给"跳蚤"通风报信，"跳蚤"连夜坐火车逃往东北。在桃源一带的人看来，东北是世界上最明亮最寒冷也最安全的地方。国三放了狠话，谁要是剁下"跳蚤"一根手指头，就给谁一万块钱。半个月后"老小子"找到国三，从裤兜里掏出条脏兮兮的手绢。据说国三当时吓了一跳。手绢里裹着根手指，暗红的血渍都凝成了块。"老小子"说，他在黑龙江的齐齐哈尔找到的"跳蚤"，他本想剁下"跳蚤"的中指，可"跳蚤"由于害怕老是颤抖，只得删繁就简剁下他一根大拇指……

"怕他个毛！"郑京东黑着脸说，"反正这门亲事是我们家小琴黄的！是小琴看不上相国！他除了配狗，还有什么狗屁能耐？！"

据冷水镇的王桂华跟人讲，郑京东家的小琴到底是跟相国黄了亲。郑小琴骑着辆嘉陵摩托车威风凛凛地去了相国家，后座上夹着假LV的黑包，包里装着相国给的金戒指金项链和金耳环，另外还有两万块的彩礼钱。为什么郑小琴要黄了这门亲？那还用说，还不是看上了那个当兵的小白脸。可光看上人家有什么用？人家已经随着部队回秦皇岛了。铁打的营盘流水的兵，没准儿过几天又跑到天南海北去架线了。

4

小琴病了。郑京东只得把他二妹唤来帮忙。二妹家住县城，男人开大车，对她娇生惯养的，干活没点利索劲，头一日打碎两个盘子，翌日又跌破一摞大海碗。大老王心疼，难免嘀咕几句，没承想被小姑子听到，找个由头甩甩袖回了县城。两口子忙得更是脚尖朝后，私底下商量无论如何也要请个服务员。等兵荒马乱后回到家，才想起小琴一整天都没吃饭。小琴是灯也未开，都开春了，还盖着两条厚棉被捂着柿子脸唉声叹气。大老王攥着闺女的手，安慰她说，好男人一把一把，还愁找不到个中意的？小琴也不吭声，这棉被捂得密不透风。郑京东呢，倒没事般炒了盘陈年黄豆，泡了虾酱嘎嘣嘎嘣喝起小酒。大老王难免看不顺眼，说你还吃得下饭？孩子病了几天，镇医院也查不出毛病……郑京东也不搭理她，只管喝他的酒。大老王将他手里的酒壶抢过来，大声嚷道："你个没良心的白眼狼！也不管管闺女！"

郑京东闷闷地说："我怎么管？我管她也不听我的。拿我说话当放屁。"

大老王沉思半晌说："要不这样，改天我们去趟县城，让她姑给拿个主意。她姑毕竟是城里的，见识广人脉多，从机关单位给小琴蹚摸一个。咱家小琴虽说是农业粮，可架不住漂亮懂事。现在的男孩都是势利眼，到时咱给小琴在县城买套商品楼，还愁找不到个称心如意的女婿？"说着说着先就欢喜起来。

郑京东说："那你去找她姑说吧。人家打碎两盘子你就嘀嘀咕咕，换成是我也会生气。"

大老王说："勺子哪儿有不碰锅沿的？再说了，人家哪里会跟我村妇一般见识？"

两口子有一搭没一搭闲扯，那厢小琴倒是说话了。她说："妈，跟你说个事……"

大老王柔声道："说吧。"

小琴说："李国勇……现在就在县城。"

大老王一愣，问道："他们部队不是回秦皇岛了吗？"

小琴挣扎着坐起来，大老王忙用被子裹紧她的腰。小琴说："他是回了部队。不过，已经办妥了复员手续。"

大老王问："复员了咋没回老家？他不是吉林的吗？"

小琴嗫嚅道："他父母在他小时候就离婚了，后来又都再婚。是他奶奶把他拉扯大的。现在复员了，他想在外闯荡闯荡。"

大老王红着眼圈说："可怜见的！这么命苦。"

小琴说："可不是吗？从小没人疼没人爱。"

大老王看看郑京东。郑京东也看看大老王。大老王说："他在县城做什么？"

小琴说："他想找个饭店当厨子。可虽然会炒菜，毕竟没正经从门里走过，难免心里不踏实。"

大老王又看看郑京东，郑京东又看看大老王。大老王就说："要不……你跟他说一声，来我们这儿帮忙吧。"

小琴说："真的？"忍不住拿眼去瞄郑京东。郑京东虎着个脸没言语，小琴又重新躺下唉声叹气。

大老王从胳膊上掐了把郑京东。郑京东说："那……就来吧。晚来不如早来。"

小琴"腾"地从炕上爬起穿衣蹬袜，下炕后洗脸涂粉。大老王问："你这是干什么？快给我躺下。病还没好，别再招了风寒。"

小琴"嘻嘻"笑着说："我没事。我这就去接国勇。"

郑京东说："黑灯瞎火的，你给我回来！瞧你那没出息的样儿！"

小琴说："爸，你让我干啥我就干啥。你劳累一天，我再给你炒个猪肝，陪你喝两盅？"

李国勇是第二天一大早来的。那天郑京东和老婆起晚了，小琴折腾这些天，也睡得死猪一般。郑京东洗了脸刷了牙，这才晃晃悠悠开了大门。门外桃树已然盛开，水淋淋的。在桃树旁站着个人，细高细高，脸被桃花映得绯红，脚下堆着捆皱巴巴的行李卷，无非就是全部家当。他见到郑京东远远地喊了声"叔"。郑京东不耐烦地瞥他一眼，"你说话就不能大点声气？"

就安顿下来。本来郑京东想让李国勇住饭店。饭店有间盛杂货的屋，烧火开灶不成问题。可小琴说，那屋子冷湿寒气，常有硕鼠到处钻窜，人要住里边，没准儿哪天就染上鼠疫。郑京东瞪着眼问，那他住哪儿？小琴望了望大老王。大老王忙说，咱家不是有两间厢房吗？闲着也是闲着，总比杂货间住着舒心吧？郑京东说那不行！一个帮厨住到家里成何体统！还是个爷们！李国勇嗫嚅道，叔啊婶啊你们别愁，我去镇上租间房好了，反正也不贵。大老王从腰眼上偷偷掐了把郑京东，说，国勇，你听姨的话，就住我们家。你一个外地人，无依无靠孤苦伶仃，我们把你请过来帮厨，就得把你当亲人待。你好好干活，就算对得起我们了。郑京东还想吹胡子瞪眼，怎奈小琴已搬起行李径直朝厢房走去。不一会儿又拿了笤帚扫那檐角的蛛网灰尘。用塑料布尘封了一冬的窗户也被打开，不久里面传来小琴清亮的歌声。

冷水镇的人家就全知道了，那个叫李国勇的复员军人住到了郑京东家。名义上是请帮厨，无非是招倒插门女婿。人家在饭店见到李国勇时都忍不住偷看两眼。他围着白围裙戴着白高帽，在后厨有模有样地切菜。看样子是个利索人，手巧刀快，切出的青菜精致齐整，倒比郑京东刀功还要好。也闲不住，没活计时便在檐下跟小琴一块择菜。按理说正经墩子从不碰生蔬，只管切堆配料。有时择着择着菜，小琴的笑声就荡进郑京东耳朵，让他既烦躁又厌恶。他当然晓得小琴那点心思，可他掐着半个眼珠也瞧不上李国勇。这孩子太面。他还是喜欢相国那样膀大腰圆一把能将藏獒掐死的。可有什么办法？有一天他去信用社存钱，碰到了王桂华。王桂华笑嘻嘻地说，郑京东啊，你不但是搂钱的耙子，还是装钱的匣子。郑京东歪歪嘴，王桂华也不介怀，又笑嘻嘻说，听说新来的帮厨挺能干？你可省心了。过两年你就能退休享清福了，把饭店交给俩孩子，多舒坦。郑京东说，舒坦个屁！没在你身上折腾舒坦！王桂华不生气。王桂华从不当着别人的面生气。她只是软绵绵地说，你这话说得我可不爱听。这有什么可遮掩？现在不都流行未婚同居吗？赶紧挑个好日子把婚事给他们办了，免得哪天突然抱上胖外孙，还得补办结婚证。

郑京东从不打女人。不然王桂华这辈子不定死了多少回。不过，王桂华的话倒有些道理。如今村里不像以前，领完证行完礼才入洞房，都是见一两次面，如若双方看着还顺眼中意，女方就正式搬到男方家里，吃喝拉撒睡，住一年半载才摆宴席喝喜酒。郑京东回到饭店，从后厨偷偷看小琴和国勇在那里叽叽喳喳说话，心里堵得慌，只好举起柴刀"哐哐"剁狗腿。剁着剁着大老王说话了："你发啥狠呢？"郑京东说："你个贱骨头，明知故问！"大老王柔声道："生气管什么用？小琴是王八吃秤砣，铁了心了。她什么脾气你不晓得？铁了心的事儿是八匹马也拉不回。既然两人你情我愿，你轴个什么劲？你不最疼惜小琴吗？"郑京东说："我就是看不上那小子！"大老王说："又不是让你去跟他过日子，你看不上顶用吗？"郑京东说："我郑京东威风了一辈子！怎么能找个这么窝囊的女婿！说话还脸红！"大老王说："狐狸精的尾巴尖要是白了，得修炼多少年啊。这孩子是厚道得有些过火，不过，你可以慢慢教他。"

郑京东咧了咧大嘴，龇出满口黄牙。大老王说："撇啥撇？当年我爸死活看不上你这副德行，我不照样嫁了你？"

李国勇腿脚真够勤快。凌晨五点就擦黑爬起，开着郑京东家的"金蛙牌"三马子车去县城进货。郑京东的饭店招牌是狗肉，旁的菜肴只是点缀而已，往常都是一两天去县城采购一次。不过李国勇说，菜毕竟是鲜嫩的好，免得顾客吃得跑肚拉稀损了名声，且这一季的尿虾和面条鱼最肥，哪怕价格贵点，顾客出于面子也愿意点。郑京东晓得这肯定是小琴出的馊主意，也只睁一只眼闭一只眼，既然闲得蛋疼，爱折腾就折腾吧。李国勇将青菜猪肉跟海鲜直接卸到饭店，木耳泡上尿虾充上氧面条鱼冷冻上，葱姜蒜一律切摆好，这才溜达着回郑京东家。

春天的冷水镇总是雾气蒙蒙，仿佛冻了一冬的僵土在奋力甩溅着浑身湿淋淋的水汽，即便日出东方，村庄与村庄，街道与街道，奶牛与野狗，麦田与稻田，也总影影绰绰，尤是桃李杏梨，远远只闻到甜气，只待走到近旁，才能窥到一树树的粉白影，瓣上粘滚着透明的露珠，蕊上栖息着熟睡的细腰蜂。这时郑京东一家子都起床了，烧火的烧火，淘米的淘米。李国勇呢，挑了两个水桶给院子里的黄瓜秧茄子秧浇水。虽长得瘦，毕竟当过兵扛过枪，力气是有两把的。有时热了，他将夹克甩掉，只裹件果绿色秋衣在狭窄的垄上踮着脚飞奔。

那天大老王将米粥熬好，发现国勇的秋衣都打湿了，不落忍，让他赶紧穿毛衣，免得感冒。李国勇笑着点点头，仍挽着袖子撒欢似的挑水。大老王特意烙了几张鸡蛋饼，吃饭时给他夹了两大张。郑京东私下里跟大老王说，看你这把老贱骨贱到什么时候！大老王说，我这是丈母娘看女婿，越看越欢喜。郑京东瞪着眼说，我不认他这个姑爷！我不认，他就永远当不了咱家的姑爷！

话是这么说，却也渐渐觉察出国勇的好。时间长了，才看出这孩子除了腿脚勤快，嘴也是甜的。在镇上见了人，不管相识不相识，都会远远地打个招呼，大叔大婶叫着，一点都不含糊。人家怔怔地瞄他一眼，嘴里应着，也不晓得是谁家的后生。饭店里就更不消说了，有天郑京东犯了痢疾，拉得快脱水，偏巧郑京文从东北来了十几位贵客，专门给郑京东打电话，让狗肉烀得烂点，又点了几样时令海鲜。郑京东急得嘴上都出了水泡。大老王指望不上的，平时在家里炒个鸡蛋都少盐缺醋，小琴更上不了台面，只会炒几样家常小菜。这时小琴便安慰他说："你怕啥呢爸，不是有国勇吗？"

郑京东捂着肚子哼唧道："他一个部队里炒大锅菜的，能做成席？鬼才信！"

小琴说："不管你信不信，让他试试。"

郑京东说："算了算了，还是给你大伯打个电话，让他去别家吃吧。"嘴上这么说，却忍不住朝厨房里张望。国勇正在里面蒸螃蟹。

小琴挤着眼说："是骡子是马，牵出来遛遛不就知道了？"

郑京东没吭声。他没吭声就说明他默许了。谁会跟钱过不去？那天中午他躺在杂货间，趴着窗口看外面熙熙攘攘的客人，又竖起耳朵听客人猜拳喝酒的吆喝声，心里总不安稳。等小跑着去茅厕时恰巧碰到郑京文。郑京文是他五服内的叔伯哥，当着新安街的村主任，做着纺纱厂生意，那可是冷水镇有头有脸的人物。见了郑京东他竖起大拇指，兄弟啊，真给我长脸！今天的菜可比往日吃着都对味！你这老古董厨艺精进不少哇！郑京东皮笑肉不笑地应着，一颗心这才放下。

看来国勇是块做厨师的料。除了性子娴静，好像也没什么大毛病。等国勇再见到他，恭恭敬敬跟他说话，他也不像过去那样打哈哈，而是郑重地点点头。看着那孩子的背影，心里也漾起一星半点的暖意。谁说的来着？这孩子父母离异，从小跟着祖母，性子难免绵软。郑京东手托着下巴，看他风风火火骑了自行车去街上买酸酱，这才踱到屋檐下点支香烟默默抽起来。一只野猫从檐上蹿过，他也没像往常那样抓起粪叉子去追打。

5

下了几场雨，就有些倒春寒。空气里满是牛粪和椴树花的气味。郑京东看着国勇说："你知道葛二吗？"

"知道。"

"你知道他欠着饭店的账不？"

"不知道……"

"从去年春天到今年春天，他总共吃了三千两百一十六块。"

"一个庄稼人，嘴还真馋。"

"可不是吗？除了嘴馋还好赌，老婆都被他卖了。"

"真的？心可够狠的。"

"你今天别干别的了，就去跟葛二要账。听说他犯了偏头疼，在家里躺着呢。他们家没院墙，你直接走进去就是。"

"……好……"

国勇就去要账了。郑京东在庭院里开始杀狗。郑京东杀狗是有讲究的，那就是先烧上三炷高香。一边烧一边嘴里念念有词。国勇曾好奇地问过他几次，叔您念的什么咒语？郑京东笑而不语。烧完香他才正式杀狗。狗这东西有灵性，从笼子里放出来时总会狂吠，吠着吠着蔫了，然后是细细的悠长的呜咽声，声如婴泣。郑京东杀狗之前先喂上顿饱食，这才绑了四肢乱棒打死。

国勇是在郑京东剥狗皮时回来的。郑京东头也没抬地问："账要回来了吗？"

国勇说："没。"

郑京东问："葛二怎么说的？"

国勇说："葛二说他手里没钱，等过些时候再还账。"

郑京东问："还说了什么？"

国勇想了想说："再没说别的。他一直在炕上躺着。"

郑京东直起腰身，看着国勇说："你先去忙吧。下午你再去一趟。"

国勇搔了搔头说："还去啊？"

郑京东说："你听不懂人话吗？"

国勇就去忙了。到了下午，郑京东将国勇叫过来说："去葛二家吧，这次把饭条子带上。"

国勇说："好。"

郑京东说："他这个点肯定在睡午觉。"

国勇说："他要是还说没钱，怎么办？"

郑京东没回答。郑京东只是瞥了他一眼。

国勇回来时，郑京东在洗脚。他头也没抬地问："账要回来了吗？"

国勇诺诺地说："没……没有。"

郑京东问："葛二怎么说的？"

国勇说："葛二说，他手里一个子儿都没有。"

郑京东问："还说了什么？"

国勇想了想说："他从炕上爬起来，指着我骂了两句。"

郑京东问："骂你什么？"

国勇吭哧着说："骂我……骂我狗仗人势。"

郑京东边擦脚边对国勇说："你先睡会儿。傍晚时你跟我走一趟。"

傍晚的冷水镇是一天中最美的。太阳裹了层蛋清，万物皆温静安然。蒲公英在墙角兀自怒放，野狗撒腿贴着电线杆撒尿，老母鸡屁股后头跟着一串鸡崽，放学的野孩子吹着口哨骑着自行车横冲直撞，西厢房卖水豆腐的磕巴拉着老寡妇的糙手热切地唠嗑，连王桂华也老老实实坐在门槛上绣十字绣。郑京东带着国勇急匆匆赶路根本无暇顾及。郑京东走在前，国勇跟在后。郑京东一身肥肉走起路来颤三颤，国勇一身腱子肉行起路悄然无声。

见到葛二时，葛二正用猪油炸花生米。葛二愣了愣，半晌才颤抖着问道："来了？"

郑京东"嗯"了一声。

葛二说："炕上有烟，自己抽。立柜上还有冰糖。"

郑京东说："刚掐的。不喜甜。"

葛二依旧半蹲着说："我手里没钱。"

郑京东说："我清楚。我还不清楚？我不聋，更不瞎。"

葛二干赔笑道："在这儿喝两盅吧，花生米挺香。"

郑京东从裤兜里抓出把白条扔到炕上，说："总共是三千两百一十六块。"

葛二湿巴着眼睛说："你总不能让我去卖血还账吧？我要是个女的就好了，打扮打扮还能出去卖一卖。"

郑京东笑眯眯地说："我怎么舍得让你去卖血？就算你是个女的，可鼠脸鸡胸，出去卖也只能是倒贴钱的货。你，不是养了三只山羊吗？"

葛二的脸都绿了。葛二去年不晓得从哪里牵来三只羔羊，精养细喂，倒比对他父母还用心。有时喝醉了，就搂着羊羔睡觉。冷水镇的人都知道，葛二的羊羔就像他的儿女一般。

郑京东说："我跟西街的羊倌问了，一只羊现在的市价是一千二。三只羊呢，就是三千六。扣除你的账钱，还剩下三百八十四元。这几个×子儿找给你也不合适。这样吧，你改日再去我那里吃两顿饭，我们就两讫，谁也不欠谁。"

葛二的手一个劲哆嗦，跟着郑京东出了屋，眼睁睁看着郑京东左手牵了一只白羊，右手牵了一只黑羊。郑京东只长了两只手，所以他对国勇说："还愣着干吗？"国勇畏畏缩缩地瞥葛二一眼。郑京东说："看他干什么？这羊现在是我的了！"

两人闲庭信步般拽着山羊出了葛二家庭院。油炸花生的煳味不时钻进葛二鼻孔，他呜咽两声，狠狠踢了踢门框。

郑京东将三只羊赶进猪圈，又督促国勇跟他去饭店。晚上还有三张包桌。国勇一句话都不说。真的一句话都没说。郑京东问他："你怎么了？"

国勇看他一眼，连嘴唇都没动。郑京东就问："你知道葛二是什么人吗？"

国勇说："穷人呗。"

郑京东说："他不是穷人。"

国勇说："是啊，他有钱，富得只有三只羊。"

郑京东说："他也不是有钱人。他是恶人。你知道他最大的梦想是什么？"

"梦想"这个词从郑京东嘴里说出来，让国勇小声着冷笑几声。郑京东说："你当过兵，算半个文化人，我是大老粗，你可别见笑。葛二的梦想就是当流氓。他一直想当个真正的流氓。"

国勇"扑哧"一声笑了，笑完又紧紧绷住嘴角。郑京东说："我可没骗你。这些年他坑蒙拐骗，卖老婆打爹妈，仗着手底下收了几个骚瓜蛋子，打架闹火，赌钱闹鬼，不是什么好鸟。可话说回来，流氓可不是谁想当就能当，也得有天分。"

国勇说："那你还敢牵他的羊？"

郑京东说："你个榆木脑袋。"

国勇说："怎么着你也不该牵人家的羊。不但牵了，还逼着我牵。"

郑京东递给他支烟，点着，慢慢腾腾地说："我牵他的羊，他屁话也不敢放，是因为，他怕我。他打心眼里怕我。"

国勇静静地瞅着郑京东。郑京东拍拍他肩膀说："给我记着，李国勇，这世道，只有我比你更坏，你才怕我，你才敬我，你才拿我当个人看。"

6

国勇一连几天没怎么搭理郑京东。郑京东浑不在乎，内心反倒分泌出隐隐快意。这一日顾客稀疏，闲来无事，大家都蹲蹴屋檐下晒太阳。便听到有人喊："有人吗？"

是电力站的收费员。郑京东打着哈哈问："我说大兄弟，今儿怎么这么悠闲？"收费员说："我是无事不登三宝殿哪。"郑京东说："哎，我知道你是来收电费了。可我们饭店最近生意不好，你没看到，我们都闲得晒奶玩？"收费员说："郑老板，好说好商量，生意不好就少收点。你们都一年没交电费了，最近上头查得紧，总得表示表示吧？我也好交差。"

郑京东晓得收费员馋狗肉了。他开饭店来就从没交过电费水费。郑京东朝小琴使个眼色，让她去拿条狗腿。收费员走后，郑京东看着国勇说："瞧见没，做事也讲究变通，不能一味使蛮劲。我给他狗腿是怕了他？不是，相反，他拿了狗腿，怕我才是真的。"

国勇只是蹲在那里抠指甲。

过了几天，郑京文匆匆忙忙来找郑京东。郑京文很少劳烦郑京东。在冷水镇，郑京文没有自己办不了的事。看来这次他是遇到真茬儿了。

县里马上要开"两会"。一开"两会"王桂华就忙上了。这话说起来倒有些陈芝麻烂谷子。多年前王桂华家有块自留地，种了几亩合欢树苗。镇里建工业园区时搞圈地运动，砍了树占了地，却只补偿了市价一半的钱。王桂华从没吃过亏，就跑到镇上要闹，就地打滚不行，又脱了裤子在院里疯跑。当时的镇委书记是前县长秘书，腰杆硬惯了，最见不得"刁民"，索性将她押到拘留所待了几天，所谓杀鸡骇猴。王桂华胳膊拧不过大腿，安稳几年，等那书记调走方才重整旗鼓。县里召开"两会"期间，她跑到市里告状。县里最怕的就是上访户，一上访就等于守了多年贞洁的寡妇临死前被人搞了一把。这王桂华得了些好处，得了些好处的王桂华每年都要上访一次。说是上访，无非是等着政府的人上门做些工作，给些银钱。自郑京文当上冷水镇新安街的主任以来，王桂华就没再闹腾过。郑京文老婆是王桂华远房表妹，算是给足了亲戚面子。不过今年不晓得哪根筋抽了疯，光市里就跑了两次，又嚷嚷着去北京，还派她开网吧的外甥专门打了张北京市交通地图。郑京文好说歹说，这次王桂华也没给他面子。没给面子的意思就是，郑京文去王桂华家做思想工作时，被她劈头盖脸骂了出来。

"什么？把你赶出来了？！"郑京东瞪着眼珠子喊道，"妈拉个巴子！真是不知好歹！"

郑京文笑了笑，慢慢悠悠地说："这件事啊，就拜托你了。我是没辙了。"

郑京东摆摆手说:"你走吧!看我怎么收拾她!我就不信这×养的还真能造反!"

郑京文走后,郑京东在那里生闷气。大老王说:"人家长得胖你喘个什么劲?"

郑京东拍着胸脯说:"她瞧不起郑京文就是瞧不起我!瞧不起我就是瞧不起我们老郑家!我们老郑家,什么时候被人瞧不起过!"

大老王说:"气大伤身,你呀,还是省点心吧。"

郑京东说:"这是非常严肃的事!别跟我嬉皮笑脸!"

小琴一旁插嘴:"爸,连京文大伯都摆不平,你瞎掺和什么?"

大老王敲边鼓:"就是。皇帝不急太监急,说的就是你这号傻子。"

郑京东"哼"了一声,手里的菜刀狠狠剁在菜板上。

大老王柔声道:"你这火暴脾气也该改改了。五十几的人,也到了知天命的岁数。"

郑京东斜眼看了看国勇。国勇低着头剥虾仁。郑京东对大老王恶狠狠地说:"闭嘴!!"

郑京东还真是几宿没睡好。白日里杀狗时竟忘了叨念咒语。

王桂华这老女人，说起来也委实不易，四十岁丧子，五十岁丧女，守着个半身不遂的男人。男人以前也是个人物，在县里的供销合作社上班，下岗后在冷水镇开了家粮油店，日子也过得去，孰料得了脑溢血后路也走不稳当，终日瘫在炕上听收音机。两家住隔壁，往来却寡少。王桂华那张小片嘴固然让人生厌，日子过得可怜却是真的。

翌日清晨，郑京东让国勇给王桂华送五百块钱。"你实话实说，是我让你送的。"

国勇嘟囔道："为什么不让小琴去？"郑京东眯眼盯着国勇。国勇匆忙点头："好吧我去。这点小事怎能劳烦小琴？"

不出郑京东意料，俄而国勇攥着钱悻悻归来。郑京东皱着眉头问："王桂华怎么说的？"

国勇说："她什么都没说……只是把钱摔在我脸上……"

郑京东问："真的什么都没说？"

国勇舔了舔嘴唇："说了……她说别人怕你，她可不怕你。"

郑京东问："还说什么了？"

国勇吭哧道："她……她还说，如果你是阎王爷，她就是……王母娘娘。你是地下的，她是天上的。"

郑京东咬着牙根恨恨道："老不死的。"

那夜郑京东翻来覆去，如何都睡不安稳。大老王从身后揽住他，他顺手掐了掐大老王的乳房。大老王"哎呀"了一声说，小点劲，怎么这么疼……郑京东很快从她身上心不在焉地爬下来，犹如一条被壳斗夹住了尾巴的黄鼬。

翌日郑京东早早来敲国勇的门。国勇慌张着问有什么事？郑京东说，你跟我去趟王桂华家。国勇嗫嚅地说还去啊？郑京东说，怎么？瞧不起我？这冷水镇，还真没有让我为难着窄的事！国勇磕磕巴巴地说，郑叔，我向天发誓，我可打心眼里宾服你……郑京东点点头说，那就好，谅你也不敢！说罢从裤兜拽出两个农药瓶，说，瞧见没？这是两个敌敌畏瓶，可要看好了，一个深棕，一个深红。国勇狐疑地瞥他一眼，他就说，棕瓶里是敌敌畏，红瓶里呢，装的井水。

国勇问，这是干吗？给黄瓜秧喷农药？郑京东乜斜他一眼说，待会儿我们去王桂华家。如果她还是不撞南墙不死心，我就喝农药！国勇"啊"了一声，愣愣地瞅他。郑京东干笑两声说，她是个人精，我要喝水她怎肯信？我先拿出农药让她仔细观瞧，让她比狗鼻子还灵的蒜头鼻闻到敌敌畏味儿，她才不起疑心。你假装跟我抢瓶儿，趁势把红瓶塞给我，我喝两口就假装扑地上！说到这里郑京东忍不住狂笑起来，说，你扶我起来，叫嚷着去镇医院，听懂没？镇医院的侯医生是我连襟，到时他放风出去，说我洗了胃住了院，我就不信王桂华的骨头还那么硬！

国勇张着嘴定定看他。郑京东笑眯眯地说，我听小琴说你在部队多才多艺，过年过节常演个二人转啥的，还得过纪念奖。

国勇摸了摸脑门，哆嗦着接过红药瓶。

那天国勇乖乖地跟在他屁股后头推开铁门穿过桃花朝王桂华家走去时，郑京东突觉有点……难过。逼着国勇跟他去搞王桂华，就像是逼良妇卖淫。这么想时他不禁回头去瞅国勇。路过那株桃树时国勇放缓了脚步，将鼻子伸到花蕊前深深吸着，仿佛濒死的病人拼命吸着氧气。这个只有多愁善感的女人家才做出的动作让郑京东心里的内疚一下烟消云散。他忍不住大喝一声："懒驴上磨屎尿多！快点！"

王桂华正在过堂屋坐着喝粥。她伸出暗红的长舌将碗边米粒舔舐干净，像条衰老的蜥蜴安然地吞食着蚊蚋。当她转身看到郑京东和李国勇，冷笑了两声："野狗啃不动骨头，把豺狼招来了？"

说实话，郑京东打算的开场白并非如此。毕竟是住了十几年的老邻。虽说"远亲不如近邻"这话不能安两家人身上，可也委实没有过大嫌隙。他始终觉得王桂华不易，一个女人命苦，旁人不能搀扶两把，更不能随便踩踏两脚。可这次他觉得王桂华太过分了。他腆着肚子俯视王桂华两眼，说："闹得差不多就行，太离谱就不好收场了。"

接下去的场景跟郑京东预料中如出一辙。王桂华开始数落政府的不是。她的声音尖酸高亢。郑京东深信如果她去唱乐亭大鼓，肯定是桃源最红的角儿。他闭眼竖耳听她数落完，这才慢声慢语道："我不管。你不给郑京文面子，就是不给我们老郑家面子。不给我们老郑家面子，就是逼我死给你看。信不信？"说罢他从裤兜里掏出药瓶，为了让农药气息弥漫得更烈，他特意将瓶口伸到王桂华鼻下晃了晃。王桂华当时就哑了。郑京东冷笑着将瓶口缓缓贴到唇边，说道："王桂华你给我记住，我是阎王爷，你不过是牛头马面！"

国勇惊叫着过来抢药瓶。他时机把握还算得当。他左臂抱住郑京东肥胖的腰身，右手晃动着去够药瓶。郑京东佯装挣扎，推搡之际将瓶子塞国勇手里。国勇大声喊着，叔你可不能这样！却迟迟没将药瓶接过。这样几个回合郑京东就冒了虚汗。他窥到王桂华只冷眼观瞧，像看出蹩脚的双簧。后来郑京东只得将瓶子胡乱塞进国勇裤兜，猛地搡开他大声喊道："把农药给我！她想当王母娘娘，得先过了我这关！"

国勇这时仿佛才猛然醒悟过来，窸窸窣窣地掏出个瓶子递给他，慌里慌张道："有话可要好好说！"

郑京东手里攥着国勇递过的药瓶，脑子一片空白。瓶子还是棕色的，老远能闻到那股呛人的酸臭味。他傻傻地攥着农药，一时不晓得如何是好。

王桂华这时从板凳上站起，拍拍屁股说："你们爷俩的戏演完没？我看够了。"

国勇就是此时将红药瓶从兜里掏出来。这样，他手里一个药瓶，郑京东手里一个药瓶，爷俩傻大黑粗地站在王桂华家的过堂里。有那么片刻，郑京东听到了檐下燕子的呢喃声，细而弱，仿佛谁在用草茎轻搔耳郭。他甚至留意到王桂华家的风箱上趴着一只褐色壁虎。它的皮肤是那种油亮的浅褐，一束暖光匍匐在它窄小的头颅上，像给它戴了顶银子铸造的皇冠，当它柔软的尾巴舒缓地左右摆动时，他听到王桂华轻描淡写地说："原来是假农药啊。你这阎王爷也只是草纸糊的，糨糊没干就跑出来吓唬人。"

"谁说是假的？"国勇诺诺道，"这两瓶农药可货真价实。"

王桂华说："你们不是来替郑京文撑门面吗？要真是农药，有本事你就喝了。你要是喝了，我保证这辈子再不上访！"

多年后郑京东还记得国勇把那瓶农药从他手里夺过去时，轻搔了搔他的手心。这个微小的莫名其妙的动作让郑京东当时有种错觉，那就是国勇只是在演戏，就像他曾经在部队演二人转一样。这种错觉一直伴随着他眼睁睁看着国勇将那瓶水一饮而尽，又将那瓶敌敌畏近乎勇猛地灌下。当国勇门扇般"咕咚"声瘫躺在地口吐碎沫白眼直翻，郑京东这才缓过神，"哎呀"一声将国勇抱起。这孩子骨头轻，郑京东没费多少气力就抱着他蹿出了王桂华家。在踉踉跄跄的奔跑中左脚的皮鞋跑丢了，他就一瘸一拐地跑："小琴！小琴！发动摩托！医院！医院！"

7

李国勇在镇医院躺了两天。

郑京东的连襟虽说是赤脚医生出身，却称得上悬壶济世。他先将李国勇洗胃，又不慌不忙地开药输液。郑京东嗷斥嗷斥地催促他麻利些，他也只是斜扫郑京东一眼，半句话也不肯多说。

小琴在病床边守了两天两宿，直到国勇醒来才长叹口气，直愣愣晕倒在床边。大老王呼天抢地叫护士来救人。等小琴睁开席篾般的小眼，她有气无力地朝郑京东招了招手。郑京东屁颠屁颠地跑过去，耳朵贴她唇边。小琴气若游丝地说道："爸，以后别逼国勇了。他就是那号人，改不了秉性。你要真将他逼死，"她笑了笑，"我也不活了。"郑京东只有不停地点头，将手心沁的汗偷偷在裤上揩两把。

国勇出院时大老王买了猪头，一曰祭祀，二曰祈福。郑京东把爹妈、二妹二妹夫也请来。妹夫在县城也是号人物，以前是血霸，金盆洗手后专养车队。国勇那天气色不错，只不过身子到底虚弱，吃了两口就小脸煞白。小琴让他且先休息。国勇说不碍事，我喜欢听姑父说话呢。二妹夫拍了拍他的肩说，你个大老爷们，哪儿能一辈子窝在厨房颠大勺？等病好了，跟姑父去开大货吧！国勇没吭声，只瞥了郑京东一眼。郑京东忙端起酒盅说，喝酒喝酒！这些闲嗑以后再唠！

说实话，郑京东对国勇算是彻底寒了心。到底是烂泥扶不上墙。国勇见了郑京东，也还先前那般毕恭毕敬，只不过话比先前更少。郑京东想，这孩子到底惧自己，说话间眼光老躲躲闪闪。

那日夜间郑京东小解，满鼻椴树花凋敝后的甘甜，屠虫在矢车菊里嘶鸣。郑京东檐下站了片刻，耳里响起稀里哗啦的水流声。心下狐疑，忍不住院子里转了转。到国勇住的厢房时，便听到里面传来细婉的嘤咛声，心下忽就明白是如何一档子事。

夏天眼看来了。冷水镇更加繁闹，南来北往的货车一辆挨一辆。那天小琴突然跟郑京东说："爸啊，我跟你商量个事。"

郑京东搓搓油腻的大手说："说吧。"

小琴说："说了你可别生气。"

郑京东皱着眉头问："我最怕你来马后炮。"

小琴说："国勇虽说一身本事，可毕竟是外来户，栖身咱家也是权宜之计。"

郑京东说："别给我整玄乎套，有话直说。"

小琴沉吟着说："我想让国勇开出租车。"

郑京东说："挺好。往来的客商多如牛毛，生意错不了。"

小琴说："你这样想真是太好了。不如这两天就把车买了？"

郑京东愣了愣。想开出租肯定是国勇的想法，看来是懒得待饭店了，又不敢直说，只得怂恿小琴出头。这么想时，难免对国勇又添几分厌恶。

还是跟大老王说了。大老王说，有啥琢磨的？全冷水镇都知道国勇是咱家没过门的女婿。你给他买车，人家断然不会说三道四，只能夸咱们是低眉的菩萨。郑京东想想说，也好，先给他买辆松花江吧。

国勇在部队学过开车，无论跑长途还是跑短路都不在话下。郑京东倒有些许不适。厨房骤然少了得力帮手，总觉得缺胳膊短腿。大老王切菜毛手毛脚，有时真是抱着干柴救烈火，越帮越忙。那天锅里的油快着了，郑京东扯着破锣嗓子喊，国勇！虾仁切好没有！喊完不禁一愣，竟有些怅然。

有一日得闲，忍不住偷偷跑街上瞥了两眼。出租车都聚在镇医院对过。国勇的绛红松花江停在辆夏利旁边。走近了看，国勇躺座位上，两只脚顶着玻璃窗。他睡着了。夏日暴戾的阳光打在他额头，一只绿头苍蝇落在油脂上探着触角。他眉目紧蹙，似乎在梦里尚有忧愁的事。他的睡相既疲惫又安静，犹如降生不久的婴孩。收音机还响着，公鸭嗓的老单田芳正在说评书。郑京东心里忽涌起股从没有过的柔情。他想，这孩子多不易，没回东北老家，硬着头皮在陌生之地谋生，为的只是心仪的姑娘。而这个姑娘不是旁人，就是他亲闺女。他为何不能对这孩子好点？就算他是窝囊废，也是小琴喜欢的窝囊废。

回来后他漫不经心地问小琴，国勇这车开得如何？小琴说，生意挺好，国勇会来事，回头客多，就是……就是什么？郑京东问。小琴大大咧咧地说，也没啥，松花江没空调，把顾客闷得像条蛆，国勇也一身臭汗。

晚上跟大老王折腾一番。他们很久没折腾。大老王喘息着躺他怀里说："挑个良辰吉日，把小琴国勇的婚事办了吧。"

郑京东没言语。大老王说："我晓得你不甘。可哪里找国勇这样的？有爹有妈，却等于没爹没妈。人是木讷，可有小琴帮衬，日子也不会差。"

郑京东说："也好，老抻着也不是回事。"

大老王说："这就对了。我们手里的钱，干攒着带进棺木吗？干脆给国勇买辆空调车算了。热死荒天，真要中了暑，小琴又得怪罪我们。"

就将松花江卖了，买了辆带空调的夏利。国勇欢喜得紧，晚上特意给郑京东和大老王炒了俩拿手小菜，又给郑京东早早倒了二锅头。郑京东"滋滋"地喝着，喝两口看一眼国勇，看得国勇有些发毛，问："叔，你有什么话尽管说。"

郑京东问："喜欢小琴不？"

小琴插嘴说："他不喜欢我，能留在咱桃源县？"

郑京东说："一边凉快着去。"

国勇说："喜欢。"

郑京东说："比她漂亮的姑娘有的是。"

国勇搔着头说："托尔斯泰说过，人是因为可爱才漂亮。"

郑京东说："我不管你什么脱不脱，我不管你什么抬不抬，我将小琴许配给你，你乐意不？"

国勇半晌没吭声。这倒让郑京东和大老王有些意外。

"我拿什么跟小琴结婚？"国勇给郑京东倒了盅酒，慢条斯理道："等我攒足了钱，在县城买了房，就敲锣打鼓娶小琴。"

郑京东吧嗒着嘴说："也好。"

睡觉时大老王批评郑京东，怪他把话说死了，又嘀咕说，你真是喂不熟的白眼狼，他农药都替你喝了，还换不来你个热乎屁！

8

国勇在郑京东家一住就是十来个月。这些时日冷水镇倒发生了不少趣事。譬如新安街孙家的媳妇在丈夫北京打工期间，聊了市里的网友，私下去宾馆幽会，不承想一觉醒来，金银细软全被卷走，只得打电话叫她妹妹去宾馆结账；譬如线厂的几个中年妇女，见厂里的一个后生生得俊俏，貌赛潘安，竟动了邪念，邀那后生喝酒，却在酒里下了春药，结果那后生下身大出血，被送到县医院抢救；还譬如患间歇性神经病的张家儿子报名参加《非诚勿扰》，竟领回来个穿超短裙的上海女孩……郑京东家倒安生，狗肉馆开得一日火一日，接连雇用了俩五大三粗的农妇做服务员。年前郑京东架不住小琴忽悠，将那辆夏利车卖了，给国勇换了辆黑色桑塔纳。国勇还如先前般勤快，不拉脚时就在家洗衣服。或是当兵养成的习性，有些轻微洁癖，不光自己的衣物洗得鲜亮，连郑京东他们的内衣内裤袜子乳罩也都洗刷得干净透亮。冷水镇的人都背后说郑京东这恶人命好，找了个好女婿。

郑京东佯装没听到。说实话，整天跟这孩子吃一个饭桌蹲一个茅坑，也渐生亲近之心，间或几天不见难免也念叨。有次李国勇开车回东北探望老祖母，一待十余天，郑京东老觉得屋子里缺了个人，动不动就念诵，这兔崽子怎么还不回来？等国勇真回来那天，郑京东早早令小琴宰了葛二的黑羊，慢火炖了，又烫了壶白酒候着。说是傍黑前到家，可左等右等不来，打手机也无人接听。郑京东溜达着去街头张看，没料到在一家烧烤店，真就看到了国勇。

国勇正跟一帮人喝酒。那帮人郑京东大都相识，全是葛二手下游手好闲的货，不种田不打工，专偷鸡摸狗摘花宿柳。气就不打一处来。国勇喝得脸冒油光，见到郑京东时不慌不忙站起，笑着说："叔，我奶给你带了上好的蘑菇跟鱼子酱。"

他坦然的神情倒让郑京东有些意外。郑京东说："小琴在家等你。"

国勇说："我路过这儿，恰巧碰到这帮哥们儿，非拉我喝两杯。相请不如偶遇。"

郑京东说："小琴给你烀了羊腿。"

国勇说："我知道了。"

郑京东说："小琴给你烫了白酒。"

国勇说："知道了。"

郑京东说："小琴给你铺了被褥。"

国勇说："知道。"

郑京东皱眉点点头转身撤了。他发觉国勇真不一样了。他不再惧自己，不但不惧，反倒有些孟浪的亲狎。不过一年光景，这孩子已不是当初那个动不动就脸红的李国勇。这是如何一回事？郑京东也搞不清。

立春时，冷水镇各条街道又要选举。这些年，选举简直比过年还喧闹喜庆。候选人除了拉帮结派还须挨家挨户拉票。票可不能白拉，得有"票货"。所谓"票货"，通常是鸡鸭鱼肉。当然也有别的物事。譬如那年王屠户参选，送的是煮熟的驴鞭。每家一大根，还散发着花椒香气。等送到李二麻子家，只剩最小的一根，比中指长不几寸，估计出自最嫩的那头草驴。结果那年王屠户以一票落北。事后得知，就缺李二麻子那一票。所以"票货"都得足斤足称，白鲢都得是两斤，鸡蛋都得是一两。要挨家挨户串，若张三应你，投你的票，自会收下"票货"，若是他应了别人，是大门都不给你开。

郑京文这年还要参选新安街的村主任。他早早派人将票送过来。这票本应是现场发投，不晓得郑京文如何早早偷弄出来。郑京东瞥了一眼说："没问题，告诉我大哥，我们家的票就是断了腿的螃蟹，跑不了。"话是这么说，等送票的刚走，他转身叮嘱大老王跟小琴道："都给我记着，今年我们投刘德辉！"

大老王甚是讶异，摸着他额头问道："你没发烧吧？"

郑京东掸掉她的手："听我的话就是！"

大老王跟小琴面面相觑。郑京东说："我不投他！他办了对不起我的事！"

小琴问哪里对不起了？郑京东说："去年我替他收拾王桂华、国勇喝了农药，他连医院都没去趟！只虚乎着打个电话，忒瞧不起人！还带着帮村干部到驴肉馆吃火烧，眼里还有我这个兄弟吗？！"

大老王说："你真是上眼皮看下眼皮，目光短浅。什么事都要看一世，不能看一时。他只做了两件对不起你的事，你难道要记恨一辈子？"

郑京东气呼呼地说："我眼里揉不进沙子！"

大老王跟小琴去瞅国勇。国勇一直在旁笑着抽烟。后来他将烟掐了，说："叔啊，这事你可办得不对。"

郑京东瞄他一眼说："你是外乡人，哪里懂我们本乡本土的勾当？"

国勇说："我怎么不懂？刘德辉没脓没水，参选只是仗了他那族的势力，真要当选了，能给咱好果子吃？更不消说来咱们饭店吃饭。你忘了对面的火锅城就是他表弟开的？前年我当墩子时，京文大伯在咱家吃了十八顿饭，少说也有两万块。把票投了刘德辉，伤了和气不说，还要损失多少钱？"

郑京东茫然地看着李国勇。他觉得这孩子说的话没错。他从不晓得这孩子会算账。不但会算账，还算得这么准。李国勇抱着双臂静静凝视着郑京东。郑京东觉得这孩子委实不一般了。他蓦然想起，那天国勇跟葛二的喽啰吃烧烤，也是这副泰然自若的神情。

"小琴，去拿支笔，我们现在就把选票填了。"国勇的声音笃定沉稳。等小琴把笔拿来，国勇对郑京东说："叔，你是当家的，先填吧。"

　　郑京东想说什么，却终未说出。他接过钢笔老老实实将票填好。填好又将票恭恭敬敬递给国勇。国勇这才伸出大拇指说："叔，你真是个明事理的人。"

　　郑京东心里五味杂陈。国勇让自己先将选票填好，无非是怕自己中途变卦；夸自己明事理，无非是给自己戴顶高帽。他盯着国勇将一家三口的票小心翼翼叠好，打个响指塞进小琴衣兜，说："美国人也都是这么投票的。"

　　事后忍不住对大老王说："国勇这孩子，越来越活泛，倒像变了个人。"

　　大老王呷摸着嘴说："近朱者赤。天天跟咱们栖一个窝，傻子也能当县长。"

　　郑京东觉得大老王的话有道理。大老王的话总是有道理的。

　　郑京东给小琴他们从县城买房也有些时日。房产证上写的是李国勇大名。当初郑京文知道此事后，特意找郑京东谈过一席话，告诫他房主还是要写小琴。将来的事谁敢打包票？连奥巴马都不敢保证自己能连任。万一将来日子过散了，房子归属可是大麻烦。郑京东瞪了郑京文半天，方才吐出两个字："他敢？！"

　　房子之所以还未装修，起因是小琴和国勇发生了分歧。小琴执意在餐厅打个豪华的橡木酒柜，专摆黑龙江葡萄酒和俄罗斯白兰地，两人没事了就像电视剧里演的那样坐在高背椅上脉脉含情地对饮小酌；床要原木，她喜粉红，说是躺上面就像躺在柔软甘甜的蜀葵花蕊里。国勇觉得摆个偌大酒柜纯粹浪费空间，谁有事没事喝白兰地？原木床更要不得，最好垒一席又宽又长的火炕。在东北老家睡的都是火炕，煲腰护肾，将来对孩子骨骼发育有百利而无一害，没看到东北人都虎背熊腰？……俩人三两天没如何说话。

郑京东说："你们的窝，无论搭成狗窝还是搭成鸡窝，老子统统不管！只要给我跟你妈留一间就行！"最后还是小琴让步。她对郑京东说："国勇说什么就是什么。土炕就土炕，我也不怕人笑话。哎，他一个当兵的出身，懂什么叫高雅？懂什么叫品位？真是高看了他！"

这才开始正儿八经装修，其间还要筹备婚礼。那天忙活完，郑京东将国勇叫到跟前说："抽空把这保证书签了吧！"国勇讶异地问道："什么保证书？"

郑京东得意扬扬地说："我可是请镇上的秘书写的，一点儿毛病没有。"国勇接过去仔细瞅了瞅：

保证书

我李国勇跟郑小琴结婚后，谨遵以下条款：

一、不打郑小琴。

二、与亲生父母断绝一切来往，老不赡养死不葬。

三、郑京东和王菊芬为唯一父母。

四、以上条款如有违背，净身出户，决不食言。

保证人：李国勇（手印）

××××年×月×日

国勇看了一遍，又上上下下扫两眼。见郑京东热切地瞪他，这才不急不缓道："叔，你说什么就是什么。我亲爹亲妈打十岁后就再没露过脸，我就是想养老，也找不到他们。再说我怎舍得打小琴？小琴这么好的姑娘，全世界打着灯笼都找不到。我签，这紧箍咒我戴。"

郑京东这才咧嘴大笑，说："那就好。快把手印按了。按了我就放心了！"国勇又拿着保证书仔细端详一番，这才将手指按进红印泥，良久都没有松开。

那天大老王洗衣服，洗着洗着将郑京东拽到一旁说："你看这是谁？"却是国勇的卡包落在裤兜，包里有张黑白照片，四角有些磨损。照片上是个梳辫子的女人，眉眼出挑。郑京东愣愣瞅了半晌。大老王说："八成是他妈。唉，这孩子嘴上说不想是假的。要真不想，何必老把照片揣身上？"郑京东撇着嘴说："你怕个啥，我们可是签了合同！你才是他亲妈！你才是他受法律保护的亲妈！"大老王就讪讪地笑了。

结婚那天还真热闹。唱了两天两宿歌舞，摆了三十张流水席。镇上的人物全来了，连镇里的组织委员和宣传干事也西装革履地来贺喜；纺纱厂的老板们都开着一水的宝马X5；亲戚皆来张罗帮衬，吹气球挂彩灯，贴喜字缝栗子；各街混子也趋之若鹜，葛二染头紫发，脖上拴条镀金粗链送来三只本地狗；左邻右舍更不消说，连王桂华也冰释前嫌，穿着大老王送的唐装端盘洗碗安排宾朋；镇上所有的出租车司机也都来了，均上了一千块钱礼钱。这让郑京东颇为意外，还没听说谁家收过如此重的礼钱。看来国勇的面子够足。

那天还出了两件小事。一是正忙得不可开交，大老王将郑京东揪到一旁说，小琴大姑父在门口溜达呢。郑京东有两个妹夫，除了二妹夫，还有同街的大妹夫。那年郑京东开着三马子车路过妹夫家门口，妹夫正卸玉米，挡了郑京东的路。郑京东等得不耐烦骂骂咧咧。大妹夫也是藏性脾气，两人呛呛起来。不承想郑京东顺手从车上拽把斧头，蹿下车就去砍他……两家就断了往来。大妹夫对大老王说，他想参加婚礼，可没收到请柬，怕郑京东轰他出来；可如若不来，毕竟是至亲，礼数不到，郑京东犯了毛挑剔他不是，再拿斧头砍他如何是好？他岁数大了，也跑不动了。这才在门口转悠，进也不是，退也不是。

"欢喜事，让他进来喝几杯！"郑京东咧着腮帮说，"我保证不拿斧头砍他！"

第二件事倒让郑京东颇为震惊。新郎新娘正挨桌敬酒，迎宾气喘吁吁跑进，扒郑京东耳朵说，县城来了俩警察，说是找李国勇。郑京东心头一颤。他这辈子不怕天不怕地，不怕鬼也不怕王桂华，就是怕警察。他瞅了眼国勇小琴。他们正给副镇长敬酒。他对迎宾说，你先拿两条好烟过去，说是办喜事，让他们稍等。

警察抄手往院子里观瞧。见了国勇问，你是李国勇？国勇说没错。警察说，知道我们为什么来吗？国勇笑着说，知道，不过大哥，今天是我大喜的日子，有什么话改日谈成吗？边说边递烟。警察说，刚掐的。国勇嘻嘻着说，给个面子嘛，好歹是喜烟。警察接了，国勇忙将火点着。警察吧嗒着香烟说，其实也没什么大事，想给前两天你们打架的事做个笔录，不承想碰到你们办喜宴。国勇点头说，没问题，没问题！等过了蜜月我去派出所找你们！警察也没再说别的，开了警车闪了。

郑京东呆呆地看着国勇，半晌才问："你有什么事瞒我？"

国勇说："这不是准备宴席嘛。我跟小琴去市场买白条鸡。"

郑京东："我知道。"

国勇说："买了几十只白条鸡，让店家帮我们拎上车，店家死活不肯。我说不能过河就拆桥，要不送我们就退货。店家说你吹啥牛×，敢退货就打断你的狗腿。你说我还能买吗？"

郑京东气呼呼地说："买个鸡巴毛！"

国勇说："就是。后来动手，他们不是杀猪的就是宰羊的，手黑着呢。还好小琴机灵，给姑父打电话。他带帮兄弟过来，拆了店家的铺子，打断了店家的鼻梁。"

郑京东说："好！打得好！往死里打！要是我，还得断他两条胳膊！"

国勇笑了，说："爸，我去敬酒了。"

郑京东龇着牙说："去吧去吧！给我多喝几杯！"

看着国勇的背影，郑京东先是欣慰，别看这孩子不轻易吱声，却有大主意；旋尔又有些失望。失望什么？他说不清。那个羞涩窝囊的小伙不见了，这不正是他期盼已久的？他远远望着国勇挽着小琴有说有笑地敬酒。国勇穿件白衬衣，脸颊上满是青胡楂。这次本来请了他家人，可他大伯临时有事没来，祖母已耄耋之年，俗语说"七十不留饭，八十不留宿"，身子骨也折腾不起。虽是国勇娶亲，却连个儿时的伴郎都无，难怪他眼神梦游般空洞。

9

婚后国勇和小琴仍住冷水镇。两口子住在对门屋。国勇开出租没个黑夜白日，客人急等坐飞机，凌晨三点就要爬起来，连口热乎饭都吃不上，有时送完客人已繁星布天，累得连口水都咽不下。那日郑京东正看《新闻联播》，国勇说，爸，我不想开出租车了。郑京东半天没接话。国勇又说，我想跟二姑父去开大车。郑京东还是没接话。已然深秋，郑京东不禁将目光转向窗外。黑漆漆的天幕将冷水镇裹挟在内里，只恍惚闪着几家灯火。蜀葵日渐枯萎的枝丫映在玻璃上，犹如沉默抖索的皮影。

"想去就去，"郑京东说，"明天我打听打听，一辆大货多少钱。"

郑京东挺欣慰。国勇没让小琴张口，而是自己来商量，说明他把自己没当外人。只有一家人才不说两样话，这道理郑京东是懂的。小琴是他半个儿子，国勇也是他半个儿子。即便哪天双手一撒一命归西，他郑京东也不再是绝户。

据王桂华跟人家说，郑京东真有钱啊，二十多万一把采齐。看来这东北人真是掉进了销金窟！二妹夫的车队每日从钢厂往港口拉钢锭，回时从港口往钢厂拉煤炭。旁人是要交管理费的，国勇的车免费，哪怕挣了一分也是干攒。

倒比开出租还忙，回到家两腿一蹬呼呼睡死过去，小琴扒拉半晌仍像条冬眠的蛇。那天小琴摸着他的胡楂说，钱是什么东西呢，生不带来死不带去，够花就行，你悠着点。国勇扒拉开她的手说，人都是贱骨头，越养越糠，我奶都八十了，不照样种玉米种高粱？腿脚可比你妈利索多了。

一日归来，竟头上裹了层厚纱布，手上涂了猩红药水。小琴惊问是如何一回事？郑京东也闻声赶来，见国勇一声不吭地抽烟。"我没事，"他脱鞋上炕盘腿而坐，"这是常有的事。在码头上卸货，跟云落县的地痞打起来了。"

"你姑父知道不？"郑京东皱着眉头问，"咋不找你姑父？"

国勇淡淡地说："他被砍掉了一根手指。"

郑京东闭了嘴闷闷回屋。大老王串门回来，郑京东埋怨道，国勇这小子越发没大小，跑大货以来就没主动过来张一眼，今儿受了伤，问询两句，也爱搭不理，什么狗东西！大老王忙问国勇伤势如何？郑京东不耐烦地说，死不了！皮肉伤！看妹夫倒是紧要！

二妹夫的手指也无大碍，打了石膏夹板正在输液。他说这次混战多亏了国勇。这孩子不愧部队出身，胆大手黑，抓把大片刀左砍右劈，屁大会儿工夫放倒对方五个小伙。"这帮狗操的，竟敢蹲太岁头上拉屎！看他们还敢不敢抢车位！"

郑京东听他眉飞色舞地讲述国勇如何一刀下去割了对方脖颈，如何第二刀挑了对方脚脖，如何第三刀削掉对方半只耳朵……郑京东高兴起来，说："真是老子英雄儿好汉！"

就杀了最肥的一只狼青，炖熟了屁颠屁颠端过去。国勇正躺炕上养神，听到动静也没起身。郑京东也没在意，说："我添了枸杞牡蛎，滋补壮阳，趁热多吃口！"国勇这才欠了欠身，郑京东忙将他按在炕上，"伤筋动骨的，还在乎什么礼数？"国勇说："我没事，明个就去拉货了。"郑京东婆婆妈妈劝他再调养两天，国勇只面壁横躺再无一字。郑京东悻悻出门。大老王倒颇有微词，说你也不劝劝他，日后再砍砍杀杀，小琴怎能不揪心？再说，架子大得像慈禧，越来越不像话。郑京东捶她一下说："这才有个爷们样！女人全一路货色，小肚鸡肠！"

　　话还真是被大老王说着。那晚郑京东睡得正香，大老王忽捅咕他说："我咋老听到屋顶上有动静？是不是来了小偷？"郑京东没声好气地说："谁敢偷咱们家！"大老王嘀咕道："不信的话你再听听，真有人从屋上跳下来了。"郑京东刚要骂她，就听到有人"咚咚"地踹门。心下犯了疑，囫囵着套件衣裳，顺手从炕席拎了把豁牙漏齿的屠刀，趿拉上鞋蹑手蹑脚溜到门边，细细朝屋外瞧看。尚未看清，木门就被踹开，几团黑影携着寒气闪进屋内，直把郑京东撞个趔趄。那几人似是吃了一惊，朝郑京东一顿劈头盖脸乱揍。郑京东虽老了，可也不白给，嘴里吼叫着将手中刀左劈右砍，顿时屋内的煤气灶和橱柜噼里啪啦摔倒在地。他头上被人打了一闷棍，也不如何碍事，口里更是骂得欢蹦。好歹国勇闻声出来，冷不防将灯打开。郑京东慌忙后撤几步，这才看清来人俱是黑布蒙面，手里攥着砍刀长棍。那几人一愣，旋尔转身即跑。国勇手里抄起柄铁锹光脚紧追出去。郑京东大喊："回来！别追！"国勇哪里听得见？他匆忙将院内的灯打开，那几人正在翻墙。其中一人骑在墙头，国勇朝他左腿就是一锹。那人惨叫一声，扑通声摔到院外。摔下去时还不忘朝国勇头上砍了一刀。郑京东小跑过去，只见国勇左耳被砍掉块肉。国勇咒骂着要开门去追，被郑京东死死抱住。

郑京东知道，是仇家来"端窝"了。所谓"端窝"，就是砸仇家锅，打仇家人，吓唬吓唬勿再生事。被"端窝"的只要知趣，却也无大碍。国勇用纱布包裹了耳朵，闷闷地盯着郑京东，牙齿咬得嘎巴嘎巴响。郑京东安慰他说，什么狗屁事！防着点就好！

躺了两天国勇又出车了。那日归来时得意地朝郑京东笑。郑京东问，有喜事啊？国勇说："爸，你说得真对。"郑京东问："对什么？"国勇沉吟着说："这世上，对恶人只能以恶制恶。"郑京东瞪着眼问："又打架了？"国勇摇摇头说："你放心，日后再也没人敢夜里踹咱们家门。"郑京东斜着眼问道："为啥？"国勇望着窗外说："脚筋被挑断的人，还怎么踹门？"他说话的语气那么平淡，却让郑京东背后的汗毛都竖了起来。

国勇更忙，今天被交通局截，明天请运管站饭，后天跟港口协商事宜，常三五日不着家。小琴难免叨咕两句。也是，结婚都快一年，小琴腹内仍跟盐碱地似的寻不到半棵禾苗。虽两人也没闲着，可毕竟聚少离多。大老王跟郑京东说："我看还是让国勇回来开出租吧！"

郑京东撇撇嘴："他现在就像只花腿蜘蛛，吐半天丝织张网，他能说毁就毁？"

大老王叹息声，又劝小琴说："包子肉多不在褶，怀没怀上不打紧。你们年轻，慢慢来。日子不还长着？"

小琴似乎想辩白，不过话到嘴边又咽下。大老王说："就是牛郎跟织女过日子，也难免磕磕绊绊。"

小琴只是拉着一张圆脸。她婚后是越来越胖了。

那晚郑京东从饭店回来，国勇正等他。国勇说，想跟他姑父合买两个储油罐。车队日后就可以自己加油，省钱又省事。郑京东知道又是伸手要钱，可一年内买了两辆大货，膀沉倒是真的。尚有些存款，不过都是死期，现下取出来可惜了利息。不过也没含糊，径自跑到郑京文家借了五万块。郑京文倒爽快，说："你这个老丈人，倒比他亲爹还亲。"

郑京东说："我就是他亲爹。这可是签了合同的。"

郑京文说："人心都是海底针，到时可别吃哑巴亏。"

郑京东怒道："你再挑拨离间，可别怪我不客气！"

郑京文笑了。笑得很难看。

国勇再回来时，小琴跟他吵了一架。郑京东想不通他们为何吵架。想必是小琴没缝下蛆。先听到小琴压着嗓子叨烦。夜深人静，这叨烦声越发尖阔，房顶都要掀开。郑京东听国勇喊道："给我闭嘴！叨叨你妈个×！不老实削你！活人惯的！"小琴哭闹得更凶。郑京东朝大老王使个眼色，大老王趿拉着鞋去敲门。国勇死活不开，只听得里面乒乓大作。大老王心疼，敲着门板喊："别摔电视！别摔电脑！别摔微波炉！洗衣机也不能踹！"里面仍叮当声起伏，郑京东这才过去，隔着门板吼道："闹个毛！再闹把你们的腿都打折了！"

里面才静下。郑京东站在过堂屋忽觉脊梁骨阵阵发凉。门外一派漆黑，蔷薇和蜀葵的腐叶被风拂弄，发出细小的"沙沙"声，蟋蟀不如何叫了，间或一声，急促喑哑，仿若死者最后的叹息。他呆呆地想，这日子一年年的真快，眼瞅着就老了，他明显感觉到胸内那口气喘得不如以前长久，骨头也时常莫名酸胀，杀起狗来，往往要闷上七八棍才了事。会不会是自己患了症候？

10

郑京东没什么症候，有症候的是大老王。大老王老觉乳房胀痛。郑京东让小琴她姑带着去县医院体检。结果出来，真得了乳腺癌，虽不是恶性，也不是良性，医生建议尽快去市里做切乳手术。

等手术完了，又在医院化疗。大老王吃什么吐什么。那天吐完她抓住郑京东的手突然笑了，说："郑京东，你怎么没遇上过天上掉肉包的好事呢？”

郑京东听她这般一说，不禁鼻酸目胀，迟疑着问道："说来听听？"

大老王抠着他的糙手心说："你这辈子娶了我，难道不是捡了天下最香的肉包子？"

郑京东看着窗外的秋雨湿了屋顶，半晌才说："就是。"

大老王又说："我有件事求你，你无论如何也要应我。"

郑京东死盯着她看。大老王慢悠悠地说："你记着，我死后，无论如何买个贵点的乳罩。别从集上买，从县里的超市买。超市的质量好。别买黑的，要红的，像蔷薇那么红的。你给我好好戴上。"

郑京东轻轻触了触她扁平的胸，又将了将她的头发。用不多久，这些头发也会一根不剩。

饭店暂时关了张。小琴跟郑京东轮流看护大老王。做完第一个疗程的化疗，早早卷了铺盖回家。回了家大老王也饭菜难咽，只喝稀粥，躺炕上动也不动，仿佛琢磨什么心事。那天忽对郑京东说："寻思国勇开大车清闲点，没想到是瞎子背瞎子，忙上加忙。"

国勇在大老王住院期间来过三次，陪过两宿。出院时也没跟小琴一起来接。郑京东说："可不是吗。"大老王嗫嚅着说："男人喜欢漂亮脸蛋儿，女人喜欢甜言蜜语，女人才化妆，男人才撒谎。

国勇这段时间不太靠谱，你可要替小琴看着点。"

郑京东"呸"了一声："你呀，满嘴狗尿苔！"

话是这么说，不过也委实觉出国勇有些蹊跷。回家次数越发少，吃顿饭半句话也嫌多，倒不如何跟小琴拌嘴，只是两口子大眼瞪小眼，不像以前那般当人面就打情骂俏。那天他大妹夫来探大老王。小琴婚后两家走动也频繁，亲戚又续上。走时大妹夫将郑京东拉到一旁扯东道西。郑京东不耐烦地问："有屎快拉。"

大妹夫磕磕巴巴道："那……那……我……我可说了。"

郑京东说："说呗，我又没拿臭白薯堵你嘴。"

大妹夫犹豫着说："我说了可不许拿斧头砍我。"

郑京东"嘿嘿"两声，大妹夫才小声道："前两天我听旁人说，二妹夫常带国勇去歌厅找小姐……"

郑京东白着脸说："放屁！"

大妹夫哆嗦一下，颤颤巍巍地说："我也不信……前天去县城买水泵，从家歌厅门口路过，恰好看到国勇从里面出来……"郑京东眯眼盯他，盯得他汗毛都竖起，"国勇……搂着个小姐……"

郑京东说："你咋知道是小姐？他们跑业务请人唱歌是常事。现在不都兴这个？"

大妹夫皱皱鼻子说："那女的黑丝袜超短裙，嫩胳膊缠住国勇腰。都这样谈业务啊？"

　　郑京东只觉巨蟒缠身，越紧越出不来气。

　　郑京东黑着脸两天没说话。

　　郑京东杀了两条狗，将狗皮晾在院子里晒。

　　大老王说："你是不是嫌弃我了？哎，我以前虽人老珠黄，可毕竟要哪儿有哪儿。"

　　大老王生病后就越来越不会说话。郑京东当然不跟她一般见识。

　　大老王又说："我要死了，你可以再娶个……不过千万别娶王桂华。她蝎子心刀子嘴，我可怜的小琴哪……"王桂华男人年前死了。

　　郑京东说："你死不了！你话多，阎王爷不喜欢！"

　　国勇回家时给大老王买了十只洪泽湖大闸蟹。大老王吃了点蟹黄就吐得磨磨唧唧。小琴打扫干净，郑京东继续跟国勇喝酒。国勇酒量越来越好，七八两二锅头下肚仍面不改色心不跳。郑京东久久凝望着他。他以前嫌他窝囊面嫩，想手把手将他调教成一个人人惧怕敬畏的人物，可终归没能得逞。他以为这孩子一辈子就这德行，死了一把灰，没来过世上一般；谁承想如今变成一个跟警察嬉皮笑脸、动不动乱刀砍人、没事泡窑姐的货色。他不但没能欢喜，反倒忧心忡忡。他以前总是俯看他，现如今却要稍仰起头，方能看清他的眉眼。郑京东越想越不是滋味，自己干了杯白酒，想问国勇些话，却不晓得从何问起。国勇也不吱声，安然地喝着酒，偶尔淡淡瞥他一眼，眼里什么都没有。连瞳孔都像是假的。

又个把月过去，郑京东带大老王去市里化疗，没让小琴陪床，只叮嘱她无论多晚，尽量让国勇回家。小琴啃着一只干瘪的苹果，默然望着窗外。

大老王出院当天，郑京东径自打了辆出租车直奔海港。在郑京东漫长嘈杂的一生中，那次午后的海港之行无疑是他最难忘的一次行程。郑京东没从冷水镇租车，而是从桃源县城租的。冷水镇的司机都是国勇哥们儿，难免走漏风声。车是辆黑色凯美瑞，既不招摇也不寒碜，断不会引旁人留意。出发之前，郑京东内心忽喷涌出一股悲凉之气，他久久攥着车把手，仿佛全身的血肉俱按压上面。半晌才喃喃自语道："走吧，走吧。"仿佛不是跟司机说，而是迟疑着劝慰自己。

他从没去过海港。在他多年的乡居生活中，饭店、菜市场、狗圈和银行才是他最喜欢的场所。在旅途中，他好奇地看着高速路两旁的红枫，它们像一路燃烧的火焰在半空中徐徐跳动。他闻到了愈来愈浓烈的海风腥气。他想象着国勇如何每日开着拉满钢锭煤炭的货车在这条悠长寂静的公路上飞奔，内心竟是种懒洋洋的暖意。在到达港务局时他遇到点麻烦。传达室的保安问他找谁。他吭哧半天也没回答。保安鄙夷地瞥他一眼说，这里又不是免费的游乐场，说进就进。他这才脸红脖子粗地喊出二妹夫的名号。保安晃他两眼说，进去吧！

在装卸地，他窥到了国勇。国勇正指挥着一帮工人卸货。他叼根烟，团抱着臂膀悠闲地左顾右看，像游手好闲的老地主。透过茶色玻璃窗，他看不清国勇的眉眼。国勇将香烟扔掉，嘴唇哑剧演员那样滑稽地翕动，似乎在大声吆喝。在一刹那，他竟心满意足。但他马上警告了自己，千万别忘了此行目的。他让出租车司机打开收音机。里面传出悠扬的小提琴声，接下去外国女人颤抖着满是油脂的嗓子唱起歌剧。他一句听不懂，不但听不懂，反让他焦躁不安。他跟司机说，师傅，能换个频道不？司机没吭声。两个油嘴滑舌的人开始说相声。

"你喜欢郭德纲吗？"司机问，"我在北京德云社看过他的现场。人长得比你丑多了。"

他"哦"了声问："是电影演员吗？老演强奸犯的那个？"

下午五时，国勇的车已装满煤炭。国勇心细，为了不让他发现被跟踪，郑京东执意让司机将车牌卸下。

"我会被罚款的，"司机不耐烦地说，"你干吗不找个私家侦探？"

他讨好似的递给司机一支软中华："我就是桃源县最好的私家侦探。"

他们跟着国勇的大货去了桃源县钢厂，在钢厂门口他又央求司机将车牌挂好。司机大概被他折腾得麻木，只木偶般言听计从，嘴里不时哼出一两声冷笑。

晚上七点，国勇将货卸好，然后跳上一辆斯巴鲁。那是二妹夫的车。斯巴鲁直接奔往一家叫"好姐妹"的饭店。郑京东跟司机说，兄弟，我请你吃大骨头吧！司机没有拒绝。也许这个倒霉的人正渴望饕餮一顿，以此忘记神秘而无聊的追踪所带来的疲惫。他就带着司机去啃骨头。当司机正啃得欢，他点头哈腰催促道，兄弟，差不多了，差不多了，走吧。

深秋的风虽说不至于冷到骨子里，却也冻得他直打寒噤。司机剔着牙说："我开暖风吧。哎，看你岁数不小，还干这行，真是老不舍心。是女人委托你调查小三？"

他郑重地点点头说："这世道，有点姿色的女人都争着当婊子。"

司机叹息一声说："可不是咋地，这年头，武松给西门庆看家护院，关羽过五关赂六将，包拯把秦香莲送进精神病院，白骨精三打孙悟空，喜儿赖着要嫁给黄世仁。"

郑京东拼命点头。司机对他唯唯诺诺的模样很是满意，说："人家都拍照片留作证据，像你这样空手套白狼的还真少见。"

多年后他还记得司机说话的语气：有些怜悯，有些不屑。也许在漆黑车厢，生人之间更易惺惺相惜或无端鄙夷。他也不会忘记"好姐妹"饭店门楣上的那排彩珠小灯，鬼眼般不停闪烁。每从里面晃出醉醺醺的客人，他都突然间伸长脖颈，仿佛一只船舷上的鸬鹚。

当国勇跟二妹夫从饭店出来，他才发觉尚有两个女人紧随其后。

"跟着他们，"他说，"婊子养的！"

司机说："这俩小三长得可真难看。唉，一点都不敬业。"

他们尾随着斯巴鲁进入了一家洗浴中心。"你走吧，"他甩出三百块钱对司机说，"回去睡个安稳觉。"

司机将钞票在手里捻了捻："大哥，我跟你跑了一天，这也少了点。"

他直着嗓门说："妈×的！我们不是讲好了吗？！"

司机说："再加五十吧。出来混的，都赚辛苦钱，跟婊子也没啥两样。"

这个洗浴中心跟他想象中不同。单间与单间的隔音效果并不好，门也只是那种廉价的三合板。他穿着服务员递过来的白色浴袍在甬道里站了会儿。他还从来没有穿过浴袍，僵板的、脏腻的布料硬邦邦摩擦着他的大腿根。他先在第一扇门前偷听许久，后来才失望地发现，里面只是搓澡师傅有一搭没一搭地跟顾客聊天；第二扇门里隐隐传出两个女人的说话声，伴随着轻快的笑声……在第六扇门前，他终于听到里面传来床板的吱呀声和皮肉猛烈的撞击声。他拍拍房门，没动静。也许里面的人根本没听到。他伸出铁耙子般的大手狠狠拍了两拍，同时将耳朵紧紧贴在散发着海藻味的门板上。

"谁啊？妈×的，真会挑时候！忙着哪！"一个男人骂骂咧咧。

这男人除了是他妹夫还能是谁？他刚想蹑手蹑脚转身离开，门冷不防一下从里面拉开。他一个踉跄脚底一滑，人"扑通"声跌趴在地板上。手掌立时酸痛起来，耳畔是妹夫大声咒骂的粗话。有那么片刻他真拿不定主意，是继续这样狗熊般趴卧着，还是利索地耸身而起扇妹夫一记响亮的耳光？他有些恍惚。屋里水汽弥漫，他使劲眨了眨眼，才留意到眼前是席宽大的白色布帘，上面缀着一圈一圈黑渍水痕。原来这个单间是套间，布帘那边该是另外一张床。在他双臂撑地想要爬起时，帘子被人缓缓掀开。他先看到一双脚，顺着脚背往上是两条健腿，而双腿中央，翘挺着一杆愤怒的长枪……他终于看到了那张再熟悉不过的脸……眼前猛地一黑，他听到一声近乎惊惧的叫声："爸！！……"

国勇背后是个赤身裸体的女人。这女人在昏黄的白炽灯泡下那么老，眼袋直抵颧骨，猩红的厚嘴唇犹如母狗煮熟的肛门。

11

二妹夫住了医院。据说是骨折。在郑京东看来，那一脚就不该踹肋骨，往下挪两寸才正好。更不该只踹一脚，如若不是国勇死抱着他，他肯定要像相国掐藏獒那样勒住妹夫的脖颈。他后来老懊悔：当初要是带把杀狗的屠刀，这一切就更完美了。

又过几天他才似乎想明白：该揍的是国勇，而不是妹夫。他当时为何挑妹夫下手？这问题困扰了他好些时日。怪妹夫带坏了国勇？屎臭怎能怪茅坑？他该修理而且只能修理的是国勇。妹夫惨叫着摔地板上时，国勇搀扶几次都没站起来。国勇给他裹了件被单，这才转身对郑京东说："我送姑父去医院。你回家吧。这件事，千万别跟小琴提。听清了吗？"

他的眼神冷静安然，仿佛刚才睡老女人的不是他，而是郑京东。他的目光瞬息就将郑京东压榨成一枚干瘪的果核，汁水则混淆着污水流进下水道。郑京东张着大嘴呆呆看他扶了妹夫出门，那个老女人紧随其后。郑京东垂头看了看，身上的浴袍满是泥点水痕，膝盖冒着黑血。黑血蜿蜒着流上脚背，犹如两行肮脏的老泪。

这种事当然不能跟小琴说，更不能跟大老王说。

国勇一个礼拜没回家。那天郑京东漫不经心地问小琴："国勇这些天……忙什么？"

小琴正在煮狗肉。狗肉馆没开，买狗肉的人照例不少。她眼皮也没挑："谁知道。"

郑京东说："你不知道，还有谁能知道？"

小琴的眼泪就吧嗒吧嗒地掉案板上。

郑京东问："你们又吵架了？"

小琴龇牙笑了笑："没。他娶了我就是饿老鼠掉进猪油罐，能有啥不知足？"

郑京东没细问。本想给国勇打电话，号码拨出去又忙不迭地掐掉。

大老王的精神头好些了。她啃了几个杋果，将薄薄的果核在手里来回摆弄，垂着眼睑说："我听王桂华说，对面的火锅城改狗肉馆了，郑京文还带着副镇长吃狗头。"

郑京东说："别听她那张老鸹嘴乱叫唤。她最见不得人好。"

大老王说："你跟小琴还是打理打理开张吧。人哪，素来落井下石。"

郑京东说："安心养你的病！病好了我们还开夫妻店。"

大老王苦笑一声："国勇老也没回家。翅膀真是硬了。"

郑京东不晓得说什么好。

小琴常一人屋檐下坐，一坐老半天。桃叶全落，瘦枝够向天空近乎妖异的蓝。不时有野雁南飞，间或有绯灰的羽毛晃晃悠悠地从天空中飘下。小琴托腮看雁，看着看着就笑，笑着笑着又莫名沉默。那天吃完晚餐，一家人坐炕上聊天，小琴柔声道："爸，你还记得小时候给我买的那头猪吗？"

郑京东说："早忘了，我给你买猪干吗？"

小琴说："你不光给我买了，还给彩琴买了。你说到年底时把猪卖了，钱归我们姐俩。彩琴的猪夏天得病死了，我养的那头又肥又壮，年底卖了八百块。"

郑京东这才恍然大悟般道："可不是，那头约克猪可真肥！唉，后悔没去申报吉尼斯世界纪录。"

小琴说："妈让我把八百块钱给她。你埋怨妈说，大人说话要算数！吐口吐沫也是钉！妈想了想，真就把钱给了我。"

大老王没说话，望着爷俩笑。小琴继续说："从那时起我就攒钱。"

郑京东说："小小的人就知道钻钱眼。"

小琴说："等我跟相国搞对象时，早攒好了嫁妆。"

大老王说："你呀，真是守着公鸡下蛋，瞎操心。"

小琴摸了摸大老王的手说："我没跟你说过，其实……其实……跟相国分手是我最先提出来……相国死活不同意……我偷偷让国勇给他送了一万块钱……他这才派'老小子'来黄亲……"

郑京东差点跳起来。后来他真的跳起来了。小琴一把按捺住他："爸，你都这么大岁数了，脾气还跟火药似的一点就着。我给他分手费心甘情愿。为了跟国勇在一起，世上我还有啥舍不得？"

郑京东说："妈×的！我得让他免费配多少次狗，才能把一万块钱赚回来！"

小琴笑着说："我的钱都存在银行卡里。密码也好记，是我生日。"

大老王说："哎，有点财就外露，真没见过世面。"

小琴说："爸，以后烟少抽点。熏得我们老咳嗽。"

郑京东赶紧将手里的烟扔了。

那天天气好，小琴将被褥抱到院子晾晒，又将夏天的衣服全洗了。这时她一个初中同学来看大老王。牵了手坐炕沿上陪大老王唠嗑。郑京东坐一旁看电视。叽叽咕咕全是家长里短，后来不晓得怎么扯到国勇身上。女同学笑着说，幸亏当时你没跟那个体育队的好，要不怎能找到国勇这样的好男人？小琴唇角翘了翘。女同学又说，当初你那么喜欢体育生，干吗说分就分？小琴支吾着说，你不知道？他跟我好，又跟从桃源镇来的借读生好。女同学说，我说呢，说分就分。不过你真瘆人。小琴说我咋了？女同学说，哎，你真忘了？你们分手时，你把体育生写的情书全烧了，每烧一封，就用刀子割一下手指，大滴大滴的血滴到灰烬里……小琴忙回头瞥郑京东一眼说，哪有这等事？胡编乱造。女同学大概也是个没心没肺的主儿，嬉笑着说，我就不揭你伤疤了……

郑京东去瞅小琴。小琴半侧着身子背对他，他只能看到她宽阔的犹如男人般的脊背。她以前都梳两条麻花辫，婚后才烫的头发。她发质不好，稀疏，寡黄。那天，阳光斑驳着覆在她头皮上、她瓷实饱满的脸颊上、她长着汗毛的粗手臂上，让她显得格外茁壮洁净，犹如黑夜里一束微微了了的光。后来她们或许是说累了，屋子里倏地没了音。一切那么静肃，连轻微的叹息声和喘息声都没有。郑京东盯着女儿的背，一滴眼泪猝不及防地落下来。

晚上小琴将被褥收好，煮了锅红薯粥。她喜欢吃甜的。她总共吃了三碗。吃完饭又去镇上的澡堂洗澡。洗澡回来已夜里九点。她轻手轻脚进了屋。大老王睡了，郑京东正在假寐。不过他什么都没说。他闭着眼，闻到一股桂花香。他能猜到小琴在目视着他们。那股香味弥漫了良久，有那么片刻郑京东想睁开眼跟她聊两句。可对一个蒙在鼓里的人，说什么才心安？

第二天清晨，郑京东煮的大米粥，又炸了几张油炸饼，去叫小琴吃饭。叫了半天也没人应，这才推门进去。小琴和衣直挺挺躺在炕上。郑京东喊了几句，还是不吭声，心里一慌，忙去摇她身子，依然岑寂不动，手哆嗦着探到她鼻息处，这才大喊一声："我的老天爷啊！"跌坐于地。等明白过来，疯了似的跳上炕，一把搂抱起小琴就往外跑。跑了两步才发觉小琴手里攥个瓶子，掰开来看，却是瓶敌敌畏。一滴都没剩。

据王桂华跟人讲，郑京东抱着小琴一路狂奔到镇医院，非让他连襟给小琴洗肠。他连襟摸了摸小琴的脉说，人没了，哎，料理后事吧。他二话没说上去噼里啪啦揍了连襟一顿，不但将连襟的眼镜砸碎，还打聋了连襟的一只耳朵。大老王就不用说了，等把小琴用车拉回家，她"嗷"的一声当场昏死过去。王桂华忙去掐她人中，好久才喘过这口气。彩琴连夜从秦皇岛赶回。这孩子说话细声细语，连哭起来都像只体弱多病的猫。郑京东呢，半滴眼泪都没有，铁青着张脸只凝望着小琴，等国勇开车回来，他的身子才颤了一颤。国勇从院外小跑着进来，"扑通"声跪在小琴身边，他摸她的脸，摸她的手，摸她的腿，全身都摸了一遍这才哭。他只流眼泪，一点声息都没有。

王桂华述说这些时唉声叹气，倒少见她这般心软。人家就问，这小琴过得好好的，干吗要喝农药？王桂华就茫然地摇摇头。

没人知晓小琴为何喝农药。

小琴的葬礼举办了三天。请了三十六个唢呐手，又请了一个歌舞团。因是横死，又已出嫁，就不能埋在祖坟。郑京东索性将骨灰盒矗摆在立柜上。等一切料办妥当，一家人都将眼泪哭干，这才围着张松木桌吃饭。吃着吃着郑京东突然将饭碗朝地上扔去，鸡蛋汤溅得四处皆是。后来他就盯着李国勇。等彩琴慢慢腾腾将饭吃完，他还是盯着李国勇。李国勇一直没有抬头，等他放下碗筷，才看着郑京东吞吞吐吐道："爸，那个房产证，隔天……你跟我……改下户主。"郑京东二话没说，抓起他的饭碗甩到院子里。清脆的器皿破碎声让大老王愣了一愣，然后她扇了郑京东一记耳光："疯了吗你？！"

这是她这辈子第一次打郑京东。

12

冷水镇下了场大雪。彩琴在家陪了几天，回学校读书了。大老王病情有所好转，天气若是晴暖，也肯出来在家门口晒晒太阳。郑京东的狗肉馆又开张了，依然人满为患，他只得另请了几名服务员。国勇回来过几趟，买不少鸡鸭鱼肉，慢火炖给大老王吃。大老王心疼他，话里话外提点，让他有合适的再找一个，不必老想着那个狠心人。他只面无表情地睃一眼立柜上的骨灰盒，手里的鱼鳞褪得更快些。

国勇回来的次数日渐稀少，腊月了也没回来取棉衣，只每月将运费打郑京东账上。郑京东极少跟大老王提起国勇。闲暇了抄着棉衣袖口看铁栅栏里的狗。这个冬天异样安静，因为金融危机，大部分纺纱厂倒闭了，剩下的几家苟延残喘。深夜时，偶传来几声机器模糊幽怨的隆隆声，像是从遥远地下传来的幽灵的叹息。

转眼到了年根。

家家户户都忙着置办年货。那天国勇正在海港卸货，便接到个电话，满口京腔，说是他姑父的老客户，过年了没备什么年货，单只买了七八头白条猪，储存在冷水镇的肉联厂，让他有空去拉一趟。国勇跟工友打个招呼，开着大货车就去了。

到了冷水镇已傍黑。又稀稀拉拉飞起雪霰，冷飕飕直往脖子里灌。刚将卡车停在肉联厂门口，便踱过来个老人，他咳嗽着大声问询，你是李国勇吗？国勇点点头。老人责怪道，咋来这么晚？都恋黑了。国勇解释说，高速上发生起车祸，堵了老一阵。老人说，哦，难怪。这样吧，工人都下班了，你跟我直接去冷库吧，你个大小伙子，一身贼劲，我这老胳膊老腿可都生了锈。国勇说，老爷子放心好了！我在部队训练时，背锅碗瓢盆步行一百里地，气都不带喘。

雪打上仓门沾了就化，化了就冻成冰凌。国勇嘘着手随那老人进库。一进去先不禁打个冷战，嘟囔道："这么冷？"

老人扭头笑道："开着制冷机，当然暖和不到哪里去。"

国勇说："奇怪，大冬天的还开制冷机？"

老人又笑了笑，朝国勇身后探头探脑张望几眼，说："小琴，你来了？"

国勇一哆嗦，忍不住扭头观瞧。唯有橘黄浮光于仓门腾跃，如夏夜之萤。脊梁骨直抽凉风，不禁埋怨道："你这老人家，说话也没个把门的。"

老人拧着眉头道："我没骗你，不信你再瞅瞅？"

国勇转身去看。然后，他看到了郑京东。郑京东怒目圆睁地盯着他。他尚未来得及叫声"爸"，人就瘫软在地上……

等国勇醒来，发现自己被吊绑在铁钩子上。仓库的灯打开了。郑京东棕熊般坐在一把破檀木椅上。他裹着军大衣，戴着卷耳帽，套着棉手套，跷着二郎腿，看上去像刚从北极赶过来的爱斯基摩人。他手里攥着一柄杀狗用的屠刀。这把刀国勇再熟悉不过。他曾无数次亲见郑京东娴熟地用这把刀剥狗皮：明晃晃的尖刃顺着死狗前腿稳稳勾划至狗头，再从狗头轻巧地回旋至脊梁，当游蛇般的刀刃冷冷剖至尾部时，郑京东通常歇会儿，抽上根烟，朝手上吐两口吐沫……

"畜生醒了，"老人咳嗽声，"剩下的交给你了。"

郑京东说："'老小子'，等事办利落，我请你喝烧刀子。"

"老小子"说："老哥俩有啥客套？我走了。"

郑京东瓮声瓮气地说道："把门带上。"

冷库里只剩国勇和郑京东。郑京东问道："冷不？"

国勇垂头看了看。他们把他扒得精光，连条内裤都没舍得给他留。可他一点都不觉得冷。

郑京东从椅子上站起，晃晃悠悠朝李国勇走来。他走得慢，许是因为穿了双笨重的军勾鞋。这双鞋是国勇送他的。

李国勇打着寒噤说："放我下来……"

郑京东拿刀漫不经心地蹭了蹭他的大腿，就像在磨刀石上磨刀。"小琴为啥死呢？"郑京东轻声问道，"你是怎么把她逼死的？"

国勇的呼吸愈发急促。在这空旷的、犹如寒武纪般寒荒的冷库里，他跟许多头被破膛开肚刮毛的死猪一样垂吊在晃来晃去的铁钩上。他相信用不了多久，他就要失去知觉了。"我没逼她……"他咬着舌根说，"没有……"

"你个烂人！还说没有！"郑京东猛地在他下体狠踹了两脚。

国勇笑了。他笑起来很慢，很慢的意思是说，他的肌肉被寒气凝固了。"我跟她说，要跟她离婚……妈住医院前……说的……"

郑京东警惕地看着他。他被吊在空中，郑京东只有仰视才能看清他的嘴角在不停抽搐，"我喜欢上别人了……"

郑京东仍踮着脚仰头看他，"是那个老女人吗？"郑京东神情涣散地问，"是那个又丑又老的女人吗……"

国勇已然说不出话。他赤条条的身体被裹上层白霜。用不多久，那层霜会越来越厚越来越硬，到最后他的身体会像条蜷缩在蛹里的蚕窒息而死。

"她不丑……只是比我……老……"国勇的身体挣扎了下。他的嘴唇快张不开了，他的鼻孔就要被冰碴儿堵死。他现在跟那些茫然悬挂着的白条猪快没任何区别了，"我知道……我……对不起……她……可是你说过……"

郑京东竖起耳朵小心地呼吸着。

"她长得……像我妈妈……"国勇的嘴唇一动不动，郑京东不清楚他的声音是从哪里发出来，"她是个……没人要的……小姐……可我……第一眼……就喜欢她了……"

郑京东紧紧闭上了眼睛。他觉得眼睛一旦闭上，这辈子就别想睁开了。"她……怀了……我的……孩子，"国勇的双臂挣扎了一下，僵硬的身躯马上前后轻摆起来，"可是……你说过……你说过……"

郑京东只冷冷地凝望着他。

"你说过……这世道……只有我比你……更坏，你才……才……拿我……当个人看。"

郑京东"嗷"地吼叫一声。声音在白条猪间萦绕回荡。他突然觉得自己就站在整个宇宙边缘，没有光，没有人，唯有无际的暗黑。

"爸，我一直想知道……你杀狗时……念的……什么……咒语呢……"

郑京东双手蒙眼小声抽泣起来。他哭泣的声音很古怪，犹如孩童躲在深夜麦秸垛里抽噎：慌张、委屈、隐忍却又渴望被路人窃听到。在冷水镇过去的五十多年里，尚未有人亲见他哭过。他的哭相跟旁人也不同，一张阔嘴几乎将耳垂挤扁，满口黄獠牙则明晃晃地突龇而出。后来他哭声越来越大，粗壮干瘪的号叫声在空荡荡的冷库里迂回缭绕。他将屠刀远远扔开，跨上前用军大衣紧紧环裹住国勇的脚踝。这个东北人的脚踝冰凉彻骨，犹用坚冰雕刻出来般。让他稍稍欣慰的是，他隐约察觉到有根脚趾微微蠕动了一下，轻轻地，犹如国勇当初喝农药时手指在他掌心轻搔了一下。他的哭声就更为急促。他当时唯一的念头是，在把这个该死的东北人卸下之前，外面的雪能小些，路也千万别结冰，而那个被他打聋了一只耳朵的连襟，最好正懒懒地趴在镇医院的午夜急诊室里，悠闲地、坦然地打着瞌睡。

2013年5月18日　于俸城

图书在版编目 (CIP) 数据

多米诺男孩 / 张楚著. -- 北京 ： 北京十月文艺出
版社，2021. 10
ISBN 978-7-5302-2081-8

Ⅰ.①多… Ⅱ.①张… Ⅲ.①中篇小说—小说集—中
国—当代②短篇小说—小说集—中国—当代 Ⅳ.
① I247.7

中国版本图书馆 CIP 数据核字 (2020) 第 197617 号

多米诺男孩
DUOMINUO NANHAI
张楚 著

出 版 北京出版集团
 北京十月文艺出版社
地 址 北京北三环中路 6 号
邮 编 100120
网 址 www.bph.com.cn
发 行 新经典发行有限公司
 电话（010）68423599
经 销 新华书店
印 刷 北京盛通印刷股份有限公司
版 次 2021 年 10 月第 1 版
 2021 年 10 月第 1 次印刷
开 本 850 毫米 ×1168 毫米 1/32
印 张 12.25
字 数 220 千字
书 号 ISBN 978-7-5302-2081-8
定 价 59.80 元
质量监督电话 010-58572393
如有印装质量问题，由本社负责调换。